LAS PROFECÍAS INCAS

LAS PROFECÍAS INCAS

La tumba perdida de Viracocha

MAURICE COTTERELL

Traducción de
Dania Mejía Sandoval

Grijalbo

Las profecías incas
La tumba perdida de Viracocha

Título original: *The lost tomb of Viracocha:*
unlocking the secrets of the peruvian pyramids

Primera edición: mayo, 2010

D. R. © 2001, Maurice Cotterell

Traducción de Dania Mejía Sandoval

D. R. © 2010, derechos de edición mundiales en lengua castellana:
    Random House Mondadori, S. A. de C. V.
    Av. Homero núm. 544, col. Chapultepec Morales,
    Delegación Miguel Hidalgo, 11570, México, D. F.

www.rhmx.com.mx

Comentarios sobre la edición y el contenido de este libro a:
literaria@rhmx.com.mx

ISBN 978-607-429-907-6

Impreso en México / *Printed in Mexico*

Índice

Créditos 11

Agradecimientos 13

Introducción 15

Capítulo uno: Los mochicas 17
Las tribus perdidas de América Central, Perú y Bolivia 17
La batalla contra la naturaleza 22
Los primeros constructores de piedras 26
Las pirámides largamente perdidas de Perú 29
La tumba del Señor de Sipán 31
Los tesoros de la tumba 41
La asombrosa Lápida de Palenque y el Señor de Sipán 51
La tumba del sacerdote 62
La tumba del Antiguo Señor de Sipán 64
Culto a la fertilidad en los Andes 75

Capítulo dos: Los incas 79
Hijos del sol 79
Los secretos de Machu Picchu 97
Las leyendas de Perú 103
¿Quiénes eran los Señores de Sipán? 111

Capítulo tres: Los tiahuanacos 113
Los secretos de Viracocha 113

Decodificación de las piedras de Tiahuanaco 125
El segundo nivel de decodificación 139

CAPÍTULO CUATRO: LOS REYES DEL SOL 143
Las muchas vidas de la serpiente emplumada 143
El misterio del rey solar desaparecido 151

CAPÍTULO CINCO: LAS MISTERIOSAS LÍNEAS DE NAZCA 153
Los secretos de la arena 153
La aguja y el hilo 165
El mono 165
La serpiente emplumada 166
Fertilidad 166
Reencarnación 170
El sol 175
Astronomía 176
El vaso de Viracocha de Tiahuanaco 179
El enigma de las fechas confundidas 187

CAPÍTULO SEIS: LA ASOMBROSA LÁPIDA
DE PALENQUE SUBTRANSFORMADORA 191
El Sol y Venus 191
El rostro de ave 197
El rostro de perro 198
El dios del hielo 199
El rostro del tigre 202
El Sol, Venus y las 20 estacas de madera 204

CAPÍTULO SIETE: REENCARNACIÓN 205
El secreto de la purificación 205
Cuerpo y alma 208
La evidencia arqueológica 210
La leyenda de la serpiente emplumada
y el hombre blanco barbado 215
Mecanismos de reencarnación, la evidencia arqueológica 219
El argumento científico 222

El secreto sagrado de los reyes del sol 225
El secreto primordial del universo 228
El dilema del Dalái Lama 229
La transmigración de las almas 233
La naturaleza, la gran redentora 234

APÉNDICE 1: DE CÓMO EL SOL DETERMINA
LA PERSONALIDAD 239
APÉNDICE 2: LAS RAZONES DE LA MENSTRUACIÓN
ASÍNCRONA 244
APÉNDICE 3: EL SOL 248
APÉNDICE 4: REENCARNACIÓN 252

BIBLIOGRAFÍA 255

ÍNDICE ANALÍTICO 259

CRÉDITOS

Fuentes de las ilustraciones y citas
Todas las ilustraciones, dibujos y material gráfico son de M. Cotterell; las fotografías, de A. J. Perry y M. Cotterell, y las gráficas, de K. Burns, salvo las que se especifican enseguida.

Texto
Figura 11, por H. Carter; 23, Corel 131042; 24a, 24b, 24c, por Augustus Villagra; 26a, Instituto Griffith (Archivo Howard Carter); 46a, por Arthur Posnansky; 47, Corel 90045; 61c, Corel 142097; 66b, Corel 139020; 68c, Corel 163063; 69c, por la geómetra Patricia Villiers-Stuart; 71b, Corel 139039; 72c (vasija) y 79c, Museo Americano de Historia Natural #313605; 77e, Corel 247047; 80, G. T. Bettany, *The World's Religions* (Ward Lock and Co., Londres, 1890); 87, por un dibujo de Documentary Media Resources, Cambridge, Mass., EU.

Láminas a color
Lámina 18a, por Arthur Posnansky; 19b, Corel 53048; 19e, Corel 90036; 22e, Corel 33024; 22f, Corel 33023; 29 (máscara de jade en recuadro), por Vautier de Nanxe; 32b, Corel 8026.

AGRADECIMIENTOS

Con sincero agradecimiento, como siempre, a G; a mi esposa Ann por su apoyo continuo; a Kevin Burns por su ayuda con las gráficas y el material gráfico; al editor Hugh Morgan; a Amanda Ridout y su equipo en Headline; al doctor Walter Alva, director del Museo Arqueológico Nacional Bruning de Lambayeque, por otorgar el permiso para fotografiar la exhibición de Sipán en el Museo de Arqueología y Antropología, en Lima.

INTRODUCCIÓN

Cuando el cuerpo ya no existe, el alma sigue adelante. Es imperecedera, indestructible, inmortal y eterna. Nunca nació y nunca cesará de ser. Los antiguos aprendieron esto de sus padres, y antes de eso, de los padres de sus padres, y antes de eso, sus leyendas dicen, de un hombre blanco con barba que enseñaba que el cielo aguarda a quien es puro y que el renacimiento en la tierra aguarda al resto.

En el libro *Los superdioses* expliqué cómo el Señor Pakal de México fue un superdiós, un maestro que le enseñaba a su gente los órdenes superiores de la ciencia y la espiritualidad. En el libro *Las profecías de Tutankamon* fui incluso más lejos al explicar cómo Tutankamon y el Señor Pakal eran uno y el mismo, diferentes encarnaciones del mismo ser en distintos momentos en el tiempo.

Este libro permite apreciar que dos superdioses más, los Señores de Sipán, anduvieron entre los peruanos y los tiahuanacos de Bolivia. Ellos, asimismo, enseñaron los órdenes superiores de la ciencia y la espiritualidad, los misterios de los cielos, las leyes de la astronomía y las matemáticas. Ellos le enseñaban a su gente la fenomenal ciencia del sol, la manera en que controla el comportamiento (astrología) y la fertilidad (el ascenso y la decadencia de las civilizaciones), y cómo el Sol trae periódicas y catastróficas destrucciones a la Tierra, borrando cada civilización en turno de los anales de la historia.

Ellos construyeron las imponentes pirámides de Perú y sus grandes ciudades de piedra como un mensaje para generaciones futuras; para decirnos que hemos estado aquí y hemos experimentado la vida en la tierra, antes.

Ellos codificaron sus secretos en sus tesoros, los encerraron en sus monumentos, los escondieron en las montañas y los tallaron en los desiertos para darnos otra oportunidad de redención, de convertirnos en una estrella, "la próxima vez".

El mensaje es claro. Somos seres espirituales por naturaleza, sepultados por un tiempo en un cuerpo, prisioneros en un infierno del que nadie escapa, salvo aquellos que conocen los secretos de los reyes del sol.

Capítulo uno

Los mochicas

Las tribus perdidas de América Central, Perú y Bolivia

"Fíjate en lo que digo, Juan Álvarez Aguilar, un día tu suerte se va a agotar, un día vas a pagar, y entonces no serás tan listo."

Tantas veces su madre le había dicho estas palabras durante sus 25 años, y cada vez él la rechazaba con cualquier expresión, como un "¿qué importa?" Pero hoy era distinto...

"Te lo pregunto una vez más, Álvarez, ¿dónde conseguiste el oro?"

El inspector se limpió la frente con el dorso de la mano y se apartó, arrastrando su armatoste a través de la entrada abierta. El improvisado cuarto de carrizo, pasto, unos cuantos palos y viejos pedazos de cuerda fungían de alguna manera como protección del sol del desierto y las abrasivas arenas que barrían el suelo en torbellinos. Después de dos días sin comida, Juan Álvarez Aguilar comenzó a creer que hoy sería ese fatídico día.

"Agua... —gimió— agua."

El inspector volteó y le chasqueó los dedos al guardia armado apostado en la entrada, quien salió a toda prisa y regresó unos segundos después con medio bidón de un líquido salobre. Si había una cosa en la que todos los peruanos estaban de acuerdo, era que todo ser humano, sin importar qué tan malo o qué tan pobre fuera, tenía un derecho otorgado por Dios para tomar agua; incluso a los asaltatumbas como Álvarez no se les podía negar esto.

El inspector se sentó a dos pulgadas de su presa, con los brazos abrazando el respaldo de la silla, las encías relamiendo el palillo que hurgaba entre sus dientes. Su aliento rancio, caliente, agitó las ventanas de la nariz de Álvarez, que con pesar miró la cuerda que ataba sus muñecas. Sus tobillos, también atados, estaban cubiertos de sangre, ennegrecida y coagulada desde que en un principio fuera abatido y sujetado, hacía 36 horas.

"Si coopera, será usted un hombre libre dentro de cinco años...", dijo el hombre e hizo una pausa.

"Tenemos el oro, los guardias lo encontraron enterrado en donde usted se queda. Tenemos una declaración del g-r-e-e-n-g-o que compró el collar por 10 000 dólares... Sabemos que fue usted, Álvarez."

El inspector se levantó a horcajadas de la silla, que levantó lentamente en el aire con un solo dedo, permitiendo que reposara suavemente en uno de los pies desnudos de Álvarez. Era un hombre grande, de unos 127 kilogramos. Álvarez se estremeció. Con las fuerzas minadas y el espíritu roto, supo que todo había terminado.

"Está bien, está bien —suspiró— Sipán... Sipán... La huaca plana a tres kilómetros al este del pueblo."

El inspector extrajo un teléfono celular del bolsillo de su camisa, presionó unos cuantos números y ordenó: "Huaca, tres kilómetros al este de Sipán. Despejen el área... tantos guardias como quieran. Estaré ahí al amanecer".

Éste no era un caso excepcional. El saqueo de tumbas en los desiertos del norte de Perú proveía del muy necesario efectivo a los habitantes locales para compensar la pérdida de ingresos en las cosechas de azúcar. Las *huacas* planas, sepulcros piramidales de adobe, atraían a pandillas de saqueadores desde kilómetros a la redonda. Estas tres, cerca de Sipán, no habían sido consideradas de especial notoriedad hasta que el oro comenzó a aparecer en el mercado negro; entonces fueron adquiridas con avidez por blancos occidentales, aquellos de ojos verdes, tan poco característicos de los indígenas descendientes de los mochicas adoradores del sol (a veces llamados los moche).

Hacia 100-700 d. C. había 50 000 mochicas que cultivaban los estrechos y fértiles valles alimentados por los ríos que fluían de

los Andes a través del desierto y hacia el mar. Utilizando ingenio-
sos métodos de irrigación, cultivaban una amplia variedad de frutas y verduras, como maíz, calabacines, cacahuates y frijoles, a lo
largo de 355 kilómetros de costa. También abundaba la carne de
llama y de cerdo de guinea, así como las de los peces de los ríos

FIGURA 1. LAS TRIBUS PERDIDAS
DE AMÉRICA CENTRAL, PERÚ Y BOLIVIA

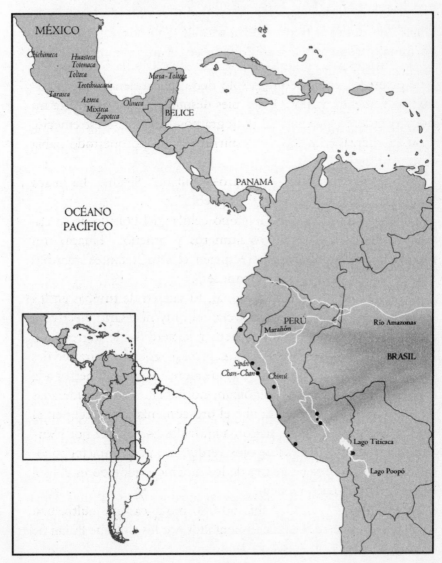

y de mar. Esta poco conocida civilización prosperó a la par de la cultura maya de México, y decayó aproximadamente al mismo tiempo (700 d. C.), en el momento de un conocido ciclo mínimo de mancha solar que llevó infertilidad a la región (véase la figura 41).

El 3 de febrero de 1987, el doctor Walter Alva, arqueólogo director del Museo Arqueológico de Bruning, recibió una llamada del inspector en jefe de la policía de antigüedades. Juntos inspeccionaron los túmulos de las pirámides de adobe en Sipán, llenos de túneles cavados por hordas de saqueadores. Este descubrimiento resultaría ser, con el tiempo, el más importante jamás realizado en la arqueología peruana.

La primera fase de la excavación duró hasta junio de 1987 y reveló la tumba de un mochica rey del sol a quien llamaban el Señor de Sipán. Su cuerpo ricamente ataviado fue encontrado junto con un tesoro oculto de oro, lavado en el lecho del Amazonas; plata, de las minas en el sur; lapislázuli, de Chile; turquesa, de nuevo proveniente del sur, y conchas marinas de Ecuador, que queda al norte en el ecuador. Juntos, cientos de invaluables objetos —incluyendo 13 pectorales, cada uno hecho de miles de finas piezas de conchas marinas, una máscara de murciélago de oro sólido, rasgos faciales dorados como ojos, nariz y boca, collares de oro, un cetro dorado en forma de vara, escudos, campanas, brazaletes, mantas de láminas de oro, y otras de cobre— pusieron al descubierto un impresionante legado de una de las más grandes civilizaciones del mundo. Desde entonces, los arqueólogos ubican a los mochicas a la par de los mayas y los egipcios.

Desde la parte superior de la Huaca Rajada 28 se pueden ver más huacas en el valle, lo que sugiere que el área tiene mucho más que revelar. Pero los mochicas no eran la única cultura que floreció en Perú que rindiera culto al sol; los chavín prosperaron antes que ellos; los tiahuanacos de Tiahuanaco,[1] cerca del lago Titicaca, Bolivia, prosperaron a la par que ellos y, más tarde, los incas les siguieron. A pesar de los años que las separan, estas culturas tienen mucho en común: todas rendían culto al sol como la fuente de

---

1 También se escribe Tiwanaku y Tihuanacu.

la fertilidad; todas adoraban al dios murciélago como el dios de la muerte; todas veneraban a la serpiente emplumada, y todas adoraban a un hombre blanco y barbado.

FIGURA 2. CARTA CRONOLÓGICA DE LAS PRINCIPALES TRIBUS PERDIDAS DE AMÉRICA CENTRAL, PERÚ Y BOLIVIA

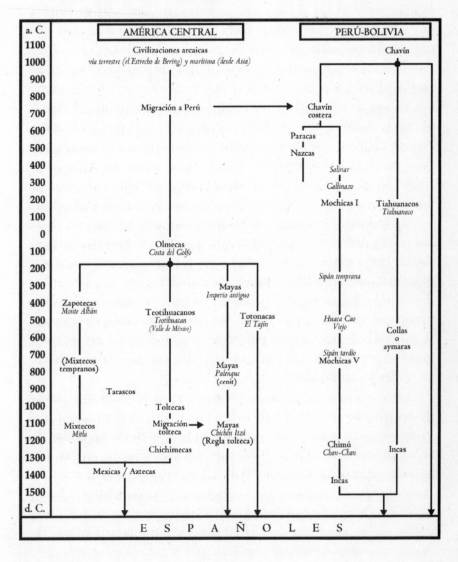

La batalla contra la naturaleza

El explorador decimonónico Alexander von Humboldt fue el primero en identificar las corrientes heladas que van del Antártico hasta el ecuador a lo largo de la costa de Chile y Perú. Estas aguas, hogar de pingüinos, osos marinos y otras especies de aguas frías, finalmente chocan con las corrientes tropicales cálidas de la superficie justo al sur del ecuador y provocan una capa de bruma que se asienta a lo largo de la costa peruana. Esto produce un miniefecto invernadero que atrapa el calor ecuatorial. Las aguas frías también causan una condensación prematura de las corrientes de aire del Pacífico y, con ello, una precipitación pluvial mar adentro, en vez de tierra adentro a lo largo de la cálida costa. El efecto es más notorio en torno a la región del valle de Santa en la costa central de Perú, donde la corriente costera se curva hacia atrás en el Pacífico. Existe un viejo dicho de que "el sol nunca brilla en Lima", es más, en cualquier parte a lo largo de esta inhóspita extensión de costa, donde casi nada crece en los estériles páramos.

Los desiertos costeros exacerbaron aún más el problema de la sequía al calentar lo poco que del aire cargado de humedad alcanzaba la tierra y frustraron así el proceso normal de condensación y precipitaciones pluviales comunes a otras áreas costeras alrededor del mundo. En su lugar, pesadas nubes grises se alzan en la parte más occidental de la cadena de los Andes, las montañas negras. A altitudes elevadas y frías temperaturas, las nubes se revientan y sueltan torrentes de agua que caen en los ríos montañosos hacia los valles y océano abajo.

Las crecidas corrientes de los ríos cortan su camino a través de los páramos costeros y forman ricas y fértiles regiones en los valles mismos, rebosando como dedos verdes desde las faldas de las montañas hasta el mar. Éstos son los valles (véase la figura 3) a lo largo de la costa norte de Perú, donde los mochicas decidieron asentarse. Aquí establecieron sus granjas y comunidades. El este de Sipán, Pampa Grande, en el valle de Lambayeque, sostuvo una población de alrededor de 10 000 personas, mientras que mucha más gente, unos 40 000, se estableció por sí misma en otros valles.

FIGURA 3. ASENTAMIENTOS TEMPRANOS EN LOS VALLES FLUVIALES DE PERÚ

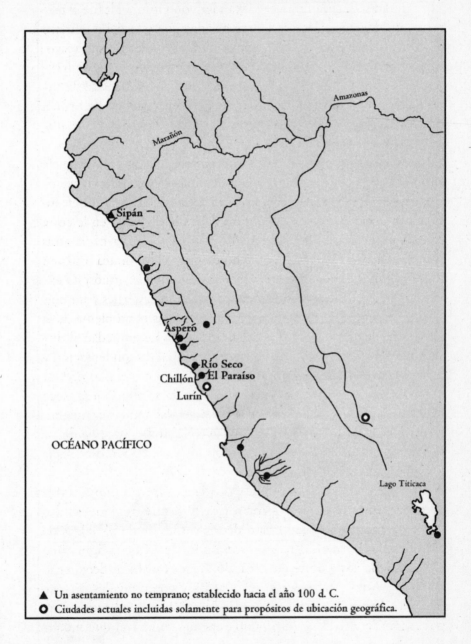

▲ Un asentamiento no temprano; establecido hacia el año 100 d. C.

O Ciudades actuales incluidas solamente para propósitos de ubicación geográfica.

FIGURA 4. ELEVACIONES Y RÍOS DE LOS ANDES

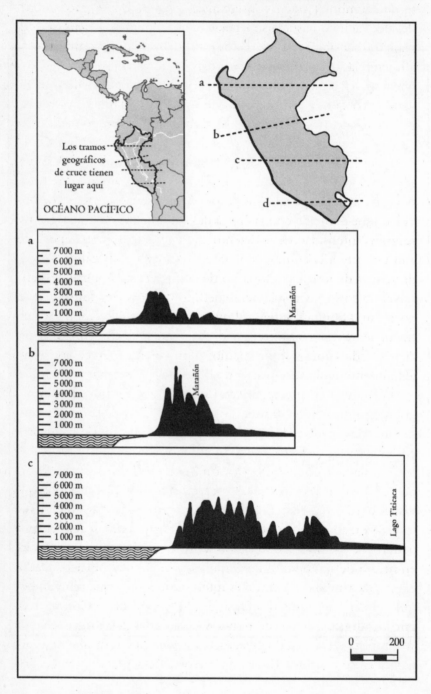

Lejos de la costa, los afloramientos de aguas frías de la corriente de Humboldt traen consigo nutrientes desde las profundidades del Pacífico hasta la superficie, con billones de organismos de plancton sensibles a la luz. Éstos estimulan una abundante cadena alimenticia de herbívoros marinos, peces, mariscos y crustáceos, que a su vez atraen a una amplia variedad de aves marinas, incluyendo pelícanos y cormoranes que anidan en las muchas y yermas islas mar adentro. Éste fue otro factor de gran importancia que atrajo y persuadió a los mochicas de establecerse en la costa.

Sólo 1.25 centímetros de lluvia se precipita en los desiertos costeros cada año, aparte de las lluvias que trae anualmente *El Niño,* llamado así porque sus peores efectos se sienten cerca de Navidad (que coincide con la época del nacimiento de Jesús). La disminuida intensidad de los vientos característicos en esa época del año permite a la contracorriente ecuatoriana, más cálida, extenderse más de lo usual a lo largo de la línea costera norte de Perú, trayendo consigo no solamente delfines y peces voladores desde el norte, sino también intensas lluvias a lo largo de la costa. La contracorriente varía en intensidad cada año y alcanza un máximo cíclico cada 17 años en promedio. Actualmente, parece que el calentamiento global está variando la periodicidad cíclica del efecto.

Las lluvias se precipitan con gran intensidad; caen enormes gotas de agua en chaparrones torrenciales por toda la costa y causan una devastadora erosión en las pirámides de adobe en Sipán y en otras partes de Perú.

Los dañados puentes de los caminos, deslavados hacia el mar por los ríos tan crecidos, llevan el caos a la región. Los visitantes que viajan por la ruta costera del Perú contemporáneo repetidamente se ven forzados a abandonar la carretera y a embarcarse en una peligrosa e incómoda desviación sobre algún puente improvisado, en medio de sembradíos de verduras, y se encuentran acorralados entre una armada de camiones intercontinentales que rebotan por todo el camino, tambaleándose de un lado al otro. Con un suspiro de alivio, a través de nubes de polvo del desierto, vuelven a la autopista de la costa del Pacífico antes de que retumbe una tormenta en su camino. Todo esto mientras se reparan y reincorporan las secciones deslavadas de la autopista. La población autóctona soporta con sublime dignidad estos desastres, junto con los terremotos y enfermedades que quizá abrumen a menos mortales en Occidente, como si la batalla contra la naturaleza y los elementos fuera parte de su propia e inevitable predestinación.

Los primeros constructores de piedras

Poco se conoce de los primeros pobladores que construyeron monumentales estructuras de piedra de cantera tanto en los valles como en las áreas montañosas. Una de las primeras en aparecer fue en Huaca de los Ídolos, en Áspero, en el valle de Supe, justo al norte de Lima, alrededor del año 2750 a. C. Otros sitios contemporáneos prosperaron en El Paraíso, en el valle de Chillón; Río Seco, en el valle de Chancay; Bandurria, en el valle de Huara; Piedra Parada, en el valle de Supe, y Salinas de Chao, en el valle de Chao. La evidencia de radiocarbono, de Áspero, sugiere fechas incluso más antiguas que el año 3000 a. C., anteriores a la aparición de las primeras estructuras monumentales en Egipto. Tales construcciones implican la organización de una sociedad compleja, rica en mano de obra en ese momento.

La antigua ciudad de piedra Chavín de Huantar, construida hacia 900 a. C., se encuentra a 3 150 metros de altura, entre los picos de las montañas "blancas", la segunda cordillera andina tierra adentro del Pacífico. Este "valle" montañoso ha sido bendecido con tierra fértil y abundantes lluvias, y se nutre del río Huachesca, que fluye hacia el Marañón, el Amazonas y finalmente al Atlántico en el oriente. Ambas, la cordillera negra y la blanca, más alta (de cumbres nevadas), corren tierra adentro, paralelas a la costa, dividiendo a Perú por la mitad y representando un formidable obstáculo para las comunicaciones este-oeste. El centro ceremonial también se localiza en el cruce de dos —de sólo 10— pasos entre las montañas, estratégicamente ubicado para aprovechar el comercio andino. Las dos cordilleras se juntan tierra adentro a una latitud justo al sureste de Lima antes de dividirse de nuevo en tres secciones paralelas por todo Perú: la cordillera oeste, la cordillera central y la cordillera este. Las tres confluyen otra vez precisamente al sur de Cuzco, en tierras altas, para luego separarse nuevamente, esta vez en dos: la cordillera oeste se dirige hacia el sur, mientras que la cordillera real continúa hacia el sureste, proveyendo una ruta montañosa a Tiahuanaco en la Bolivia de hoy en día.

La Chavín costera apareció un poco más tarde que sus ancestros montañosos, alrededor del año 800 a. C. Sus pobladores desarrollaron el comercio, facilitado por botes, con los que sacaban ventaja de los vastos depósitos de excremento blanco de ave, localmente conocido como guano, el cual se ha acumulado por miles de años en muchas de las pequeñas islas mar adentro. El guano se utilizaba para fertilizar las tierras de cultivo peruanas y para exportar al vecino Ecuador a cambio de una variedad de mercancías, incluyendo conchas de ostiones de agua tibia, variedades de caracolas, carnes saladas y otros comestibles.

Es casi seguro que había lazos comerciales que operaban entre la costa y las regiones montañosas. La sal de mar se llevaba con frecuencia tierra adentro junto con pescado y moluscos, una fuente de valioso yodo, efectivo en la prevención y la cura del cretinismo y el bocio, padecimientos comunes en las regiones montañosas. El comercio funcionaba en ambos sentidos, con los montañeses proveyendo mercancías muy necesarias para compensar las catástrofes de *El Niño* a lo largo de la costa.

El 14 de septiembre de 1988 la prensa mundial anunció el descubrimiento de las tumbas perdidas de Sipán, el lugar de descanso final de los reyes mochicas del sol. El espectacular tesoro oculto de oro, plata, bronce y piedras semipreciosas se comparó con el de Tutankamon en Egipto.

FIGURA 5. LAS TUMBAS PERDIDAS DE LOS MOCHICAS

Las pirámides largamente perdidas de Perú

El 14 de septiembre de 1988, el doctor Walter Alva anunció el descubrimiento de la tumba intacta de un rey mochica desconocido hasta ese momento y enterrado hacía 1700 años en una pirámide de Sipán. Durante algún tiempo, él y otros arqueólogos sospecharon que un conjunto secreto de artículos de contrabando del tesoro mochica podía yacer enterrado en la región de Lambayeque, debido a la aparición de antigüedades saqueadas y a la venta en el mercado abierto hacia finales de 1986.

El complejo de pirámides de adobe Huaca Rajada yace al pie de las montañas negras en el valle de Lambayeque en la costa norte de Perú. Consiste en tres grandes plataformas piramidales de adobe (lámina 1), construidas por los mochicas en varias etapas que van del año 100 d. C. a 700, aproximadamente. Las pirámides, azotadas por las lluvias torrenciales de *El Niño* durante casi 2 000 años, hoy son apenas reconocibles como estructuras hechas por el hombre (lámina 1a). Una reconstrucción arqueológica del complejo (lámina 1b) sugiere que la plataforma central, más alta que las demás, fue construida hacia el año 100 d. C. y la más distante hacia 700 d. C. En el primer plano, a la izquierda de la pirámide más alta, los mochicas erigieron otra plataforma de 70 metros de largo, 50 de ancho y 10 de altura, con un templo piramidal más pequeño en un extremo de la parte superior. Esta estructura data del año 100 al 300 d. C., aproximadamente, y contuvo las tumbas de los mochicas perdidas desde hace mucho tiempo.

Un lago cercano es todo cuanto queda de una fosa de arcilla cavada durante la fase de construcción. En aquellos días, los encargados de hacer los adobes de Pampa Grande, el centro administrativo cercano, habrán trabajado sin tornos, o fuerza motriz, sacando fango del suelo del valle en moldes de madera que luego secaban al sol para hornearlos tan duros como piedras. Otros, trabajando en andamios, encalaban las paredes exteriores de la plataforma con una capa de lodo y arena para darle un acabado suave. El polvoriento lecho de un ancho terraplén para un canal de irrigación que se extiende desde Pampa Grande hasta Sipán proporciona alguna idea de las habilidades y los logros en ingeniería de los mochicas.

Las excavaciones en la parte superior de la plataforma funeraria revelaron su uso relativamente reciente como un cementerio para la población local. La mugre suelta de las poco profundas sepulturas cerca de la superficie contrastaba claramente con la tierra compactada cercana. Al excavar más profundamente, Walter Alva y su equipo no podrían haber jamás anticipado lo que les esperaba. Se descubrieron otras dos tumbas mochicas intactas en los tres años siguientes (lámina 1); la tumba del Señor de Sipán fue la primera en emerger, en 1987, en el nivel más alto. La prueba de radiocarbono establece la edad de las vigas del techo alrededor del año 290 d. C. Un año después, emergió la tumba del sacerdote al mismo nivel del suelo, y luego, en 1990, la tumba del Antiguo Señor de Sipán (hacia el año 100 d. C.) en la base de la plataforma. Se halló otra tumba saqueada y prácticamente vaciada de su contenido en el tercer nivel hacia abajo. Se desconoce si esta tumba estuvo alguna vez ocupada.

Cuando examiné las tumbas y los tesoros de los mochicas, fue claro para mí que ellos, como los mayas y los egipcios, poseían una comprensión cosmológica de un orden muy alto. Ellos comprendían la supraciencia del sol, al que veneraban como el dios de la fertilidad, la astrología y la destrucción. Este conocimiento está apenas alboreando para el hombre moderno en nuestra propia era de la exploración del espacio (véanse las figuras A1 y A3-7 en los apéndices, y las figuras 32, 41, 44 y 45); en cambio, como los mayas y los egipcios, los mochicas estaban al tanto de los más altos órdenes de espiritualidad y alcanzaron límites insospechados, precisamente como ellos, para codificar su conocimiento superior en los tesoros de Sipán.

La tumba del Señor de Sipán

La tumba del Señor de Sipán difería considerablemente de las otras en dos importantes aspectos: la construcción del techo y la construcción del féretro (compárese la lámina 4 con las láminas 2 y 3). En primer lugar, el techo de la tumba del Señor de Sipán se componía de 17 vigas de madera transversales en posición horizontal, pero sólo 16 de estos maderos soportaban en realidad los materiales del techo. La viga restante (que se ve en el primer plano de la lámina 4) fue enterrada en la construcción de la pared de adobe y era, en lo que concierne al soporte estructural del techo, curiosamente redundante. Las 16 vigas de soporte estaban a su vez apoyadas por cinco horquetas, es decir, vigas de apoyo en forma de Y, cortas y verticales. Estas figuras (cantidades de vigas) al principio parecen ser comunes y corrientes; no obstante, al examinar los maderos del techo en la secuencia en que los arqueólogos los hicieron salir a la luz (figura 6), notamos que otra viga de apoyo en forma de Y se encontró *en la parte de arriba* del techo (como se muestra arriba y al centro de la figura 6). ¿Por qué los constructores de la tumba colocarían una viga de soporte para el techo *en la parte superior* de un techo en vez de situarla en su lugar apropiado, por debajo, como soporte? Estarían los mochicas tratando de transmitir un mensaje? Si recordamos (figura 7), la entrada que conduce a la tumba de Tutankamon tiene 16 escalones de piedra caliza de cantera, seis de los cuales han sido retirados con cincel para permitir el acceso de piezas más grandes de mobiliario a la tumba. La partida funeraria reincorporó después los seis escalones faltantes, esta vez de yeso, justo antes de que el camino de entrada a la tumba fuera sellado. Esto suscita la pregunta de por qué una partida funeraria sellaría una tumba y luego repararía una escalera rota antes de llenar la escalera con escombros; ¿para impedir la entrada en un futuro? No tenía sentido; eso simplemente invitaría a otros a entrar sin autorización en la tumba en una fecha posterior. Quienes estén familiarizados con la supraciencia del sol ya se habrán dado cuenta de la importancia astronómica de estos dos números: $16 \times 6 = 96$, el número de ciclos de actividad magnética que ocurren en el Sol durante un periodo de mancha solar de 187 años (figura 8). Al fijar nuestra atención en los números 6 y 16, Tutankamon nos estaba diciendo que le enseñó a su pueblo la supraciencia del sol hace casi 3 500 años en las riberas del Nilo.

FIGURA 6. EL MENSAJE DEL CICLO DE MANCHA SOLAR DEL SEÑOR DE SIPÁN

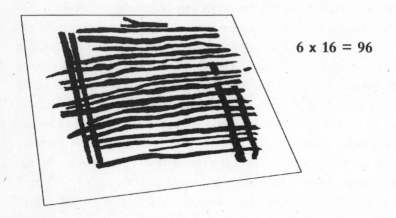

$$6 \times 16 = 96$$

Dieciséis vigas de madera (arriba) soportaban el techo de la tumba del Señor de Sipán (lámina 4) y a su vez eran soportadas por cinco horquetas o maderos en forma de Y. El resultado de 5 x 16 no es astronómicamente significativo; no obstante, notamos que un madero en forma de Y se encontraba en la parte de arriba del techo (parte superior al centro, arriba). ¿Por qué los constructores de tumbas colocarían uno de los seis soportes en la parte de arriba del techo? El mensaje aquí es que el 6 es importante; 6 x 16 = 96, el número de ciclos magnéticos en un ciclo de mancha solar (figura 8). Una viga transversal más fue enterrada en los ladrillos (haciendo un total de 97), pero no soportaba el techo (lámina 4).

FIGURA 7. EL MENSAJE DEL CICLO DE MANCHA SOLAR DE TUTANKAMON

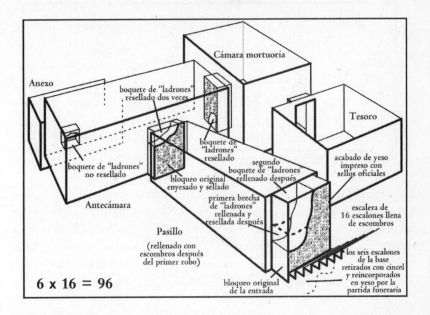

Según los arqueólogos, los seis escalones de la base de la escalera de 16 escalones, que conduce a la tumba de Tutankamon, fueron retirados con cincel por la partida funeraria para permitir el acceso de piezas más grandes de mobiliario a la tumba. Los escalones, originalmente de piedra, fueron reincorporados en yeso por la misma partida funeraria. Pero ¿por qué una partida funeraria sellaría una tumba y luego arreglaría una escalera rota antes de llenar la escalera con escombros detrás de ella? Esto simplemente invitaría a otros a usar los escalones en un futuro, para obtener acceso a una pared sólida. El 6 y el 16 son astronómicamente significativos; $6 \times 16 = 96$, el número de ciclos magnéticos en un ciclo de mancha solar (figura 8).

FIGURA 8. EL MENSAJE DEL CICLO DE MANCHA SOLAR
DEL SEÑOR PAKAL

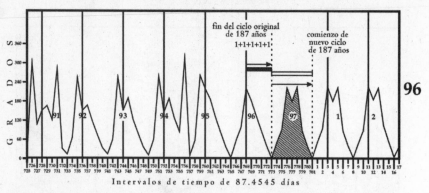

Intervalos de tiempo de 87.4545 días

La versión del cálculo en computadora del ciclo de mancha solar indica que cada 187 años ocurren 96 microciclos de actividad magnética en el Sol (el ciclo 97 conduce a un ciclo incluso más largo de 18 139 años). La secuencia de 96 ciclos era conocida por las antiguas civilizaciones adoradoras del sol, que cifraron en sus tesoros la supraciencia secreta del sol. (Nota: para ahorrar espacio, no se muestran aquí los primeros 89 ciclos.)

De la misma manera, una tabla de piedra en Palenque (véase la figura 9b), la sepultura del Señor Pakal, tiene 96 glifos (en caracteres tallados); el Señor Pakal también enseñó a su gente la supraciencia del sol.

Por tanto, los 16 maderos del techo en la tumba del Señor de Sipán, tomados en conjunto con las 6 vigas (en total) en forma de Y, nos dicen que el Señor de Sipán, como Tutankamon y el Señor Pakal, enseñó a su pueblo la supraciencia del sol; 16 x 6 = 96. La viga extra curiosamente redundante, la número 17, implica un paso más allá, ya que añade 1 al total de 96; 1 + 96 = 97, el número de ciclos magnéticos en un ciclo de mancha solar (véase la figura 8, ciclo magnético número 97) que necesita ser reconocido cuando el periodo más largo de inversión magnética solar de 3 749 años está en consideración.

El Templo de las Inscripciones en Palenque (figura 9c) contenía otros indicadores numéricos astronómicos. En 1952, el arqueólogo mexicano Alberto Ruz ascendió la escalera que conduce

FIGURA 9. (a) El Palacio en Palenque. (b) Tabla de 96 glifos de los escalones del Palacio en Palenque. (c) El Templo de las Inscripciones, Palenque, lugar de reposo del Señor Pakal, y la tapa de su sarcófago, la Lápida de Palenque.

al templo en la parte superior de la Pirámide de las Inscripciones. Ruz notó cuatro pares de aberturas circulares en una de las losas que revisten el piso en la parte superior de la pirámide. Tras quitar el relleno de argamasa que bloqueaba los agujeros, el arqueólogo pudo introducir ganchos y levantar el enlosado de piedra del piso. Al hacer esto puso al descubierto una escalera secreta llena de escombros que bajaba a través de la pirámide.

En la base de la escalera excavada, Ruz se topó con un muro de piedra que tenía una caja que contenía 11 abalorios de jade, tres conchas pintadas de rojo, tres platos de barro y una perla en una concha marina llena de bermellón o cinabrio rojo en polvo. Al demoler la pared, los excavadores se encontraron en una pequeña cámara cuadrada donde, bajo la luz de sus antorchas parpadeantes, distinguieron los esqueletos de cinco hombres y una mujer. A la izquierda, una puerta de tres lados bloqueaba el acceso a la tumba. Al abrir la puerta, por primera vez en 1 250 años, Ruz se vio frente a una enorme losa de piedra caliza tallada de forma ornamental (figura 24), a la que le faltaban dos de sus esquinas. La cámara, apoyada en cinco vigas de techo, estaba llena de tesoros; dos cabezas de yeso descansaban en el suelo de la tumba, una tenía un peinado alto (lámina 7e) y la otra un peinado bajo, que personificaba al hombre de la tumba. El sarcófago de piedra carecía de una de sus esquinas, y la tapa estaba fijada con cuatro tapones de piedra. El cráneo del hombre muerto estaba cubierto por una máscara de mosaico de jade (lámina 29, recuadro, arriba a la derecha). Llevaba una cuenta de jade en cada palma de las manos y otra en la boca. Tenía puesto un collar de tres hileras de jade alrededor del cuello, cuatro anillos de jade en la mano izquierda y otros cuatro en la derecha. ¿De qué se trataba todo eso?

El análisis de la información revela un legado sorprendente que dejaron los mayas. Ellos estaban jugando con los números. Al poner por escrito los números, se vuelve claro lo que trataban de decir (figura 10); dejaron al hombre moderno un mensaje secreto cifrado en su joyería y arquitectura que, cuando se descifra, revela la duración de inversiones magnéticas en el Sol. Esto afecta a la Tierra, algunas veces causando ciclos de infecundidad (figuras 32 y 41) y a veces catástrofes destructoras (figuras 44 y 45). La matriz de los números termina en 9, 9, 9, 9, 9, el número más alto antes de convertirse en 1 (100 000) con Dios. El número 9, 9, 9, 9, 9 representa, por consiguiente, el número de un maestro espiritual, un superdiós (figura 30).

Los sellos de la puerta y los otros sellos (objetos) que se hallaron en la tumba de Tutankamon (figura 12) apuntaban a los mismos números, 9, 9, 9, 9, y él fue enterrado en nueve niveles de féretro, confirmando que Tutankamon era un superdiós.

El 20 de junio de 1987, cuatro meses después de que comenzara la excavación, los arqueólogos alcanzaron la tumba intacta del Señor de Sipán. Para ojos inexpertos, su simple ataúd de madera traicionaba el estatus de quien alguna vez fuera un gran líder. Pero había un mensaje oculto en la tapa del sarcófago (figura 13), que

FIGURA 10. EL MENSAJE 9 9 9 9 9 DEL SEÑOR PAKAL

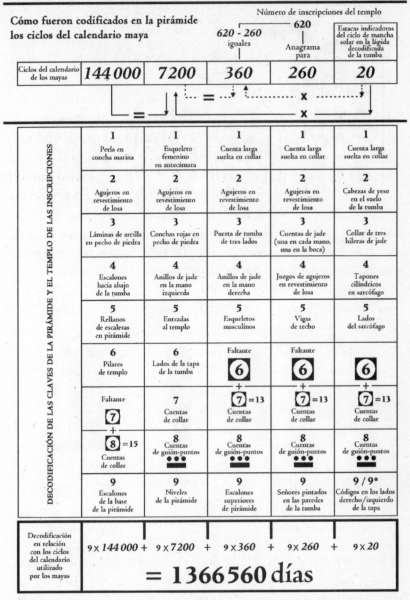

Cómo fueron codificados en la pirámide los ciclos del calendario maya		620 - 260 iguales	Número de inscripciones del templo 620 Anagrama para	Estacas indicadoras del ciclo de mancha solar en la lápida decodificada de la tumba
Ciclos del calendario de los mayas	**144 000**	**7200**	**360**	**260**	**20**

DECODIFICACIÓN DE LAS CLAVES DE LA PIRÁMIDE Y EL TEMPLO DE LAS INSCRIPCIONES

1 Perla en concha marina	1 Esqueleto femenino en antecámara	1 Cuenta larga suelta en collar	1 Cuenta larga suelta en collar	1 Cuenta larga suelta en collar
2 Agujeros en revestimiento de losa	2 Agujeros en revestimiento de losa	2 Agujeros en revestimiento de losa	2 Agujeros en revestimiento de losa	2 Cabezas de yeso en el suelo de la tumba
3 Láminas de arcilla en pecho de piedra	3 Conchas rojas en pecho de piedra	3 Puerta de tumba de tres lados	3 Cuentas de jade (una en cada mano, una en la boca)	3 Collar de tres hileras de jade
4 Escalones hacia abajo de la tumba	4 Anillos de jade en la mano izquierda	4 Anillos de jade en la mano derecha	4 Juegos de agujeros en revestimiento de losa	4 Tapones cilíndricos en sarcófago
5 Rellanos de escaleras en pirámide	5 Entradas al templo	5 Esqueletos masculinos	5 Vigas de techo	5 Lados del sarcófago
6 Pilares de templo	6 Lados de la tapa de la tumba	Faltante ⑥	Faltante ⑥	⑥
Faltante ⑦ +	7 Cuentas de collar	⑦ = 13 Cuentas de collar	⑦ = 13 Cuentas de collar	⑦ = 13 Cuentas de collar
⑧ = 15 Cuentas de collar	8 Cuentas de guión-puntos •••	8 Cuentas de guión-puntos •••	8 Cuentas de guión-puntos •••	8 Cuentas de guión-puntos •••
9 Escalones de la base de la pirámide	9 Niveles de la pirámide	9 Escalones superiores de pirámide	9 Señores pintados en las paredes de la tumba	9 / 9* Códigos en los lados derecho/izquierdo de la tapa

Decodificación en relación con los ciclos del calendario utilizado por los mayas	9 × 144 000 + 9 × 7200 + 9 × 360 + 9 × 260 + 9 × 20
	= 1 366 560 días

El Señor Pakal cifró el número de superdioses reyes del sol, 9, 9, 9, 9, 9, en sus tesoros del Templo de las Inscripciones, Palenque (figura 9c). El número oculta ingeniosamente información astronómica; nueve multiplicado por los ciclos de tiempo del calendario maya, en días, cantidades de 1 366 560 días, la duración de 20 ciclos de mancha solar, una inversión magnética solar.

FIGURA 11. EL MENSAJE 9 9 9 9 9 DE TUTANKAMON

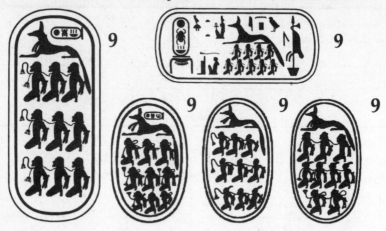

Sellos de la puerta y objetos de sellos de la tumba de Tutankamon (figura 7) muestran a los "prisioneros", grupos de nueve individuos (9, 9, 9, 9, 9) atados con una cuerda alrededor del cuello y los brazos. Cada cuerda termina en una flor de loto, el arquetipo de la veneración del sol, lo que sugiere que los "prisioneros" estaban en "cautividad divina" en la tierra.

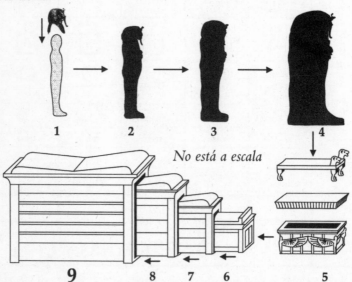

FIGURA 12. Tutankamon fue sepultado en nueve capas de féretro (véase el libro *Las profecías de Tutankamon,* capítulo 3). El nueve es simbólico en la medida en que es el número más alto que se puede alcanzar antes de convertirse en (uno) 1 (como en 10) con Dios. Tutankamon, como los demás superdioses reyes del sol, era solamente el segundo de Dios.

nadie conocía y del que nadie se había dado cuenta, hasta ahora: la tapa fue fijada a los lados por nueve correas de cobre (9, 9, 9, 9). Las esquinas, asimismo, tenían el mismo número de ataduras (9, 9, 9, 9), y sus huesos, intactos desde hacía más de 1 700 años, iban acompañados por otros ocho, nueve en total. Esto no fue por accidente ni por coincidencia: el Señor de Sipán, como Tutankamon y el Señor Pakal, era tanto un rey del sol como un superdiós. Justo arriba del mausoleo, 30 metros por debajo de la cima de la pirámide, los huesos de un "guardia" (lámina 4g) con los pies amputados fueron los primeros en emerger. El mensaje era claro: este hombre jamás caminaría sobre la tierra de nuevo, jamás reencarnaría. Pero esto tenía poco que ver con el mensajero; la intención iba dirigida

FIGURA 13. EL MENSAJE 9 9 9 9 9 DEL SEÑOR DE SIPÁN

La tapa del ataúd del Señor de Sipán (láminas 4 y 5) estaba atada a los lados por tres juegos de correas de cobre (3, 3, 3), nueve en total, a lo largo de cada lado (9, 9, 9, 9). Las esquinas fueron asimismo atadas y fijadas al piso del féretro, con el mismo número de correas, nueve en cada esquina (9, 9, 9, 9). La tumba era el lugar de reposo final del Señor de Sipán y ocho acompañantes, nueve en total.

al hombre que se encontraba debajo de él, el hombre al que apuntaba con la cabeza, el rey (a), envuelto en rojo.

Debajo de los huesos del guardia yacen las 16 vigas de madera de la cámara funeraria. Un hueco en la pared ocultaba a un sacerdote en actitud de meditación (l) que rogaba por el alma del rey. Los esqueletos de dos hombres (d, j), de aproximadamente 40 años de edad al momento de su muerte, descansan a cada lado del rey, y entre cada uno de ellos y el rey yace una llama (e, i), cada una con la cabeza y el cuello amputados del cuerpo. Estos "chivos expiatorios" (idénticos a una oveja sin el cuello y la cabeza) sugieren que el rey, que yace en medio, era el cordero de Dios, un maestro espiritual.

A los pies del rey, una "concubina" (k), de unos 20 años, está de cara hacia el oeste, y en el extremo de la cabecera del rey, otra "concubina" (b) de la misma edad está orientada al este. Una tercera mujer (c), la "pitonisa", yace debajo de la que está orientada hacia el este; ella presagiaría la buena fortuna para el rey en la vida después de la muerte. En la esquina, un niño pequeño (f), de unos 10 años, está sentado con las piernas extendidas y de cara al rey. Los mochicas creían que durante los siete días siguientes a la muerte física, el alma vuelve a visitar lugares familiares para despedirse de los viejos amigos, tiempo durante el cual los familiares juntan las posesiones del difunto para abastecer la tumba. El niño probablemente haya fallecido de muerte natural durante este periodo de siete días y fue colocado en la tumba para simbolizar juventud eterna en la vida que sigue a la muerte. En el octavo día el alma parte al fin, acompañada de un perro (h) que guiaría a su maestro a través del primer nivel del inframundo, un río de rápidos.

La tumba de estilo "plataforma", con sus vigas horizontales y sus soportes en forma de Y, era común a lo largo y ancho de Norte y Sudamérica. El historiador Donald A. Mackenzie, en *Myths of Pre-Columbian America,* comenta:

> En América, a los difuntos que son dispuestos en tumbas de plataforma se les protege en cajas de madera, canoas o envueltos entre tablones. Luego se les sostiene con estacas

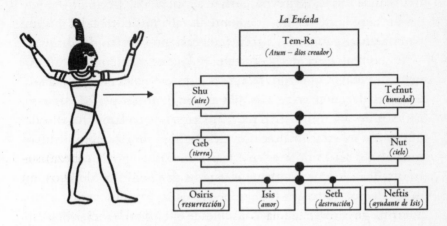

FIGURA 14. LOS DIOSES DE HELIÓPOLIS

La Enéada

Tem-Ra
(Atum – dios creador)

| Shu *(aire)* | | Tefnut *(humedad)* |

| Geb *(tierra)* | | Nut *(cielo)* |

| Osiris *(resurrección)* | Isis *(amor)* | Seth *(destrucción)* | Neftis *(ayudante de Isis)* |

en forma de Y. El símbolo Y, en el antiguo Egipto, se asocia con uno de los dioses creadores, Shu, que sostiene el firmamento [figura 14]. Cuatro símbolos Y representan los pilares celestes de los cuatro puntos cardinales de los cielos. Las plataformas apoyadas en estacas con forma de Y aparentemente son símbolos de la bóveda celeste.

Esto, nuevamente, parece sugerir que el Señor de Sipán estaba asociado con el cielo, lo que confirma su estatus como superdiós.

Los tesoros de la tumba

La partida funeraria estaba rodeada de 1 137 vasijas de cerámica. Según los arqueólogos, muchas representaban a prisioneros desnudos atados con una cuerda alrededor del cuello, una preocupación mochica común y curiosamente paralela a la de los sellos funerarios de Tutankamon. Otros personajes estaban ataviados como guerreros cargando armas, y otros más semejaban hombres jugando.

Casi todos los contenidos del sarcófago (lámina 5a) estaban envueltos en una delgada hoja de cobre de aproximadamente tres metros cuadrados. Una manta de lana bordada aislaba todo de una fina manta roja exterior de lana —símbolo del sacrificio— que aseguraba el fardo. La hoja de cobre llevaba una correa del mismo material que se extendía a través del calzado cobrizo del difunto.

El contrabando del tesoro (brevemente mencionado antes) incluía 13 collares pectorales, muchos de los cuales estaban hechos de miles de cuentas de conchas marinas, todas perforadas con orificios de 0.4 milímetros de diámetro. Los collares al estilo de un rayo de sol estaban alrededor del cuello, sobre los hombros (lámina 5b), y eran similares en estilo a uno usado por Tutankamon (figura 26a), lo que confirma el estatus del Señor de Sipán como un rey del sol. Otro gran collar, hecho de 10 grandes piezas de oro en forma de cacahuate (cruzando desde el hombro izquierdo hasta el esternón) y 10 "cacahuates" de plata (cruzando hacia la derecha), colgaba de su cuello. El oro representaba, por un lado, la carne de los dioses, mientras que la plata simbolizaba los huesos. Al mismo tiempo, el oro era sinónimo del sol y la plata de la luna. Los cacahuates de concha contienen dos esferas; por lo tanto, es probable que el collar de conchas de oro y plata tipificara al sol y a la luna. De ahí que el hombre que llevaba puesto el collar fuera asociado con el sol y la luna, el día y la noche, la vida y la muerte.

Láminas de oro sólido cubrían sus ojos, nariz y boca. Otra media luna en forma de máscara de murciélago (lámina 7f), similar a la que usara el Señor Pakal (lámina 7d), cubría la boca y las mejillas. En la mano derecha llevaba un cetro dorado de ornato parecido a una vara (visto en más detalle en la lámina 8b) y en la mano izquierda tenía un cuchillo de plata. Setenta y dos esferas vacías, arregladas en un semicírculo, fueron posicionadas para seguir el borde exterior de los pectorales. Otro collar, hecho de 16 piezas circulares, como discos dorados, se extendía sobre su pecho. Quienes estén familiarizados con la supraciencia del sol se habrán percatado de que todas estas cantidades son astronómicamente significativas: hay 20 ciclos magnéticos (cacahuates) en una inversión magnética solar; hay 16 (discos dorados) ciclos de man-

n un ciclo de mancha solar de 187 años (16 x 6 ciclos

= los 96 ciclos del ciclo de 187 años ya mencionado),

y hay 72 "vueltas de calendario" (utilizado por los mayas) en una inversión solar magnética de 3 740 años.

Su cuerpo descansaba en dos objetos que los arqueólogos describen como "cuchillos" en forma de medias lunas doradas (figura 15), que más probablemente representan el "alma radiante" (figura 16). La reconstrucción (lámina 5b) sugiere que estos dos ornamentos colgaban de su cinturón a la espalda. Otros dos ornamentos dorados pendían de su cinturón al frente (láminas 5b y 8b). Estaban formados por ocho esferas doradas, unidos uno al otro en un semicírculo. El centro de cada uno tenía un modelo diminuto de Ai Apaec, el dios-jaguar supremo de los mochicas, representado antropomórficamente con enormes colmillos y una cara arrugada similar a la de un gato. En la mano derecha lleva una cuerda de la cual pende una cabeza humana decapitada, y en la mano izquierda lleva lo que los arqueólogos describen como un "cuchillo sacrificial". Por eso con frecuencia se refiere a él como el "decapitador".

Parece que los arqueólogos han confundido el "cuchillo sacrificial" en forma de luna creciente de Ai Apaec con los "cuchillos" usados por los mochicas, a los que se les daba una forma similar a una luna creciente. Una explicación más probable es que Ai Apaec, con los brazos extendidos, sopesa, como las balanzas, la cabeza amarrada (de un prisionero en su cuerpo físico) contra la luna creciente del alma (figuras 15 y 16), concentrando la mente en las posibilidades de la vida después de la muerte o del cautiverio divino, en la tierra, al igual que las representaciones halladas en los sellos funerarios de Tutankamon y las encontradas en las 1 137 vasijas de cerámica, como corolario de la purificación espiritual del alma y una promesa de vida eterna en el mundo espiritual.

La cara de gato de Ai Apaec representa al jaguar, con su pelaje dorado y manchas cafés, que también era reverenciado por los mayas como una encarnación del dorado sol cubierto de manchas marrones (manchas solares) en la tierra.

Otro llamado "cuchillo" dorado (lámina 5b, tocado) fue encontrado por los excavadores debajo del cráneo del Señor de Sipán. Sin embargo, un examen más a fondo permite apreciar que la media luna nuevamente corresponde a la del alma radiante (figuras 15 y 16); la parte inferior del borde comprende dos medias lunas unidas que claramente refieren al halo o espíritu como lo representaban los mayas en sus bajorrelieves y esculturas (figura 16), mientras que el borde externo superior es claramente elíptico, lo que muestra el camino de la Tierra en torno al Sol (luz) en un año. El borde exterior y las medias lunas inferiores, por lo tanto, muestran juntas el halo que irradian quienes son purificados en una y la misma energía, como la energía que irradia del sol, lo cual significa que la luz dentro de nosotros es la misma que la del sol, que es Dios, creador del universo. La media luna dorada que llevaba sobre la cabeza el Señor de Sipán nos dice, entonces, que él era puro en espíritu y que él era *el* sol. Su tocado de plumas también indica que él regía los cuatro rincones del firmamento, los cielos. Los dos "cuchillos" de media luna que cuelgan de la cintura van todavía más allá al decirnos, una vez más, que él era sol y luna, oro y plata, noche y día, vida y muerte.

FIGURA 15. EL HALO DEL REY SOLAR

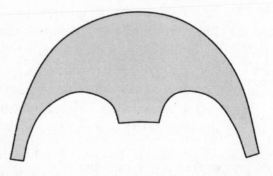

La parte inferior del tocado del mochica representa un halo, como se aprecia en la figura 16 (abajo). El otro borde describe una elipse, que en cambio describe el movimiento de la Tierra en torno al Sol. De este modo, el tocado sugiere que el espíritu (la luz) en el ser humano es uno y el mismo que el espíritu (la luz) del sol. Normalmente la luz (el alma) reside dentro del cuerpo. Pero las almas purificadas usualmente se representan con luz irradiando de la cabeza.

FIGURA 16. EL HALO DEL SACERDOTE

Dibujo de un sacerdote maya, de una escultura en roca de Yucatán, mostrado en una postura meditativa. Cuando los cuerpos físico, emocional e intelectual alcanzan un equilibrio coordinado, la energía electromagnética fluye hacia arriba por la espina dorsal e irradia del centro chacra de la coronilla, en la parte superior de la cabeza (figura 88). Los mayas mostraban esto como una fuente de luz; representaban altos niveles de energía del alma dejando el cuerpo (irradiando de él).

El Señor de Sipán lucía grandes aretes de oro y turquesa (figura 17) excepcionalmente detallados. El borde exterior de cada uno tenía 42 esferas de oro. Dentro de ellos, un círculo de mosaico hecho de turquesa circunscribía un disco central de oro, recortado para acomodar tres incrustaciones: dos guerreros de turquesa en mosaico flanqueando una figura dorada central. La figura central, tridimensional, semejaba a un Señor de Sipán en miniatura pero en todo su refinamiento, portando un cetro de oro en la mano derecha, un escudo dorado en la izquierda, una máscara dorada de murciélago en la cara, un halo de media luna de oro irradiando de la cabeza y cuatro semicírculos Ai Apaec colgando de la cintura.

El atavío de la miniatura central difería del que usaba el Señor de Sipán (como se muestra en la lámina 5); la miniatura lleva puesto un collar de cabezas de búho idénticas a un collar usado por el Antiguo Señor de Sipán (del que se hablará más adelante), quien fue sepultado en la base de la pirámide, lo que sugiere que el Señor de Sipán era un descendiente del Antiguo Señor. Otra curiosidad es que la silueta, recortada en el disco para acomodar las tres incrustaciones de las figuras en miniatura, no concuerda de ningún modo con el contorno de las figuras incrustadas, como si "los caracteres representados aquí no encajaran (pertenecieran) *aquí*", sino que correspondieran a otra tumba, la del Antiguo Señor, quien usa un collar de cabezas de búho. Es casi como si la compleja construcción de las piezas de las orejas sugiriera que el Señor de Sipán se encuentra en la tumba equivocada, por así decirlo.

La reconstrucción del Señor de Sipán que han hecho los arqueólogos (figura 5b) lo presenta con su túnica dorada, con flequillos de campanas cónicas, encima de su mortaja blanca (detallada en la lámina 5a) y con sandalias cobrizas.

Los escudos en forma de estandarte dorado cubrían el contenido del sarcófago. Uno mostraba, en el centro, a un misterioso hombrecito con un sombrero, y que aparecía de nuevo en cada una de las esquinas del otro escudo (figura 18) y nuevamente en el pecho del Señor de Sipán (lámina 8a, b y c). El estilo del sombrero se asemeja a los que usaban los curas españoles que llegaron a Perú con los conquistadores en el siglo XVI, lo cual no se consideraría inusual, excepto porque el Señor de Sipán fue enterrado 1 250 años antes. La observación de otras piezas de joyería del complejo de Sipán (véase la lámina 11h) sugiere que el sombrero de hecho representa al sol. El hombrecito con el sombrero podría por tanto ser considerado como el representante del sol, el Señor de Sipán, que regía los cuatro rincones.

Esta noción de dominio sobre los cuatro rincones de los cielos era otra característica compartida por los superdioses reyes

FIGURA 17 Aretes dorados con incrustaciones de turquesa en mosaico, de la tumba del Señor de Sipán.

del sol. Una imagen del respaldo del trono laminado en oro que se encontró en la tumba de Tutankamon (figura 19) presenta a éste junto con su amorosa esposa, Ankhesenamun. En la imagen ambos llevan unos "faldones de bufandas" que representaban los cuatro rincones. Ankhesenamun toca a Tutankamon, diciendo que "él es los cuatro rincones". Que los faldones de bufandas representen esto está un poco en duda; los mexicas usaban el mismo simbolismo para representar a los cuatro primeros dioses celestes que regían los cielos, los cuatro Tezcatlipocas (figura 20). El tocado de plumas del Señor de Sipán muestra de forma similar las cuatro esquinas, y el Señor Pakal lleva las mismas cuatro esquinas marcadas en la frente, en una imagen decodificada de la asombrosa Lápida del Sarcófago de Palenque (figura 21).

FIGURA 18. EL SEÑOR DE SIPÁN, REY DE LOS CUATRO RINCONES

(a) El rey solar de Sipán lleva en la cabeza tanto la marca del sol (halo) como las plumas de las cuatro esquinas. En la mano tiene el cetro dorado parecido a una vara con la forma de las cuatro esquinas. (b) El guardia lleva un escudo dorado, cuyas esquinas (véase el texto principal) están ocupadas con un misterioso hombrecito que tiene puesto un sombrero. Aparentemente, el sombrero tipifica al sol (lámina 11h). El Señor de Sipán, del mismo modo que el Señor Pakal de México y Tutankamon de Egipto, regía las cuatro esquinas celestes, los cielos.

FIGURA 19. TUTANKAMON, REY DE LOS CUATRO RINCONES

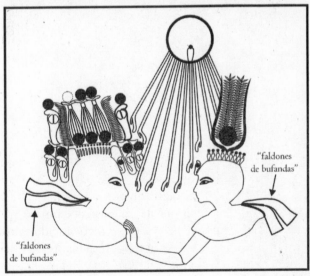

En los tesoros de la tumba de Tutankamon se aprecia al joven rey y a su esposa, Ankhesenamun, con los símbolos de las cuatro esquinas. Ankhesenamun está diciendo que Tutankamon, así como el Señor de Sipán, regía los cuatro rincones de los cielos (norte, sur, este y oeste).

FIGURA 20. LOS DIOSES MEXICAS DE LOS CUATRO RINCONES

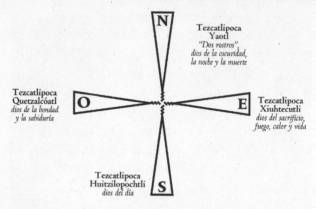

Tezcatlipoca Yaotl
"Dos rostros",
dios de la oscuridad,
la noche y la muerte

Tezcatlipoca Quetzalcóatl
dios de la bondad
y la sabiduría

Tezcatlipoca Xiuhtecutli
dios del sacrificio,
fuego, calor y vida

Tezcatlipoca Huitzilopochtli
dios del día

En la mitología mexica, cuatro dioses regían las cuatro partes del firmamento. Eran conocidos como los cuatro Tezcatlipocas, los cuatro primeros hermanos de la creación.

FIGURA 21. EL SEÑOR PAKAL DE LOS CUATRO RINCONES

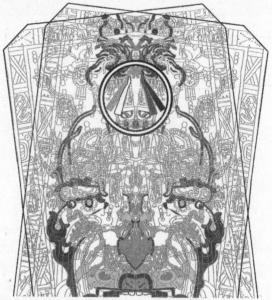

La composición decodificada del Señor Pakal, de la asombrosa Lápida de Palenque (lámina 7d), revela que él también era rey de los cuatro rincones (los cuales colgaban de su cabeza, señalados en un círculo) como el Señor de Sipán (lámina 7f), que llevaba los cuatro rincones como tocado.

La asombrosa Lápida de Palenque y el Señor de Sipán

Tanto los mayas como los egipcios creían que la constitución humana se podía descomponer en cuatro áreas distintas (figura 22): la astral (espiritual), la física, la intelectual y la emocional. Ellos creían que estos cuatro cuerpos fueron creados simultáneamente y que al morir el cuerpo físico regresaba al polvo, llevando consigo el cuerpo emocional (un adjunto del corazón) y el cuerpo intelectual (un adjunto del cerebro). El destino del alma dependía de su pureza al momento de la muerte física; las almas puras viajarían a los cielos y se convertirían en estrellas, en dioses eternos. Las almas impuras viajarían a través del inframundo y del purgatorio antes de reencarnar en la tierra para otro intento de purificación del alma mediante el sufrimiento físico, emocional e intelectual. Por esta razón, los egipcios preservaban en urnas solamente algunos de sus órganos internos (hígado, pulmones, estómago e intestinos) al morir el cuerpo físico. La práctica era alegórica; no había necesidad de preservar el corazón ni el cerebro, ya que si ellos reencarnaban, recibirían un nuevo corazón y un nuevo cerebro, de ese modo no recordarían nada de sus vidas emocionales e intelectuales pasadas.

La mecánica del proceso de reencarnación implica que el supraconocimiento, que ha tomado muchas vidas acumular, podría adquirirse más rápidamente de lo que se es capaz de construir con cada sucesiva encarnación. Pero un nuevo cerebro y corazón excluyen tales ventajas, así que el proceso de purificación toma muchas más vidas de las que tomaría de otra manera. Para reducir esto, los antiguos cifraron su supraconocimiento en sus tesoros. El redescubrimiento del mismo conocimiento, en la siguiente reencarnación, permitiría un nivel de partida más alto para la purificación, lo que le da al alma una mejor oportunidad de transmigración y transmutación en una estrella en la próxima ocasión.

Pero ¿cómo se podría "escribir" el conocimiento de manera que garantizara su transmisión a través de vastos periodos de tiempo?

Desde el principio de la historia, las naciones y los idiomas han sido aniquilados por ejércitos conquistadores y regímenes políticos ansiosos por imponer sus propias creencias en las naciones derrotadas. Ideas y culturas se han perdido por sucesiones ideológicas. Asimismo, desastres naturales, inundaciones, incendios y terremotos borran toda evidencia de civilizaciones anteriores. Los ciclos catastróficos provocados por el Sol, que periódicamente hacen que la Tierra se incline sobre su eje (figuras 44 y 45), también frustran la transmisión del conocimiento.

FIGURA 22. LOS CUATRO CUERPOS

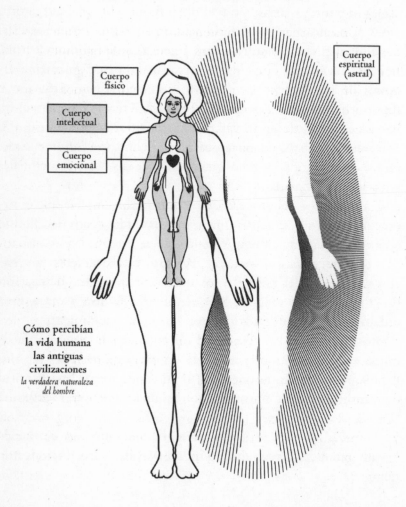

Cuerpo físico

Cuerpo espiritual (astral)

Cuerpo intelectual

Cuerpo emocional

Cómo percibían la vida humana las antiguas civilizaciones
la verdadera naturaleza del hombre

Hay dos maneras de "establecer por escrito" el conocimiento para la posteridad sin recurrir a las palabras. Una manera es utilizando números, el denominador común de las culturas; el número 10 es común a toda la humanidad, puesto que toda la humanidad tiene 10 dedos. Por eso el Señor Pakal eligió usar números en su codificación de los ciclos solares magnéticos en las claves de la pirámide de Palenque (figura 10), y por eso mismo Tutankamon recurrió a los números para cifrar su conocimiento en su collar de rayos de sol (figura 26). Una segunda manera de codificar información es mediante el uso de imágenes; una imagen dice más que mil palabras, y todas las imágenes son comunes a todos los pueblos.

Algunas imágenes transmiten información de forma más eficiente y efectiva que otras; si nos planteamos la pregunta: "¿Qué hay de especial en la imagen de un rompecabezas (figura 23, arriba) de un jardín inglés?", rápidamente nos percatamos de que el cerebro humano encuentra difícil conciliar semejante criterio de interrogación definido de forma tan general. No obstante, si nos hacemos la misma pregunta acerca de la imagen inferior (figura 23, abajo), la respuesta se vuelve evidente de forma inmediata: faltan varias piezas del rompecabezas. Esto demuestra que el cerebro humano encuentra dificultad en darle significado a lo que ve; en cambio, le es mucho más fácil encontrarle significado a lo que no ve, la excepción más que la regla. Por esa razón estamos prestos a ver las culpas en otras personas a nuestro alrededor pero con frecuencia fallamos en reconocer el mérito donde lo hay. Eso también explica por qué somos tardos en ver defectos en nuestro propio carácter, porque no tenemos una imagen perfecta de nosotros mismos con la cual nos podamos comparar. Por las mismas razones, los antiguos eligieron *omitir* información en sus tesoros. La *omisión* servía como el mecanismo fundamental que facilitaba la codificación de información. Por lo tanto, descifrar implicaba la búsqueda, la asimilación y (una vez localizadas) la reorganización de las piezas faltantes. El hecho de que se haya *codificado* esa información por sí mismo comunica un significado especial que la distingue de otra información menos importante que no se codificó.

FIGURA 23. CÓMO PERCIBE INFORMACIÓN EL CEREBRO

El cerebro no ve nada inusual en la imagen superior, pero inmediatamente descubre los defectos de la imagen inferior.

En 1989, mientras trabajaba en la Universidad de Cranfield, calculé exitosamente la duración del ciclo prolongado de mancha solar. La computadora de la universidad, una de las más poderosas en el mundo, había predicho que el Sol revertiría su campo magnético cada 3 740 años (1 366 040 días). Más tarde me quedé pasmado al aprender que la cultura maya de México veneraba un número casi idéntico (1 366 560), hace más de 1 000 años en las junglas mexicanas. Pronto se esclareció que esta antigua civilización que rendía culto al sol sabía más acerca de los ciclos magnéticos del Sol de lo que nosotros sabíamos en 1989.

De manera que viajé a su centro ceremonial de Palenque, en las profundidades de la selva mexicana, para mirar más de cerca los tesoros que habían dejado atrás. Me impresionó la tapa que cubría el sarcófago del Señor Pakal. Pero noté algo que, al parecer, nadie más había notado antes: faltaban dos esquinas de la tapa (figura 24). Indiqué cómo, encontrando las esquinas faltantes, podría descifrarse el código de la cenefa o borde en derredor para revelar instrucciones secretas que permitieran que el bajorrelieve central en sí pudiera decodificarse. La lámina 6 muestra un ejemplo de una instrucción del código en una cenefa que refiere a una imagen en particular, oculta en el bajorrelieve central (lámina 7d). En esta composición decodificada se puede ver la cabeza del Señor Pakal, ocupante de la tumba, con la boca cubierta con una máscara de murciélago. El murciélago representaba la muerte entre los mayas. En la cabeza, de acuerdo con la instrucción del código en la cenefa descrita en la lámina 6, está sentado un polluelo que lleva una cadena, de la que pende una concha de caracola. La concha de caracola era el símbolo del viento y la marca de Quetzalcóatl,[2]

---

[2] El nombre Quetzalcóatl es la traducción náhuatl (azteca) de las palabras "serpiente emplumada". La traducción quiché (maya) del término "serpiente emplumada" es Ku-kul-kan.

El nombre de los dioses de México es un asunto complejo. A muchos de los que eran esencialmente los mismos dioses se les daban nombres diferentes en distintas épocas a lo largo de la historia mesoamericana. Por ejemplo, el dios de la lluvia en el ámbito maya era conocido como Chaac; en el ámbito zapoteca, Cocijo, y en el ámbito azteca, Tláloc. Además, muchos de los dioses a los que solía presentarse como exclusivamente aztecas aparecieron en la recientemente el dios más grande de los mayas (la serpiente emplumada, el ser perfecto). El águila representaba el viento y el alma en el cielo, mientras que la serpiente representaba el cuerpo en la tierra que muda de piel. El polluelo representa un bebé de quetzal, un ave de brillantes colores que habita la selva húmeda. El mensaje que estaba oculto en esta imagen decodificada, por lo tanto, dice: "El Señor Pakal murió y renació como Quetzalcóatl".

Este descubrimiento es particularmente interesante porque alrededor de 1710 d. C., un monje dominico, el padre Francisco Ximenex, dio con un antiguo manuscrito oculto detrás de un grupo de piedras sueltas en las paredes encaladas de su parroquia en Santo Tomás Chichicastenango, cerca de 322 kilómetros río Usumacinta arriba, desde Palenque, en la Guatemala de hoy. Las

---

descifrada Lápida del Sarcófago de Palenque, lo que por tanto significa que los mismos dioses deben haber sido conocidos en el ámbito maya pero que sus nombres siguen siendo desconocidos.

Hay otras dificultades al respecto. Muchos de los dioses cambiaban de papel en diferentes momentos. Quetzalcóatl era el dios del viento (y del oeste, así como de la bondad y la sabiduría) y se le percibía dominando, como el viento, sobre todo el espacio, los cuatro rincones del cielo. Cuando viajó al cielo del sur, se le asoció con Huitzilopochtli, el dios del día, que vivía en la parte sur del cielo, y al que por lo tanto se le asociaba con la luz del día (luz solar) y con el sol. Cuando Quetzalcóatl se adentró en el inframundo, se le asoció con la oscuridad y por consiguiente con el dios de la oscuridad (y la muerte), Tezcatlipoca Yaotl, del norte. Cuando Quetzalcóatl ocupó el cielo oriental, se le asoció con Xiuhtecutli, el dios del fuego. Algunos analistas insisten en que Quetzalcóatl era hermano de Huitzilopochtli, Yaotl y Xiuhtecutli, mientras que otros consideran que ellos eran diferentes emanaciones de Quetzalcóatl, puesto que él ocupaba los distintos puntos cardinales. Dado que él estaba en el más alto nivel de la jerarquía divina, era visto como el sol mismo, o como el dios sol. Huitzilopochtli, en su calidad de dios del día, era también visto como dios sol. Tonatiuh, otro patente dios de los aztecas (que también aparece en la asombrosa Lápida de Palenque), asimismo era un dios del sol.

Para reducir estas dificultades, en primer lugar, a los dioses mesoamericanos mencionados en todo este libro se les han dado nombres que, se conoce, eran empleados en el ámbito azteca, independientemente del periodo histórico. En segundo lugar, para evitar confusión, se usan nombres genéricos cuando es posible; por ejemplo, el "rey del sol" o "rey solar" se usa en lugar del nombre de un dios en particular.

hojas del manuscrito que se desmoronaba habían sido escritas por un desconocido maya quiché alrededor del año 1550 d. C. en un intento por dejar registrada la historia y las tradiciones de su gente. El documento era una versión posterior de un "libro del pueblo" más temprano, el *Popol Vuh,* que había estado "perdido". El texto comienza y termina con las mismas pocas palabras: "El libro original, escrito hace mucho tiempo, existió, pero permanece oculto a los ojos del *buscador* y del *pensador*". La lápida de piedra caliza que cubría el sarcófago del Señor Pakal estaba oculta a los arqueólogos *(buscadores)* dentro del Templo de las Inscripciones. Ahora sabemos que contiene información altamente complexa y codificada (oculta para el *pensador*). ¿Es acaso la asombrosa tapa del sarcófago de Palenque el libro largamente perdido de los mayas? Creo que lo es. La lámina 7d es sólo una de alrededor de 200 imágenes secretas contenidas en la lápida. (Las láminas 23 y 25b, 26-31 y 32a presentan unas cuantas imágenes más que serán caracterizadas más adelante en este libro.)

Nueve años después de la primera decodificación de la asombrosa Lápida de Palenque, viajé a Perú y por vez primera posé los ojos en el Señor de Sipán (lámina 7f). Éste guardaba una sorprendente semejanza con la imagen decodificada del Señor Pakal en la tapa del sarcófago de Palenque (lámina 7d). La lámina 7d era sólo una dentro de una serie que mostraba la muerte y el renacimiento del Señor Pakal. Otra de las imágenes de la serie (lámina 28) mostraba una imagen de Pakal moribundo siendo llevado por el "dios de la muerte", un esqueleto con una capa y, curiosamente, un sombrero, que despierta la misma pregunta que antes: ¿cómo es posible que un sombrero semejante al de un cura sea representado en un objeto de tal antigüedad?

De regreso a casa desde Perú, le eché otro vistazo a la Lápida de Palenque, esta vez atento al hombrecito con el sombrero, y pronto descubrí lo que había ya sospechado (lámina 9): la máscara de murciélago que cubría el rostro del Señor Pakal estaba apoyada en una imagen del misterioso hombre con el sombrero. No lo había visto durante la primera decodificación de la lápida (lámina 7d). ¿Qué podía ser más concluyente? El Señor de Sipán

Figura 24. La asombrosa Lápida de Palenque

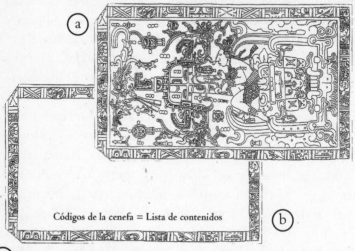

Códigos de la cenefa = Lista de contenidos

Bajorrelieve central = Libro sagrado
de los mayas codificado en piedra

(a) Bosquejo de la Lápida de Palenque, la tapa de cinco toneladas de piedra caliza que cubría el sarcófago del Señor Pakal en el Templo de las Inscripciones en Palenque, México. Podemos notar que faltan las esquinas de la tapa. Si se hace una copia transparente de los dibujos, los patrones que deberían tener las esquinas faltantes, del dibujo original, se pueden reparar (sobreponiendo la transparencia de extremo a extremo en el original). Así se puede empezar la decodificación de la lápida, utilizando el original junto con el facsimilar transparente. Usando este método, descubrimos que el patrón del código de la cenefa (b) contiene imágenes secretas que proveen una lista de contenidos de más historias secretas ocultas en el bajorrelieve central (c). La lámina 6 muestra un ejemplo. El bajorrelieve central contiene cientos de imágenes secretas que cuentan muchas historias. La que se muestra en la lámina 7d corresponde con el código de la cenefa *(instrucción)* caracterizado en la lámina 6. Las láminas 25b, 26-31 y 32a caracterizan más historias usando diferentes orientaciones de los dibujos. Otras historias (que no se presentan aquí) usan imágenes en movimiento *(animaciones)* para explicar el argumento.

Nota: Para ver el número 144 000 *perfectamente* (cuando se utiliza el proceso de decodificación Transformador maya), las transparencias se deben rotar 14° exactamente.

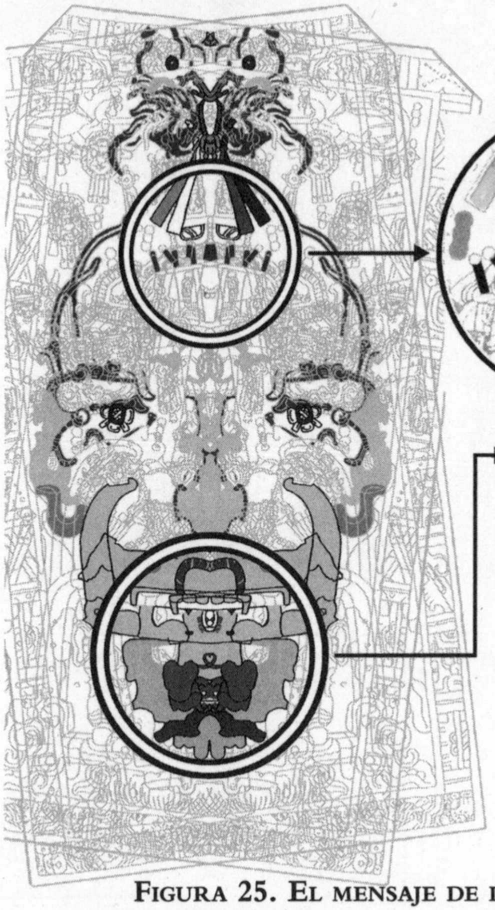

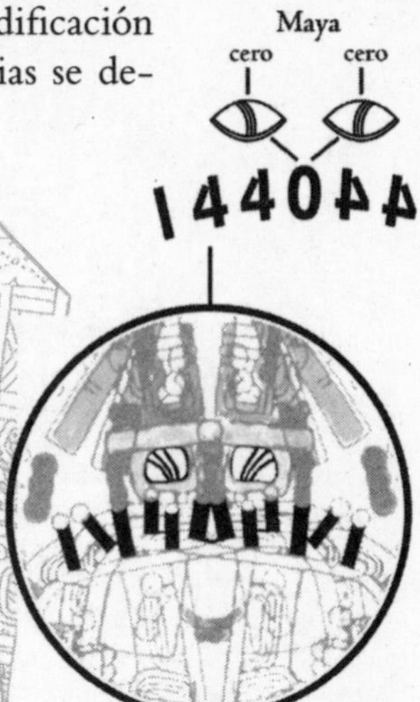

El Señor de Sipán (el misterioso hombre con el sombrero)

Nota: Para ver *perfectamente* la figura de corazón dentro del hombre misterioso con el sombrero (cuando se utiliza el proceso de decodificación Transformador maya), las transparencias se deben rotar 14.4° exactamente.

FIGURA 25. EL MENSAJE DE LOS **144 000** DEL SEÑOR PAKAL Y DEL SEÑOR DE SIPÁN

(Véase la lámina 9.) En la Biblia, aquellos con el número 144 000 escrito en la frente representan los pocos elegidos que entrarán al reino de los cielos. El Señor Pakal tiene el número 144 000 en la frente (arriba, en un círculo). La perfecta figura de un corazón, contenida dentro de la imagen del hombre misterioso con el sombrero (abajo, en un círculo), solamente se puede completar cuando se invierten, se sobreponen y yuxtaponen las transparencias a 14.4°. Juntos, estos mensajes nos dicen que sólo los puros de corazón se convertirán en uno de los 144 000, como el Señor Pakal y el Señor de Sipán.

FIGURA 26. EL MENSAJE DE LOS **144 000** DE TUTANKAMON

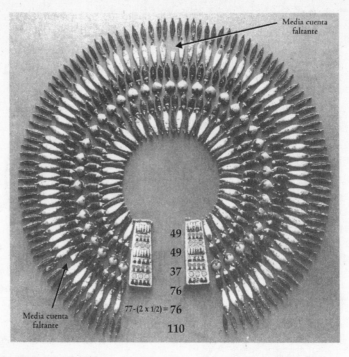

Media cuenta faltante

49
49
37
76
77-(2 x 1/2) = 76
110

Media cuenta faltante

Hilera		Rotación del Sol en días
1	4 + 9 = 13	} 26 (Ecuador)
2	4 + 9 = 13	
3		37 (Polo)
4	7 + 6 = 13	} 26 (Ecuador) Hilera
5	7 + 6 = 13	
6	110	

Hilera	
1	49
2	49
3	37
4	76
5	77- (2 x 1/2) = 76
6	110
Total = 2 (lingotes) + 1 + 397 = 400 (piezas)	

El libro *Las profecías de Tutankamon* explica cómo el collar de rayo de sol (a) perteneciente a Tutankamon contenía información astronómica y espiritual. (b) El total de cuentas en cada hilera del collar refiere el ritmo de rotación de los campos magnéticos polares y ecuatorial del Sol (37 y 26 días, respectivamente). (c) El número total de cuentas suma 397, cifra que también es astronómicamente significativa (el polo solar rota 360° en 37 días; 360 + 37 = 397). La multiplicación de 360 por 400 da como resultado 144 000, el número mencionado en el Apocalipsis de la Biblia. Que esto es así se confirma en la tabla (b); dos hileras no suman 13, la hilera 3 y la hilera 6. El Apocalipsis (capítulo XIII, y el Señor Pakal deben haber sido uno y el mismo (lámina 10); solamente el tiempo, 500 años, separó a estos dos grandes reyes, reencarnaciones del mismo ser.

Sorprendentemente, el hombre pequeño con el sombrero, que cubre el rostro del Señor Pakal, lleva puesta una diminuta máscara de murciélago sobre su propia cara. Su corazón se puede ver claramente en medio de su pecho desnudo, mientras que otro murciélago (la señal de la muerte) cubre sus genitales. La postura del hombrecito, revelando el corazón a través de su pecho abierto, nos dice que solamente los purificados de corazón tendrán el número de los 144 000 en la frente. Al mismo tiempo, el murciélago (símbolo de la muerte) que cubre su área genital sugiere que quienes se procrean sólo encuentran la muerte.

Otro hecho interesante surgido de la última decodificación asistida por computadora: las transparencias requieren estar yuxtapuestas a 14 grados exactamente (figura 25) antes de que el número 144 000 aparezca *claramente* en la frente del Señor Pakal. Sin embargo, en esta postura la marca del corazón del hombre con el sombrero no forma una figura *perfecta* de corazón. Ésta sólo se completa cuando las transparencias se posicionan exactamente a 14.4 grados de separación. Esto parece implicar que la pureza de corazón (llegar a ser uno de los 144 000) se puede alcanzar solamente por aquellas personas que se olvidan de la actividad sexual. La purificación es, por lo tanto, un proceso de dos pasos —celibato el primero y purificación el segundo—, lo que explica por qué los buscadores espirituales se suscriben al celibato. Estas mediciones angulares más precisas fueron posibles por el uso de

---

versículo 18) dice así: "Y en esto hay sabiduría, el que tiene entendimiento calcule el número de la bestia, pues es número de humano; y su número es 666". La hilera 6 multiplicada por 110 = 660 en la hilera 6 = 666. Que esto es así se puede confirmar multiplicando la hilera 3 (la única otra hilera que no suma 13) por 37, que es igual a 111. Por lo tanto, el collar tiene tanto el número 144 000 como el 666, como se menciona en el Apocalipsis. Los mismos números se pueden encontrar descifrando las claves en el Templo de las Inscripciones, en Palenque. Además, Tutankamon llevaba puestas 143 piezas de joyería envueltas entre los vendajes de su momia; él era el objeto 144.

técnicas gráficas modernas por computadora que antes no estaban disponibles.

El collar de rayo de sol, de la tumba de Tutankamon (figura 26), demuestra que él también cifró en su tesoro el mensaje de 144 000 de los superdioses, nuevamente mostrando concomitancia entre las enseñanzas de los superdioses.

La nueva decodificación de la asombrosa Lápida de Palenque (lámina 9) difiere de la anterior (lámina 7d) en dos formas: en primer lugar, la máscara de murciélago que usaba el Señor de Sipán se puede ver con mayor claridad escogiendo y coloreando diferentes áreas de la tapa del sarcófago; en segundo lugar, el Señor Pakal se puede mostrar, nuevamente seleccionando distintas áreas del diseño, con la barba gris de un hombre blanco.

La tumba del sacerdote

La siguiente tumba que se descubrió fue la del sacerdote (lámina 2). Yacía en el extremo sur de la plataforma superior. Los restos de un "guardián" con los pies cercenados, de forma similar al que vigilaba sobre la tumba del Señor de Sipán, fueron los primeros en aparecer en un féretro de mimbre. Debajo de ellos, los restos desintegrados de un techo de vigas formaban una depresión que se hundía en la tumba de abajo. Alrededor de la tumba, cientos de vasijas de cerámica esculpidas, muchas con figuras de hombres con miembros faltantes, estaban tendidas en desorden. Los brazos y las piernas de cerámica que faltaban se hallaron apilados más lejos. Las vasijas de guerreros de cerámica vigilaban el séquito desde cada una de las cuatro esquinas de la tumba.

Nuevamente, la tumba estaba llena de toda clase de tesoros, del estilo de los encontrados en la tumba del Señor de Sipán, aunque no tan magníficamente. Los arqueólogos le dieron el nombre de "sacerdote" porque consideraron que su elaborado tocado (lámina 11a, derecha) caracterizaba a un búho, un ave frecuentemente asociada con la sabiduría, el conocimiento y el cielo nocturno (astronomía). Sin embargo, un análisis cuidadoso permite notar que el "búho" tiene orejas muy salientes, como las de un murciélago, lo que sugiere que el "búho" es en realidad un murciélago que representa al dios murciélago, el dios de la muerte.

El sacerdote tenía aretes de oro y turquesa similares a los del Señor de Sipán, excepto porque el centro tenía una cabeza de oro, de la que ahora se sabe que caracteriza el rostro del Antiguo Señor de Sipán, cuyos restos fueron descubiertos en la capa inferior del complejo piramidal.

La lámina 11a muestra al sacerdote usando dos collares, cada uno de los cuales constaba de nueve cabezas de cobre dorado, cuyas caras semejan una máscara dorada que cubría el rostro del Antiguo Señor (lámina 28). Las cabezas en el collar superior mostraban al Antiguo Señor sonriendo, exponiendo dos hileras de blancos dientes de concha. Las nuevas caras de la ristra inferior mostraban al Antiguo Señor frunciendo el ceño, quizá para ilustrar la dicotomía de la vida contra la muerte. El baño de oro de las cabezas de cobre (con aleación de oro y plata), como el de todos los artefactos dorados de los mochicas, se logró mediante técnicas de laminado electroquímico desconocidas en Europa hasta el siglo XVII. El "sacerdote", que tenía un halo dorado de media luna (que no se aprecia en la lámina 11), otra vez caracterizando al Antiguo Señor, estaba acompañado en el extremo sur de la tumba por un ataúd de mimbre que contenía los restos de un niño, un perro y una serpiente. A su derecha yacía una mujer joven, boca abajo, con una llama decapitada a sus pies. A su izquierda estaba una mujer joven que llevaba puesta una corona de cobre, y más allá de ella, un hombre dentro de un ataúd de mimbre estaba de cara a los pies del sacerdote.

Uno de los acompañantes (lámina 11a, izquierda) tenía dos aretes que, sorprendentemente, mostraban el viento radiante del sol (lámina 11b). Que estos artefactos representaran intencionalmente la supraciencia del sol puede estar un poco en duda; otras piezas del complejo de tumbas de Sipán representan al sol como un disco hueco (lámina 11c), como una cruz (lámina 11d), representando la estructura magnética transversal del Sol (figura A1, i) como un disco radiante (lámina 11e), como un sistema solar (lámina 11f), como un corte transversal polarizado (positivo y negativo) del campo magnético del Sol (figura A1, ii) y como un disco solar dorado que distingue el campo polar del Sol de aquel del ecuador (lámina 11h).

Atravesando su pecho, debajo del collar que caracteriza al Antiguo Señor, el sacerdote usaba dos collares pectorales estilo solar. Un disco solar dorado para la nariz cubría su boca. El significado del disco no es claro; la máscara de murciélago representa la muerte, así que tal vez el disco se refiera a la vida, lo que significa que el sacerdote estaba "vivo" durante el reinado del Antiguo Señor, cuyas nueve (9) caras sonrientes y nueve (9) caras ceñudas cuelgan de los collares alrededor de sus hombros. Así, tal vez él haya servido con lealtad al Antiguo Señor, durante los buenos y los malos tiempos de su vida.

Como el Señor de Sipán, el sacerdote llevaba una media luna creciente, llamada cuchillo, la mitad de la cual estaba hecha de oro y la otra mitad de plata, divididas por una línea central. Su cuerpo estaba cubierto por una túnica de algodón enhebrada con laminillas doradas, y el féretro entero estaba envuelto con una fina manta de lana roja.

Hay cierta duda de que el "sacerdote" fuera un personaje importante. Bien pudo haber sido un sacerdote, un astrónomo o un hombre sabio, pero los tesoros en su tumba sugieren que su rango era menor que el de sus vecinos de sepultura hallados en el complejo. Los únicos nueves en su tumba refieren al Antiguo Señor de Sipán y él no regía los cuatro rincones; no podía, por lo tanto, haber sido un superdiós.

La tumba del Antiguo Señor de Sipán

La tumba del Antiguo Señor (lámina 3) fue hallada alrededor de seis metros bajo la superficie del más bajo de los seis niveles, en la base de la pirámide, y por consiguiente se presume que es la más antigua, que data del año 100 d. C. aproximadamente.

(a) Huaca Rajada, el complejo piramidal de adobe en Sipán erosionado por el agua. (b) Reconstrucción arqueológica del complejo de pirámides. (c) Esquema de capas en el que se aprecian las diferentes etapas de construcción. (d) Tumba del Señor de Sipán, hacia 290 a. C. (e) Tumba del sacerdote. (f) Tumba saqueada. (g) Tumba del Antiguo Señor de Sipán, hacia el año 100 a. C.

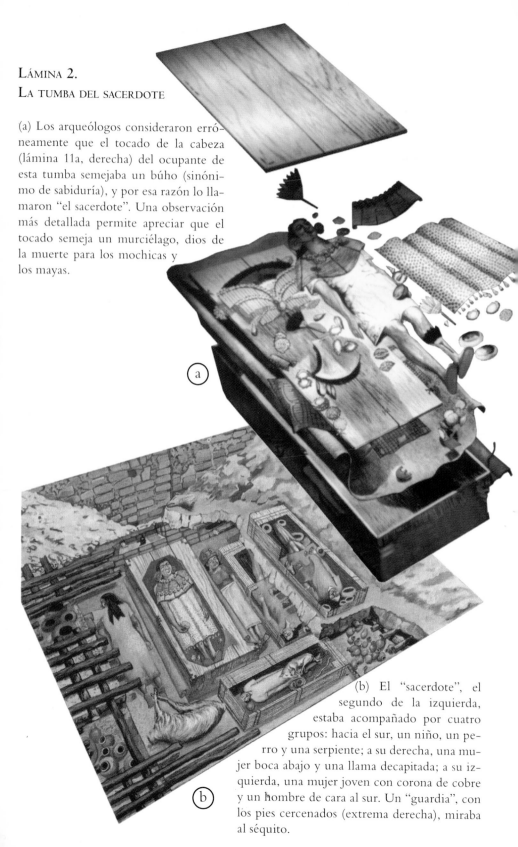

LÁMINA 2.
LA TUMBA DEL SACERDOTE

(a) Los arqueólogos consideraron erróneamente que el tocado de la cabeza (lámina 11a, derecha) del ocupante de esta tumba semejaba un búho (sinónimo de sabiduría), y por esa razón lo llamaron "el sacerdote". Una observación más detallada permite apreciar que el tocado semeja un murciélago, dios de la muerte para los mochicas y los mayas.

(b) El "sacerdote", el segundo de la izquierda, estaba acompañado por cuatro grupos: hacia el sur, un niño, un perro y una serpiente; a su derecha, una mujer boca abajo y una llama decapitada; a su izquierda, una mujer joven con corona de cobre y un hombre de cara al sur. Un "guardia", con los pies cercenados (extrema derecha), miraba al séquito.

El hombre cangrejo
(Viracocha, "Espuma del Mar")

Los arqueólogos bautizaron al hombre que se encontraba en la base de la pirámide como el "Antiguo Señor de Sipán" porque fue hallado en el nivel más bajo del complejo piramidal, y supuestamente el más antiguo. Las técnicas de radiocarbono datan la tumba alrededor del año 100 d. C. Sus tesoros incluían 56 piezas de oro, docenas de ornamentos de cobre bañado en oro, varias representaciones de un misterioso hombre pequeño con un sombrero puesto, 26 vasijas de cerámica, un pectoral de concha con motivos serpentinos y varios brazaletes. Pero un objeto particularmente curioso, una figura antropomórfica de cobre laminado en oro y de 60 cm de altura (arriba, izquierda) reveló la verdadera identidad del hombre en la tumba; se le representaba con el cuerpo de un cangrejo, criatura que habita tanto en la tierra como en el mar, entre la tierra y el mar, en la "espuma del mar", la traducción literal del nombre Viracocha, el legendario dios blanco de Sudamérica.

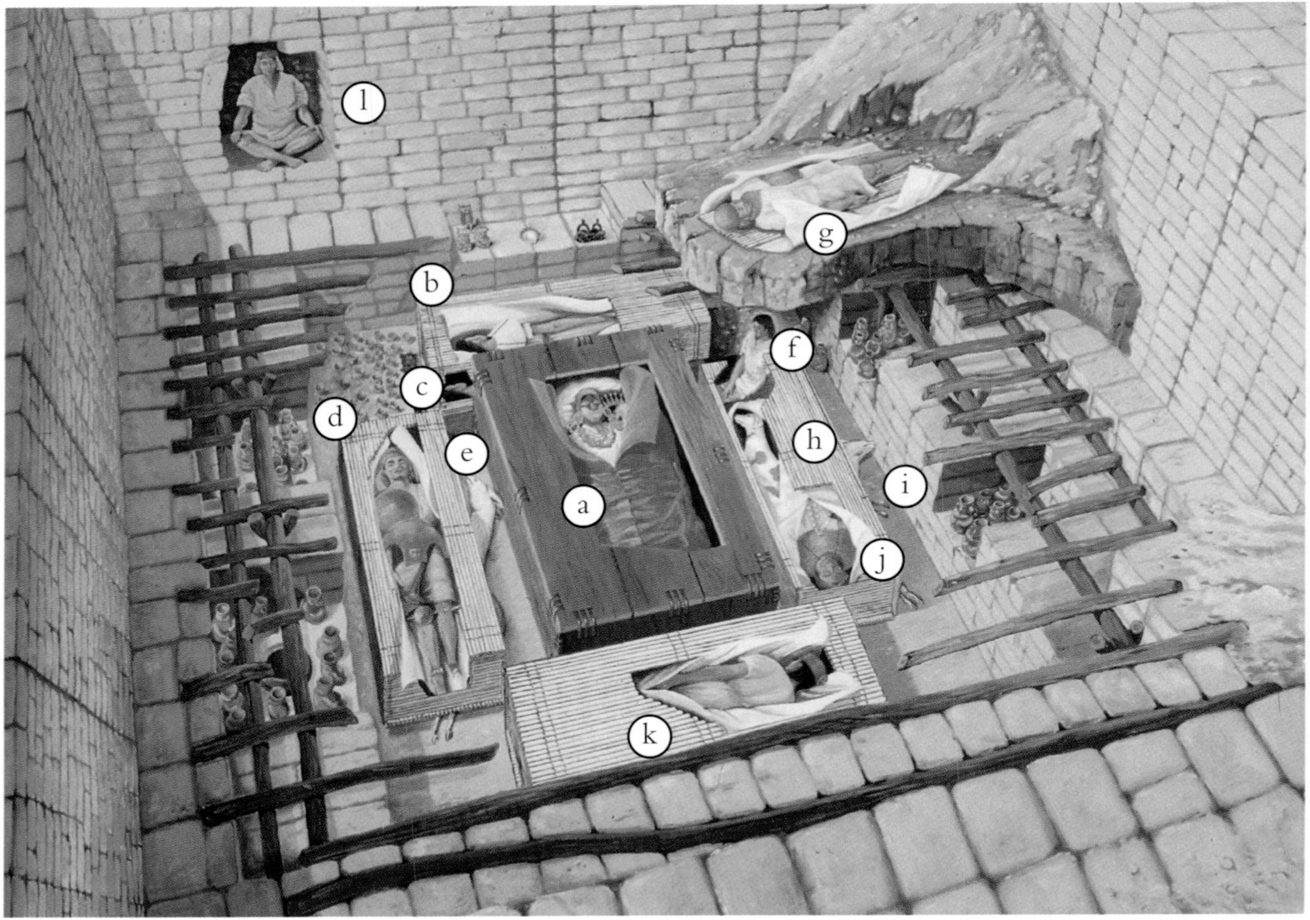

LÁMINA 4. LA TUMBA
DEL SEÑOR DE SIPÁN

El sarcófago del rey solar de Sipán difiere de los otros en el complejo piramidal. La tapa estaba sujeta hacia abajo mediante nueve correas de cobre a lo largo de cada orilla (9, 9, 9, 9), un número único para los superdioses. Asimismo, las orillas verticales, hacia abajo de cada esquina, tenían el mismo número de correas (9, 9, 9, 9). El cuerpo estaba acompañado por otras ocho personas, nueve (9) en total. No se trataba de un hombre común. Como los otros dos reyes del sol, el Señor Pakal de México (9, 9, 9, 9) y Tutankamon (9, 9, 9, 9) de Egipto (véase el texto principal), este hombre era un superdiós, reverenciado más tarde por los incas (véase la lámina 5).

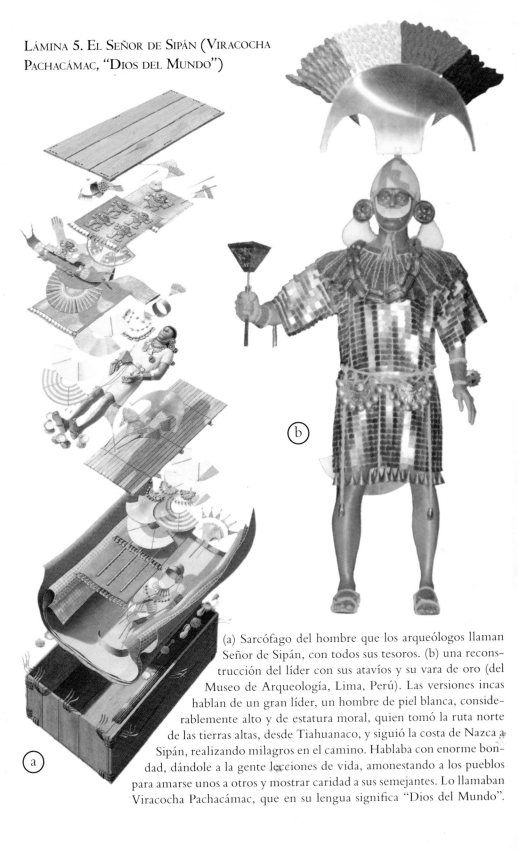

LÁMINA 5. EL SEÑOR DE SIPÁN (VIRACOCHA PACHACÁMAC, "DIOS DEL MUNDO")

(a) Sarcófago del hombre que los arqueólogos llaman Señor de Sipán, con todos sus tesoros. (b) una reconstrucción del líder con sus atavíos y su vara de oro (del Museo de Arqueología, Lima, Perú). Las versiones incas hablan de un gran líder, un hombre de piel blanca, considerablemente alto y de estatura moral, quien tomó la ruta norte de las tierras altas, desde Tiahuanaco, y siguió la costa de Nazca a Sipán, realizando milagros en el camino. Hablaba con enorme bondad, dándole a la gente lecciones de vida, amonestando a los pueblos para amarse unos a otros y mostrar caridad a sus semejantes. Lo llamaban Viracocha Pachacámac, que en su lengua significa "Dios del Mundo".

Indicadores compuestos de código en el borde

Indicadores de posición de la oreja

Tonatiuh, el dios sol (en el cielo)

Ave

Hombre en la tumba con ojos cerrados, puntas de los dedos tocando el pecho y los pies descalzos

El patrón del código que se halla en la cenefa o borde esconde instrucciones que se pueden seguir una vez que se use el proceso de decodificación. En esta sección coloreada se puede leer: para ver al hombre en la tumba (que lleva consigo la marca del sol, en la cabeza, un bucle de mancha solar), búsquese un ave en su cabeza. El hombre con el ave en la cabeza es el dios sol. Para encontrar la historia secreta (oculta en la parte principal del bajorrelieve) hay que orientar las dos orejas, caracterizadas en dos transparencias (como se ve en la lámina 7d) de manera que se opongan una a la otra, a cada lado de la cabeza. Cuando se sigan estas instrucciones, aparecerá una secreta imagen compuesta del Señor Pakal (lámina 7d). Un polluelo se sienta en su cabeza, cargando una cadena en el pico de la que pende una concha de caracol, el símbolo del viento y de Quetzalcóatl, quien para los mayas era sinónimo del dios sol en la tierra, el mayor de los dioses.

LÁMINA 7. LOS REYES SOLARES
DE MÉXICO Y PERÚ

(a–d) Imagen compuesta y decodificada de la asombrosa Lápida de Palenque, en la que se puede apreciar al líder, sacerdote-rey, de los mayas, el Señor Pakal, de México (hacia 750 d. C.), quien tiene una máscara de murciélago de la muerte en la boca y los colores de los cuatro rincones (rojo, blanco, verde y azul) sobre la cabeza. (e) Cabeza de estuco que representa al Señor Pakal; proviene de su tumba en Palenque. (f) El Señor de Sipán, Perú (hacia 290 d. C.), con la máscara de murciélago de la muerte sobre la boca, así como los colores de las cuatro esquinas sobre su cabeza. Resulta claro, a partir de la evidencia, que estos dos líderes eran distintas encarnaciones del mismo ser.

Lámina 8. El misterio
del hombre con sombrero

(a) Reconstrucción que muestra la tumba del Señor de Sipán, su cortejo y tesoros (del Museo de Arqueología, Lima, Perú). (b) Acercamiento de los símbolos del Señor de Sipán; su torso cubierto por un misterioso hombrecito que usa un sombrero. (c) y (d) Dos distintos acercamientos del hombre con sombrero. Es probable que el sombrero represente al sol (lámina 11b), lo que sugiere que el hombre de la tumba llevaba el sol (un halo solar) en la cabeza.

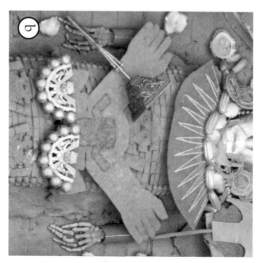

LÁMINA 9. LA ASOMBROSA LÁPIDA DE PALENQUE
Historia: La muerte (y renacimiento) del Señor Pakal
Escena 4 (las escenas 1, 2 y 3 no se muestran aquí)

Esta imagen compuesta, de la Lápida de Palenque decodificada, deja ver la cabeza y la cara del Señor Pakal, de México, con mayor detalle. Su boca está cubierta por una máscara de murciélago. Un polluelo de quetzal se sienta sobre su cabeza. El ave lleva una cadena en el pico, de la que pende una concha de caracol, el símbolo de Quetzalcóatl. Por lo tanto, esta escena se lee así: el Señor Pakal ha muerto (el dios murciélago, el dios de la muerte, se llevó su aliento), él ha renacido como (un polluelo de quetzal) Quetzalcóatl (véase también la figura 25). Los nuevos descubrimientos, que revelan la identidad del Señor de Sipán, de Perú, inspiraron un nuevo examen de la imagen original compuesta y ya decodificada del Señor Pakal (lámina 7d), la cual produjo esta imagen más representativa (arriba). Lo más importante es que la nueva decodificación captó a un hombrecito con sombrero, similar a otros que se representan prolíficamente en las tumbas de Sipán (lámina 10b).

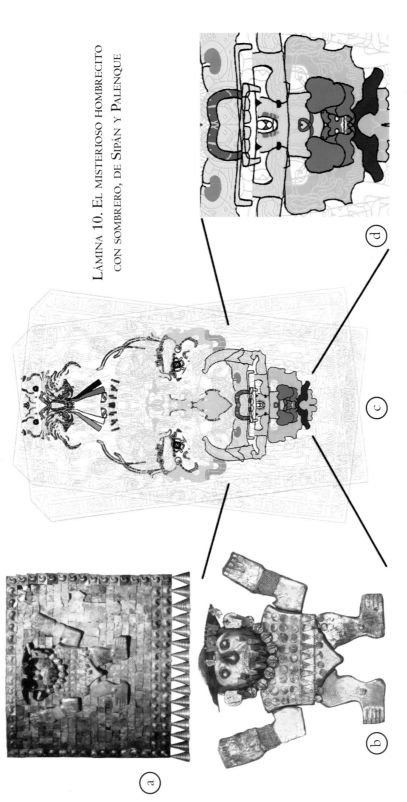

LÁMINA 10. EL MISTERIOSO HOMBRECITO
CON SOMBRERO, DE SIPÁN Y PALENQUE

(a)

(b)

(c)

(d)

(a) y (b) Dos representaciones más (de las muchas existentes) del misterioso hombre con sombrero, de la tumba del Señor de Sipán. El hombrecito con sombrero, que cubre el rostro del Señor Pakal, lleva el corazón en el pecho, sugiriendo que los purificados de corazón se convierten en parte de los 144 000 (figura 25, los purificados espiritualmente que alcanzan la vida eterna). También podemos apreciar la presencia del dios murciélago, que cubre los genitales del hombrecito con sombrero, lo cual sugiere que aquellas personas que procrean sólo encuentran la muerte (a través de la reencarnación en el mundo físico).

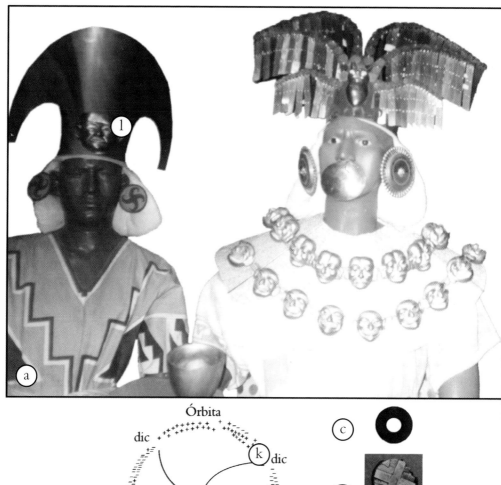

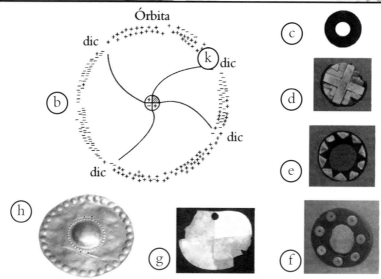

(a) Reconstrucción del sacerdote mochica (derecha) con un dios murciélago en la cabeza y aretes estilo solar. El guardia (izquierda) tiene un halo de sol que irradia de su cabeza, y usa aretes que representan el viento solar radiante. (b) Representación esquemática de las partículas del viento solar que surgen del sol e interactúan con la magnetosfera de la Tierra (como determinara la nave espacial interplanetaria número 1 —IMP 1, 1963—). (c-h) Un par de los muchos y variados artefactos que representan al sol, los campos magnéticos del sol y el movimiento de los planetas en torno al sol, hallados en el complejo mortuorio de Sipán. Tanto los mayas como los mochicas adoraban al sol como la fuente de vida y al dios murciélago como epítome de la muerte.

LÁMINA 12. EL CULTO A LA FERTILIDAD EN LOS ANDES

(a) y (b) "Templo de las Erecciones" de la cultura inca, en la ribera oeste del lago Titicaca, en la actual Bolivia. Los cultos a la fertilidad, junto con la veneración del sol y el muerciélago, eran un rasgo común entre las civilizaciones de México, Perú y Egipto. (c) Relieve en estuco de la cultura mochica, que retrata a los "prisioneros", hallado en la pared norte de la plataforma del primer nivel, en Huaca Cao Viejo, valle de Chicama, en la costa norte de Perú. Una representación similar de cautivos atados se puede apreciar en la tumba de Tutankamon (véase el texto principal). El mensaje que se lee aquí dice: la procreación conduce al cautiverio (la procreación implica la reencarnación y la prisión eterna en la tierra), lo cual reafirma el mensaje que porta el hombrecito con sombrero caracterizado debajo de la boca del Señor Pakal, en la decodificada y asombrosa Lápida de Palenque (lámina 10); los puros de corazón van al cielo, mientras que quienes procrean encuentran tan sólo muerte y reencarnación en la tierra.

Machu Picchu, santuario secreto de los incas, a 2 500 metros de altura sobre el nivel del mar en la cordillera Vilcabamba, Perú. El centro floreció alrededor del año 1450 d. C., en el momento de un periodo mínimo de mancha solar, y fue abandonado cerca de 70 años después, conforme la radiación del sol regresaba a sus niveles normales. Este lugar de retiro en la cima de la montaña fue el último refugio de las "vírgenes del sol" concubinas del inca (emperador). Evidencia del sitio (láminas 14 y 15) sugiere que los incas comprendían la supraciencia del sol.

(a) Reconstrucción de uno de los muchos edificios en Machu Picchu que sugiere que los techados estaban hechos de hierba, sobre un armazón de madera. Una observación más atenta (b), (c), (d) y (e), sugiere que los tremendos soportes cilíndricos del techo, de pesada roca sólida, habrían resultado demasiado para semejante esquema. Es más probable que los techos estuvieran hechos de pesadas hojas de cobre, cubiertos de una estructura de madera y hierba. El precioso cobre, usado como revestimiento protector de los campos eléctricos del sol, habría sido recuperado cuando el lugar fue abandonado hacia 1520 d. C. Las piedras tan bien ajustadas habrían enlazado eléctricamente la estructura de piedra a tierra. Los tirantes de cobre (la figura 40 muestra un ejemplo), utilizados ampliamente por los incas para conectar las piedras, habrían incrementado mucho más la conducción eléctrica a tierra.

(a-e) Casi todas las ventanas externas y evidentes en Machu Picchu están bloqueadas con piedra, mientras que se abren ventanas entre las habitaciones dentro de los edificios (se ve a través de ellas); esto sugiere que los incas comprendían, por un lado, qué propósito tienen las ventanas y que, por otro lado, hicieron hasta lo imposible por impedir que la luz entrara a los edificios. Las piedras perfectamente bien ajustadas, junto con la ausencia de ventanas, impedían el ingreso de luz externa, un conocido supresor de la melatonina, hormona de ritmo en las mujeres; las fluctuaciones de la melatonina estimulan la glándula pituitaria y, por lo tanto, la producción de hormonas de la fertilidad, estrógeno y progesterona, en las mujeres. Como resultado, los niveles de fertilidad de las vírgenes del sol aumentaban en gran medida durante un periodo mínimo de mancha solar.

(a) Vista aérea de Tiahuanaco, Bolivia (reconstrucción); 1. Kanta, 2. Akapana, 3. Templo de las Cabezas de Piedra, 4. Kalasasaya, Templo de las Piedras Paradas —los ángulos laterales, de acuerdo con el profesor Arturo Posnansky en 1914 (vueltos a medir con mayor precisión en 1930), corresponden con la inclinación de la Tierra hacia el año 15000 a. C. (véase el texto principal)—, 5. Putuni, 6. Kerikala. (b) Escalera en Kalasasaya —vista desde la perspectiva de la flecha blanca en (a)—; Posnansky notó además que el sol saldría por encima de la estatua de Viracocha al centro de la escalera de Kalasasaya en el momento del equinoccio de otoño y que se elevaría sobre las esquinas de la escalera en los solsticios, de manera que la inclinación de la Tierra en su eje (la oblicuidad de lo eclíptico) correspondiera a 23°8'48" (como el profesor considera que sucedió cerca del año 15000 a. C.).

FIGURA 27. LOS COMPARTIMENTOS DEL HOMBRE ARAÑA DE LA TUMBA DEL ANTIGUO SEÑOR

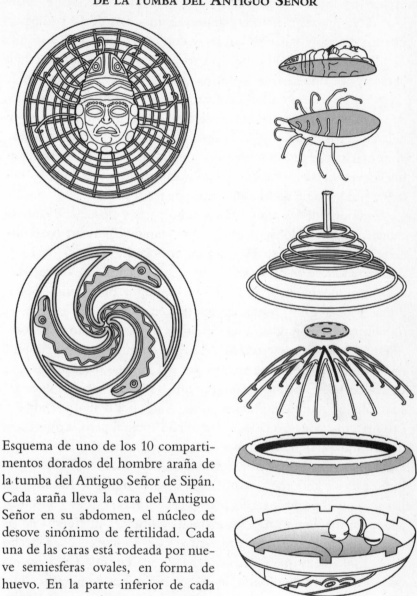

Esquema de uno de los 10 compartimentos dorados del hombre araña de la tumba del Antiguo Señor de Sipán. Cada araña lleva la cara del Antiguo Señor en su abdomen, el núcleo de desove sinónimo de fertilidad. Cada una de las caras está rodeada por nueve semiesferas ovales, en forma de huevo. En la parte inferior de cada compartimento hay tres serpientes emplumadas helicoidales (con forma de hélice), representando el viento radiante del sol. Cada compartimento contenía tres esferas doradas.

Los contenidos de la tumba del Antiguo Señor igualan —si no es que superan— en cantidad y calidad a los del Señor de Sipán. Una de las piezas más interesantes era un collar de 10 compartimentos de cobre bañados en oro y con forma de platillos (figura 27) dispersos sobre su pecho. La parte superior de cada uno estaba cubierta por una cestilla en forma de telaraña, construida con 20 rayos fijados a siete anillos concéntricos por medio de 140 puntos de soldadura. Una araña hecha de siete piezas de oro estaba montada en la parte superior de la cestilla. La cara del Antiguo Señor, circunscrita por nueve semiesferas ovales en relieve, con forma de huevo, aparecía en el abdomen de cada araña (9, 9, 9, 9, 9, 9, 9, 9, 9, 9), el núcleo de desove sinónimo de fertilidad.

Cada una de las arañas tiene ocho patas y dos apéndices que semejan antenas, lo cual es desconcertante. Las ocho patas son abiertas en cuanto a su significado, pues la duración del ciclo de mancha solar de 187 años se puede calcular fácilmente sin recurrir a una computadora, usando figuras de seis y ocho lados (hexágonos y octágonos), como se explica en el libro *Las profecías de Tutankamon*. Por eso, sin duda, muchas piezas de ocho esferas semicirculares que caracterizan a Ai Apaec figuraban ampliamente en la tumba del Señor de Sipán y por eso muchas otras piezas eran de seis partes. El problema aquí es que las arañas carecen de antenas; sólo los insectos las tienen (aunque algunos tienen apéndices). Los insectos, por otro lado, cuentan con antenas pero, a diferencia de las arañas, tienen solamente seis patas. Además, los insectos están constituidos por tres segmentos corporales separados —cabeza, tórax y abdomen—, mientras que las arañas se fusionan en la cabeza y el pecho para formar el cefalotórax, que se conecta al abdomen mediante una muy estrecha cintura, a diferencia de las arañas de los compartimentos, cuyo cuerpo parece estar hecho de una sola pieza que no se estrecha en una cintura. Otra vez tenemos aquí una dicotomía de seis contra ocho, de nueva cuenta enfatizando la importancia astronómica de los números.

La araña caracterizada en los compartimentos está en algún sitio entre una verdadera araña y un insecto, y así enfatiza el hecho de que "el Antiguo Señor es *diferente*", comunicando el mensaje de que "este hombre (trazado en el abdomen) es *distinto* de todos los demás seres humanos". Al Antiguo Señor, por consiguiente, no sólo se le asociaba con la fertilidad; también era "distinto de todas las demás personas". Al pie de las escaleras, en el Templo de las Inscripciones en Palenque, se hallaron los huesos de cinco esqueletos *varones* al lado de un esqueleto *femenino,* resaltando que "los huesos de *un esqueleto* (el hombre en la tumba) eran diferentes de los huesos de todos los demás humanos", lo que significa que el Señor Pakal era un superdiós.

Huevos de araña envueltos en seda, maduros, y la araña emerge, se metamorfosea de huevo en araña. (Es interesante notar que la práctica humana de momificación implica la envoltura del cuerpo con vendajes —análogos a la seda— y, por lo tanto, del mismo modo, equivale a un estado de metamorfosis, renacimiento o reencarnación.) El Antiguo Señor, por consiguiente, no sólo influía en la fertilidad (nacimiento) sino también en el renacimiento. Esta interpretación de la evidencia se apoya en el hecho de que cada compartimento de araña (figura 27) contiene tres esferas de oro que representan huevos. Cada una de las esferas tiene una abertura, como si por un lado delineara un "ecuador", emulando la región ecuatorial del sol (la fuerza motriz en relación con la fecundidad), y por otro lado enfatizara la vacuidad del huevo, el hecho de que el huésped haya evacuado exitosamente el cascarón.

De manera que el Antiguo Señor era diferente de otras personas. Su número era 9, 9, 9, 9, 9, 9, 9, 9, 9, 9. No sólo era un superdiós, sino que era el único superdiós del que se sepa que haya alcanzado 10 (diez nueves).

El diseño en la parte de abajo de los compartimentos arácnidos (figura 27) es de tres "serpientes emplumadas" helicoidales (véase también la lámina 11b, el viento solar), que una vez más confirman que el Antiguo Señor era el sol —al que cada una de las civilizaciones que alababan al astro rey se refiere como la "serpiente emplumada" (apéndice 3)—. Tutankamon tenía las plumas (de buitre) y la serpiente (cobra) en la frente (figura A9). Las imágenes decodificadas de la Máscara de Mosaico de Palenque muestran con claridad al Señor Pakal (figura 82) como Quetzalcóatl, una

serpiente emplumada. Los tres huevos dentro de cada compartimento arácnido van todavía un paso más allá al decir que al Antiguo Señor de Sipán se le asociaba con los tres aspectos del sol (de
su luz): el Padre (Dios creador), el Hijo (la manifestación física de
Dios creador en la tierra) y el Espíritu Santo (el espíritu, el alma,
dentro de cada persona).

La ciencia moderna ha demostrado que los campos eléctricos
dependen de los campos magnéticos, y que los campos magnéticos dependen a su vez de los campos eléctricos pero, hasta ahora,
ha fallado en demostrar una asociación entre estos dos campos
de la naturaleza y el tercer campo conocido, el de la gravedad.
Tal asociación "unificaría" los tres campos importantes de la naturaleza. La forma helicoidal de las serpientes solares (serpientes
emplumadas) impresas en la parte inferior de cada compartimento
transmite una novedad aún mayor: al agitar el artefacto, las tres
esferas emprenden una carrera por el borde del compartimento
como bolas de ruleta. Finalmente, la disminución de la velocidad
atrae las bolas hacia los cuerpos de las serpientes hasta que se de-
tienen en el punto más bajo de la parte inferior del compartimento, el lugar de las tres serpientes. El diseño del compartimento,
por lo tanto, expresa un "campo unificado" en el que los campos
eléctrico, magnético (electromagnético = luz = el sol, tipificado
por las serpientes emplumadas) y gravitacional se equilibran. El
mensaje en los compartimentos arácnidos es por tanto espiritual
y supracientífico.

Los componentes de otros collares de 10 piezas de cobre dorado
fueron encontrados dispersos alrededor de uno de los pectorales.
Las 10 piezas eran similares en estructura a los 10 compartimentos de araña, excepto porque la parte superior caracterizaba caras
de felinos (parecidos a jaguares, lámina 24b) con filosos dientes de
concha. La parte inferior de cada compartimento estaba tallada en
relieve con sólo dos en vez de tres serpientes emplumadas helicoidales. Esto claramente representaba al sol de ambas formas, como
jaguar y como serpiente emplumada.

En la mano izquierda, el Antiguo Señor carga un cetro de
plata, y en la derecha uno de oro, cuyo mango fue fundido con

FIGURA 28. EL HOMBRE DE UN OJO DE SIPÁN

Esta máscara de cobre bañada en oro de tamaño natural cubría el rostro del Antiguo Señor de Sipán. Éste llevaba puesto un collar de cinco caras de búho y tenía otra cara de búho sobre la frente. Su ojo izquierdo, que representa a la luna, y el hemisferio derecho del cerebro (feminidad), están ausentes. Su ojo derecho (cerrado) representa al sol (de noche), lo que sugiere que el Antiguo Señor era el sol. Los motivos de búho (ave de la noche y la sabiduría) asocian con la sabiduría a quien los usa.

FIGURA 29. EL HOMBRE CANGREJO

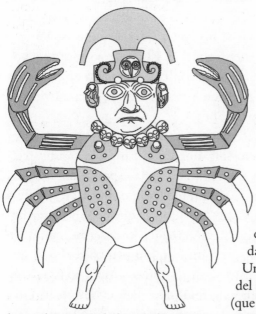

Esta figura antropomórfica de cobre bañado en oro y de 60 centímetros de altura, hallada en la tumba del Antiguo Señor de Sipán, representa a éste como un cangrejo. Su postura de brazos alzados imita la del hombre con el sombrero encontrada en las tumbas de Sipán. Una mirada más cuidadosa del hombre con el sombrero (que se aprecia cubriéndole la boca al Señor Pakal en la lámina 9) revela una estructura semejante a una pinza dentro de la máscara de murciélago. El cangrejo, una criatura que vive tanto en la tierra como en el mar, simboliza la *espuma del mar*, el significado en español del nombre Viracocha, lo cual sugiere que el Antiguo Señor de Sipán era una encarnación de Viracocha, el legendario dios blanco de Sudamérica.

los rayos del sol. Otra pieza particularmente interesante era una máscara de cobre bañado en oro que caracterizaba al Antiguo Señor (figura 28) usando un halo de media luna creciente, un collar de cinco cabezas de búho, una cabeza de búho en la frente, y aretes. El ojo izquierdo (la luna) falta en su cuenca, y el ojo derecho (el sol) está relleno de concha, como si estuviera cerrado, y representa al sol de noche (oscuridad y muerte). Las cabezas de búho asocian al Antiguo Señor, una vez más, con la sabiduría (el número cinco es otra vez significativo; el libro *Las profecías de Tutankamon* indica cómo el periodo de inversión magnética solar se puede calcular sin usar una computadora, empleando figuras de cinco lados —pentágonos—).

El rostro del Antiguo Señor estaba nuevamente personificado con una figura antropomórfica inusual parecida a un cangrejo (figura 29 y lámina 3). Este modelo de gran tamaño, 60 centímetros de altura, hecho de cobre dorado, dejó estupefactos a los arqueólogos al ser descubierto. Tiene un collar de siete caras de búho y una adicional en la frente, ocho en total. El cangrejo adopta la posición del hombre pequeño con el sombrero hallado en la tumba del Señor de Sipán y del Antiguo Señor, con dos pinzas frontales alzadas (como el dios egipcio Shu).

Esta asociación y representación de un cangrejo pueden parecer extrañas, pero de hecho son simples; el cangrejo es una criatura que vive en la tierra y en el mar, en la espuma del mar. La expresión "espuma del mar" es la traducción popular en quechua del nombre Viracocha, un dios creador al que los incas tardíos rendían culto. La mitología sudamericana lo describe como un ser superior, representado como un hombre blanco barbudo que usaba el sol por corona. Esto significa que el Antiguo Señor de Sipán (mostrado como un cangrejo) y el Señor de Sipán, cuya tumba también estaba llena de representaciones del hombrecito con sombrero levantando los brazos, deben asociarse con el dios creador Viracocha.

El nombre Viracocha aparece dos veces en la mitología sudamericana: una vez simplemente como Viracocha, y nuevamente como Viracocha Pachacámac, que traducido significa "Dios del Mundo". El octavo regidor inca, Viracocha Inca, también llevaba el nombre, pero era un conocido rey viviente, no como los otros dos, que eran reverenciados como *dioses*.

Diversas leyendas cuentan la historia de Viracocha. Una dice que antaño era un gran líder espiritual, que realizaba milagros por toda la tierra y que estableció un templo cerca de lo que hoy es la moderna ciudad de Lima (en un lugar que actualmente se llama Pachacámac), antes de encaminarse a la orilla y desaparecer en la espuma del mar; de ahí el nombre "Espuma del Mar". Otras versiones dicen que apareció en épocas mucho más remotas de la antigüedad, emergiendo de las profundidades del lago Titicaca en la actual Bolivia para crear la raza humana inspirándoles vida a las colosales estatuas de piedra de Tiahuanaco, lo cual suscita una pregunta interesante: ¿los Señores de Sipán podrían realmente haber sido los dioses perdidos de los mochicas, Viracocha, "Espuma del Mar", y Viracocha Pachacámac, Dios del Mundo? Quizá las historias de estos dos grandes dioses no eran un mito, después de todo. Quizá ellos de verdad anduvieron por las tierras de Perú y Bolivia haciendo milagros. Esta posibilidad se considerará más adelante, junto con las mitológicas historias de Perú.

La presencia de las pinzas del cangrejo también arroja nueva luz sobre el significado del hombrecito con sombrero que cubre la parte baja del rostro del Señor Pakal (caracterizado en la lámina 9); sus brazos levantados ahora se vuelven reconocibles mucho más como un cangrejo, lo que asocia al Señor Pakal de los mayas con el cangrejo y con Viracocha. Además, el Señor Pakal era también conocido entre su gente como "el hombre blanco con barba".

Esta interpretación de la "espuma del mar" asimismo arroja luz sobre el significado de los compartimentos dorados de araña hallados en la tumba del Antiguo Señor; la criatura (araña o insecto) se describe mejor como algo intermedio, ni insecto ni araña, ni tierra ni mar, equivalente a "espuma de mar".

La noción de que la "espuma de mar" se refiera a un maestro espiritual o a un sustento espiritual no es única de América: el

libro sagrado hindú, el *Mahabarata* (en la traducción de Roy Ud-
yoga Parva, pp. 309 y subsecuentes), comenta:

> Un solo chorro de leche suya (la diosa madre) cayendo a
> la tierra creó lo que se conoce como el sagrado y excelen-
> te "Océano Lácteo". El borde de ese océano está cubierto
> por doquier con blanca espuma semejando un cinto de flo-
> res. Aquellos mejores de entre los ascetas conocidos por el
> nombre de "bebedores de espuma" moran en este océano y
> subsisten de la espuma solamente. Se llaman bebedores de
> espuma porque viven de ninguna otra cosa salvo la espuma.

FIGURA 30. LOS SUPERDIOSES

Brahmanismo e hinduismo	Culto al sol	Budismo	Cristianismo	Culto al sol
Señor Krishna hacia 1 700 a. C.	Tutankamon 1342-1323 a. C.	Buda 500-420 a. C.	Jesús 6 a. C.- 26 d. C.	Señor Pakal 703-743 d. C.

Varios líderes religiosos, que enseñaron los altos órdenes de la espiritualidad, tenían mucho en común (véase el libro *Los superdioses*). Cada uno
era la encarnación del único Dios viviente que creó el universo; cada
uno nació a través de una concepción inmaculada; cada uno hacía milagros, y cada uno creía en la reencarnación y en la vida eterna. Cuando
nació Krishna, una estrella resplandeció en el cielo; Buda, se dice, era
una estrella brillante en el vientre de su madre, y cuando Jesús nació,
se vio una estrella rutilando en el firmamento. El Apocalipsis (XXII, 16)
va más allá, diciendo: "Yo Jesús [...] soy la raíz y el linaje de David, la
estrella resplandeciente de la mañana".

Cuando Tutankamon murió, viajó a la constelación de Orión para
unirse a Osiris, el dios de la resurrección, para la eternidad. Las historias de la tapa del sarcófago de Palenque ya decodificada (láminas 29,
30 y 31) cuentan que al morir el Señor Pakal se convirtió en la estrella
gemela Venus (el planeta). Estos dos reyes solares compartían incluso
más aspectos: cada uno codificó en sus tesoros su conocimiento de la
supraciencia del sol, junto con los altos órdenes de espiritualidad.

FIGURA 31. LA ESTRELLA GEMELA VENUS (EL PLANETA)

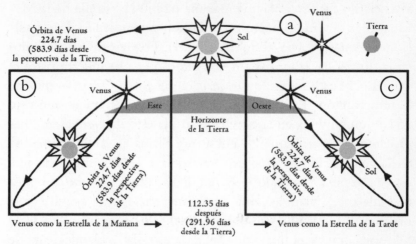

(a) La órbita de Venus de 224.7 días cae entre la de Mercurio (no mostrada aquí) y la de la Tierra. No obstante, el intervalo entre las sucesivas apariciones idénticas de Venus, desde la perspectiva terrestre en movimiento, es de 583.9 días. Esto significa que Venus, en la posición mostrada en (b), aparece brillantemente iluminada en el oscuro cielo de la mañana. En la posición (c) el sol se pone ante Venus, que brilla intensamente en el cielo de la tarde que oscurece. Debido a esto, y porque Venus es el cuerpo celeste más brillante, se le llama "Estrella o Lucero de la Mañana" y "Lucero de la Tarde", la estrella gemela. La brillantez (la luz) es sinónimo de pureza; por lo tanto, a varios maestros espiritualmente puros, incluyendo a Jesús, Tutankamón y el Señor Pakal, se les asociaba con Venus.

Al observar más de cerca la efigie parecida a un cangrejo (figura 29) se revelan dos pequeños círculos, uno arriba de cada cuenca ocular. Nótese que cada uno de los ojos en la cara de búho de la frente está ocupado por dos destellos. Los círculos arriba de cada cuenca ocular están entonces asociados con dos destellos, lo que sugiere que los dos círculos representan dos estrellas, la "estrella gemela" de Venus.

Venus es en realidad un planeta, el segundo más alejado del Sol después de Mercurio. Es el más brillante de los cuerpos celestes nocturnos. A través de la historia, a los líderes espirituales se les ha asociado con Venus porque la brillantez se asocia con la pureza (figuras 30 y 31). La sola "estrella" (planeta) puede ser vista claramente ya sea en la mañana (como la Estrella de la Mañana) o en la tarde (Lucero de la Tarde), dependiendo de su posición orbital en torno al Sol (figura 31). Los tesoros encontrados en la tumba de Tutankamon nos dicen que a su muerte física él viajó a la constelación de Orión para vivir con Osiris, el dios de la resurrección. En la mitología egipcia Osiris era el consorte de Isis, quien vivía en la estrella Sirius, la estrella (verdadera) más brillante en el firmamento nocturno. Sirius es también una estrella gemela, lo que nuevamente asocia a Tutankamon con una estrella gemela. Cuando el Señor Pakal murió (como veremos más adelante), viajó a Venus para convertirse en la estrella de la mañana. En la Biblia (Apocalipsis XXII, 16) Jesús dice: "Yo Jesús [...] soy la raíz y el linaje de David, la estrella resplandeciente de la mañana". Los otros superdioses también estaban asociados con estrellas brillantes (figura 30).

La tumba del Antiguo Señor (lámina 3) fue llenada con objetos muy similares a los que se encontraban en la tumba del Señor de Sipán. En conjunto eran 56 piezas de oro; varios escudos en forma de estandarte mostrando al hombre con sombrero; nueve ornamentos dorados para la nariz; dos ornamentos dorados para las orejas; 10 piezas semicirculares caracterizando a Ai Apaec y varios discos circulares de oro; pectorales —uno de los cuales se componía de tres hileras con el tercer estrato en forma de un pulpo de ocho tentáculos, y otro hecho de piezas de caracol y conchas de mar decorado con serpientes—; un tocado de murciélago; una máscara de plata sin el ojo izquierdo, similar a la máscara dorada de la que se habló anteriormente, pero con el ojo derecho abierto y el globo ocular expuesto; varios así llamados cuchillos sacrificiales; más medias lunas de oro y más piezas semicirculares representando a Ai Apaec, similares a las de la pretina frontal del Señor de Sipán (lámina 5b); brazaletes; ornamentos de plata para la nariz, y sandalias de plata (no de cobre). El fardo estaba también envuelto, en esta ocasión con ocho capas de mantas de algodón, muchas de las cuales estaban bordadas con patrones serpentinos. Veintiséis vasijas de cerámica se apilaban a un costado del fardo funerario. Doce lanzas de cobre laminado en oro, junto con conchas dispersas, fueron halladas debajo de los huesos del fallecido rey, cuya edad se calculó en 45 años aproximadamente al momento de su muerte. Curiosamente, el fardo de telas que envolvía al rey y sus tesoros en un capullo se conservó en mucho mejor estado que el fardo del Señor de Sipán del nivel más alto de la pirámide, y no había féretro.

Una excavación en la cabecera de la tumba reveló los huesos de una chica de cerca de 16 años de edad al momento de su muerte, quien yacía boca abajo junto a una llama.

Se encontró una cuarta tumba, poco mencionada por los arqueólogos, bajo la tumba del Antiguo Señor. Contenía un simple ataúd de mimbre y restos de un guerrero ataviado con ornamentos de cobre y oro.

Culto a la fertilidad en los Andes

Todas las civilizaciones precolombinas de Perú adoraban al sol como el dios de la fertilidad, igual que hicieran los mayas y los egipcios. Ahora sabemos que el Sol regula las hormonas de la fertilidad en las mujeres (figura 32); el Sol, que gira sobre su eje una vez cada 28 días, hace llover partículas cargadas que colisionan con los cinturones de radiación de Van Allen que rodean la Tierra. Las partículas cargadas corren cada segundo arriba y abajo de los cinturones de Van Allen, de norte a sur, y luego regresan nuevamente, provocando que el campo magnético de la Tierra varíe en simpatía con el bombardeo de partículas. La variación del campo magnético afecta la glándula pineal y el cerebro humano. Esto convierte las variaciones magnéticas en variaciones químicas, que sucesivamente afectan la glándula pituitaria y el hipotálamo. El hipotálamo varía la producción de la hormona que estimula los folículos, lo cual regula en las mujeres las hormonas de la fertilidad, estrógeno y progesterona, a lo largo de los 28 días del ciclo solar (el apéndice 2 explica por qué todas las mujeres no menstrúan simultáneamente). Las antiguas civilizaciones que reverenciaban al sol estaban muy al tanto de este proceso, lo cual explica por qué le rendían culto a este astro como dios de la fertilidad. A la orilla del lago Titicaca se construyó un templo inca del siglo xv (lámina 12a y b) consagrado al pene erecto, docenas de los cuales monopolizan el interior. Estos penes van acompañados de motivos solares en forma de trébol (similares al que se muestra en la lámina 11g), lo que prueba que las mismas creencias de adoración al sol y la fertilidad se extendieron al imperio inca en torno al lago Titicaca.

Y ellos creían, de acuerdo con las escrituras de todas las religiones que se suscriben a la noción de un dios creador, que Dios es luz (energía electromagnética). Por lo tanto, veneraban al sol como el creador del universo. Al mismo tiempo, creían que el cuerpo y el alma eran entidades separadas; que el alma era una diminuta pieza de la energía (luz) de dios que se unía al cuerpo biológico al momento de la concepción. El cuerpo biológico (nacido de padres biológicos) era simplemente un vehículo que le daba al alma una oportunidad de purificarse a sí misma durante su breve estancia en la tierra. Con el tiempo, la purificación conduciría a la vida eterna como una estrella en el firmamento, como un sol, un dios viviente sempiterno. No lograr la purificación en un tiempo de vida llevaría a la reencarnación en la tierra dentro de un nuevo cuerpo, y a otra oportunidad de progresar espiritualmente.

La purificación, según creían ellos, se podía conseguir únicamente a través de la absoluta devoción a Dios, dejando al yo y a los demás en segundo término ante Dios. Era como si creyeran que las relaciones humanas de alguna manera impidieran la búsqueda y el logro de la purificación. Huelga decir que las relaciones sexuales humanas en última instancia negaban la purificación y la transmigración del alma. La actividad sexual (procreación) lleva por tanto al cautiverio, un interminable ciclo de nacimiento, muerte y reencarnación en la tierra y para la eternidad. Debe ser por esto que el hombrecito con sombrero que cubre el rostro del Señor Pakal (lámina 9) tiene un murciélago, el símbolo de la muerte, sobre su área genital.

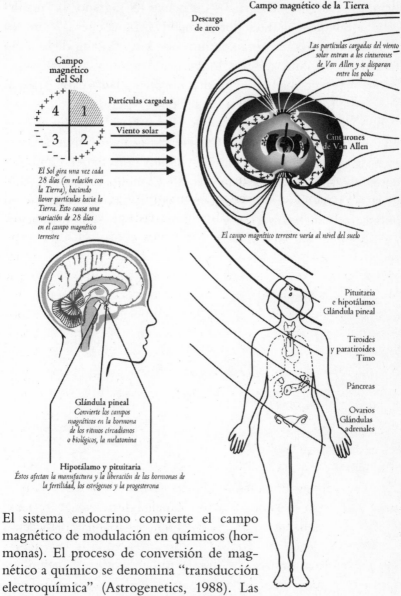

Figura 32. La forma en que el Sol controla la fertilidad en las mujeres

Campo magnético de la Tierra

Descarga de arco

Las partículas cargadas del viento solar entran a los cinturones de Van Allen y se disparan entre los polos

Campo magnético del Sol

4 1
3 2

Partículas cargadas

Viento solar

Cinturones de Van Allen

El Sol gira una vez cada 28 días (en relación con la Tierra), haciendo llover partículas hacia la Tierra. Esto causa una variación de 28 días en el campo magnético terrestre

El campo magnético terrestre varía al nivel del suelo

Pituitaria e hipotálamo
Glándula pineal

Tiroides y paratiroides
Timo

Páncreas

Ovarios
Glándulas adrenales

Glándula pineal
Convierte los campos magnéticos en la hormona de los ritmos circadianos o biológicos, la melatonina

Hipotálamo y pituitaria
Éstos afectan la manufactura y la liberación de las hormonas de la fertilidad, los estrógenos y la progesterona

El sistema endocrino convierte el campo magnético de modulación en químicos (hormonas). El proceso de conversión de magnético a químico se denomina "transducción electroquímica" (Astrogenetics, 1988). Las variaciones magnéticas de 28 días regulan la menstruación en las mujeres. Las investigaciones sugieren que variaciones más largas del ciclo (ciclos de 12 años) detonan la pubertad y la menopausia (12 años y 48 —4 x 12— años después de la concepción).

Los llamados "prisioneros" caracterizados en los sellos de la tumba de Tutankamon (véase la figura 11) personifican este mismísimo paradigma; los grupos de nueve (el sagrado 9) "prisioneros" están atados juntos por el cuello con una cuerda, pero los cabos de la cuerda terminan en flores de loto. (La flor de loto era un símbolo del culto al sol, y lo compartían todas las civilizaciones que reverenciaban al sol porque florece en la mañana, alaba al sol durante todo el día y cierra sus pétalos al atardecer.)

En el asentamiento mochica de Huaca Cao Viejo, en el valle de Chicama de Perú (lámina 12c), los "prisioneros divinos" aparecen de nueva cuenta en murales, atados por el cuello con una cuerda. Cada uno tiene el pene erecto. El mensaje, como el dado por las 1137 vasijas de cerámica en Sipán, es claro: la procreación conduce a la reencarnación y al cautiverio humano en la tierra.

CAPÍTULO DOS

Los incas

Hijos del sol

En su cúspide, alrededor del año 1500 d. C., el imperio inca abarcaba la mayor área geográfica de entre cualquiera de las culturas amerindias de Sudamérica, una distancia de 5 230 kilómetros, de Purumauca en la ribera norte del río Maule (35 grados al sur del ecuador, en el sur de Chile) hasta el río Ancasmayo (un grado al norte, en la Colombia actual). El imperio fue de corta duración, relativamente, comparado con los imperios chavín y mochica. Las versiones históricas dicen que el primer rey, llamado señor o inca, Manco Cápac, apareció alrededor del año 1100 d. C. en el fértil valle de Cuzco en las tierras altas de Perú, y que el reino del decimotercer rey, Atahualpa, finalizó con la llegada del español Francisco Pizarro en 1532. El asentamiento de Tiahuanaco en tierras altas, a 4 000 metros de altura en el altiplano peruano (la actual Bolivia), había sido establecido, y abandonado, cerca de 200 años antes de que los incas llegaran y se establecieran allí.

El origen de Tiahuanaco provoca más controversia entre los historiadores que probablemente cualquier otro asunto. Algunos arqueólogos ortodoxos consideran que la primera etapa del desarrollo de Tiahuanaco ocurrió durante el periodo chavín, entre el año 100 y el año 500 d. C., aunque coinciden, un tanto enigmáticamente, en que la cultura chavín jamás pudo haber construido los sofisticados monumentos que perduran hasta hoy. Otros sostienen que Tiahuanaco antecede a la civilización chavín por 15 000 años (asunto sobre el que abundaremos más adelante).

La mayoría concuerda en que la Tiahuanaco temprana, su primera época, pereció alrededor del año 500 d. C. por razones desconocidas. Entonces, cerca de 600 d. C., recibió el influjo de los colonos provenientes de la sureña región costera de Nazca, quienes revitalizaron la ciudad durante aproximadamente 300 años antes de que cayera una vez más en decadencia, alrededor de 900 a. C. Al "llegar" (tomando la ciudad por la fuerza) en 1463, los incas renombraron el desolado lugar como "la ciudad de los muertos", *Tiahuanaco.*

Otra vez, la controversia rodea la demarcación de las épocas; el emplazamiento oficial del Tiahuanaco actual establece la cronología del sitio así:

Épocas i y ii	Épocas andinas	1580 a. C.-133 d. C.
Época iii	Época urbana	133-374 d. C.
Época iv	Época clásica	374-900 d. C.
Época v	Época imperial	900-1200 d. C.

William Prescott (en su *History of the Conquest of Peru,* pp. 8-9) comenta:

Podríamos concluir razonablemente que existió en el país una raza avanzada en civilización antes del tiempo de los incas y, en conformidad con casi cada tradición, podríamos decir que esta raza tuvo su origen en las cercanías del lago Titicaca; una conclusión sólidamente confirmada por los imponentes restos arquitectónicos que permanecen en sus fronteras tras tantos años. Quiénes conformaban esta raza y de dónde venían quizá proporcione un tema tentador de investigación para los anticuarios especulativos; es un reino de oscuridad que se extiende mucho más allá de los dominios de la historia.

La misma bruma que flota en torno al origen de los incas continúa asentándose en los subsiguientes anales; tan imperfectos eran los registros empleados por los peruanos, y tan confusas y contradictorias sus tradiciones, que el historiador no encuentra equilibrio firme con que pararse hasta después de un siglo de la conquista española.

El primer regidor inca, Manco Cápac, tal vez haya sido una figura mitológica, un héroe cultural o un líder viviente con cierto genio. Su sucesor fue el jefe inca más temprano históricamente, Sinchi (hombre fuerte) Roca, cuyo gobierno comenzó alrededor del año 1105 d. C. (aunque, nuevamente, pocos eruditos concuerdan en ello; algunos dicen que gobernó 100 años después) en Cuzco. La línea de sucesión de los regidores incas se extendió a Lloque Yupanqui, Mayta Cápac, Cápac Yupanqui, Inca Roca, Yahuar Huácac, Viracocha Inca, Pachakuti Inca Yupanqui, Topa Inca Yupanqui y Huayna Cápac, quien fue el último en regir sobre un imperio unido, que se dividió entre sus hijos, Huáscar y Atahualpa, poco antes de su muerte.

Siguió una guerra civil, y en 1532 las tropas de Atahualpa capturaron a Huáscar y a sus seguidores. Pero los acontecimientos fueron rebasados por la llegada de los españoles bajo el mando de Francisco Pizarro, quien en 1532 concertó una fatídica cita con Atahualpa. Éste fue emboscado y capturado por un puñado de conquistadores; se pidió rescate por él y finalmente fue ejecutado por el español. De este modo se extinguió el reinado inca en el Perú ocupado por los españoles.

Fue cerca de 1350 cuando los incas —entonces una insignificante tribu que ocupaba solamente una pequeña parte del valle de Cuzco bajo el mandato del sexto regidor inca, Roca— edificaron un puente que cruzaba el río Apurimac. Esto permitió un gradual periodo de expansión territorial hasta 1437, cuando, durante el reinado del octavo inca, Viracocha, sus planes sufrieron un retroceso: fueron atacados y casi aplastados por una tribu vecina, los chancas. Defendiéndose en estado de sitio, volcaron la guerra a su favor en un lapso de un año, bajo el mando del noveno inca, Pachakuti Inca Yupanqui, consolidando sus ganancias en la llanura alrededor de Cuzco. Esto impulsó un programa de expansión más ambicioso con el monarca Pachakuti Inca Yupanqui, quien durante los siguientes 25 años extendió el imperio mediante una serie de guerras facilitadas por un programa de desarrollo que abarcaba fuerzas armadas, caminos, puentes y comunicaciones. Se declaró el quechua como lengua nacional y el culto al sol como religión oficial. En 1463 las tropas de Pachakuti derrotaron a las tribus lupaca y colla, asentadas en Tiahuanaco, en el lago Titicaca, y en 1466 conquistaron a los adversarios de su propia costa, los chimu.

La religión inca del culto al sol desempeñó un papel central para su control sobre la gente. La palabra *inca* significa "sol"; por lo tanto, el monarca inca representaba el sol encarnado en la tierra. La inmortalidad esperaba a quienes se comprometían con el estricto código moral inca: los puros disfrutarían de la dicha celestial, mientras que los infames se dirigirían al centro de la tierra llenos de angustia para expiar sus crímenes en el inframundo.

La momificación preservaba los cuerpos de los muertos, que frecuentemente eran encorvados en posición fetal como preparación para el renacimiento en los cielos. Muchos cubrían los ojos con la esperanza de entrar en la casa de su padre, el sol, con su enceguecedor resplandor.

Luego de la conquista, varias momias incas fueron escondidas y reverenciadas por los indígenas, por mucho que eso despertara el desdén de las autoridades españolas. Gonzalo Pizarro descubrió y quemó la momia de Viracocha Inca en el pueblo de Jaquijahuana, donde más tarde se ahorcaría él mismo. En 1559, Juan Polo de Ondegardo, el corregidor (magistrado) de Cuzco, descubrió que las cenizas de Viracocha Inca eran incluso más veneradas por los indígenas que la momia que habían sido antes. Más tarde, Polo se encontró con otro conjunto de contrabando, tres momias de monarcas incas y cuatro coyas (reinas incas), entre ellos Pachakuti Inca, Huayna Cápac y su madre, Mama-Ocllo. El historiador *Inca* Garcilaso de la Vega vio los siete cuerpos justo antes de su partida a España en 1560 y comentó sobre su estado de conservación:

> Sus cuerpos eran tan perfectos que ni siquiera habían perdido el pelo, las cejas ni las pestañas. Permanecían en sus vestimentas tal como las habrían usado cuando estaban vi-

vos, con *llautus*[1] en sus cabezas, pero ningún otro indicio de realeza. Estaban sentados en la manera en que los hombres y mujeres indios suelen sentarse, con los brazos cruzados sobre el pecho, la derecha sobre la izquierda y los párpados de los ojos bajados [...] Recuerdo que toqué el dedo de la mano de Huayna-Cápac. Estaba duro, rígido como el de una estatua de madera. Los cuerpos pesaban tan poco que cualquier indio podría llevarlos en brazos de casa en casa o sobre sus espaldas. Los cargaban en andas, envueltos en sábanas blancas, por calles y plazas, y a su paso los indios se arrodillaban y les hacían reverencias con gemidos y lágrimas, y muchos españoles se quitaban el sombrero [Hemming, p. 298].

A la edad de 10 años, las hijas más hermosas de los nobles eran elegidas como "vírgenes del sol". Estas novicias, prosélitos de la santa orden de los adoradores del sol, pasaban su juventud retiradas en los templos dedicados al sol fuera de la vista de los hombres. Colocadas bajo la supervisión de ancianas matronas *(mamaconas),* pasaban los días recibiendo instrucciones sobre los deberes religiosos de castidad y adquiriendo habilidades de hilado y bordado, usados en la manufactura de tapetes para los templos y atuendos para el inca, que nunca usaba la misma prenda dos veces. Se decía que el gran templo del sol, el Coricancha ("lugar de oro"), en Cuzco, albergaba a 1 500 vírgenes. A los 18 o 20 años, las más idóneas se convertían en esposas del inca, quien quizá tenía, al mismo tiempo, entre 100 y 1 000 **muchachas residiendo** en palacios por todo el reino. Aunque estas **hijas de nobles se convertían** en concubinas del monarca, el rango de *coya* (**soberana,** **emperatriz, princesa)** generalmente se reservaba para la hermana de sangre/esposa del inca, para asegurar la continuidad, sin alteración alguna, del linaje real enviado de los cielos.

---

[1] El *llawtu* o *llautu* era una especie de cíngulo o cinta enrollada con que los incas se ceñían la cabeza en amarras con la finalidad de deformar el cráneo, para contrarrestar el frío de las tierras altas, como ornamento e insignia de diferenciación (jerárquica, social, económica, moral, religiosa, mágica, como divisa entre los pueblos, etc.). Tradicionalmente se tejía con lana en trenzas de diferentes colores. [N. del t.]

Cuzco era la "ciudad sagrada" de los incas, y el Coricancha, la estructura de mayor magnificencia en el Nuevo Mundo. El norte del pueblo, en un extremo del valle, estaba protegido por una elevación natural en la cordillera de los Andes y por una poderosa fortaleza defendida por un muro de piedra de 365 metros de longitud de cara a la ciudad. Del otro lado de la llanura, otros dos muros semicirculares proveían fortificación para la ciudad. La calidad, la sofisticación y la magnitud de los mampuestos (bloques de construcción) usados en la edificación de los muros de la ciudad dejaron pasmados a los españoles cuando llegaron:

Prescott comenta (p. 10):

Los muros de la fortaleza y las galerías estaban todos construidos de piedra, los pesados bloques no estaban distribuidos de forma común, sino dispuestos de tal modo que los pequeños podían llenar los intersticios entre los grandes. Conformaban una especie de trabajo rústico, con un labrado tosco excepto hacia las orillas, que estaban finamente cortadas y trabajadas; y debido a que no se usó ningún cemento, los muchos bloques estaban ajustados con tal exactitud y unidos tan estrechamente que era imposible introducir la hoja de una daga entre ellos. Muchas de estas piedras eran de gran tamaño, algunas de ellas medían más de 11 metros de largo por 5 de ancho y casi 2 metros de espesor [figuras 33-38].

Nos quedamos llenos de asombro cuando consideramos que estas enormes masas fueron labradas a partir de su lecho rocoso nativo y diseñadas para darles forma por personas que desconocían el uso del hierro; que fueron traídas de las canteras, a 22 o hasta más de 80 kilómetros de distancia, sin la ayuda de bestias de carga; que fueron transportadas a través de ríos y barrancos, subidas a sus elevadas posiciones en la sierra y finalmente acomodadas ahí con la precisión más fina, sin el conocimiento de herramientas y maquinaria familiares a los europeos.

Es sumamente curioso que los incas no usaran el hierro, como lo indica Prescott más adelante (p. 68): "Los nativos no tenían conocimiento del hierro a pesar de que el suelo estaba en gran parte impregnado de este metal". Al parecer, en su lugar preferían herramientas de piedra o unas hechas de cobre con aleación de seis por ciento de aluminio para producir una dureza comparable al acero.

Hay una gran diferencia entre las propiedades del hierro y las del cobre: el hierro es magnético y se puede usar para acumular (o desviar, *cortocircuitos*) campos magnéticos, mientras que el cobre no es magnético pero es un buen conductor de electricidad y como tal puede usarse para acumular (o desviar, *cortocircuitos*) campos eléctricos.

Cuando los españoles llegaron a Perú, interrogaron a los incas acerca de los bloques de piedra perfectamente ajustados que se hallaban por todo el imperio (figuras 33-38). Ellos se encogían de hombros y extendían los brazos, diciendo solamente que sus ancestros los habían hecho, pero que no sabían cuándo ni cómo.

Sabían de los sofisticados mampuestos usados en la edificación de templos en Tiahuanaco, Bolivia, y asumieron que sus antepasados debieron haber aprendido sus habilidades de canteros y mamposteros de los tiahuanacos mucho tiempo atrás, en la antigüedad. Las historias hablan de una raza de hombres barbados de piel blanca que se establecieron a orillas del lago Titicaca y que enseñaron a los nativos las altas ciencias de la civilización. Como dice Prescott (pp. 6 y 7):

> Puede recordarnos la tradición existente entre los aztecas respecto a Quetzalcóatl [...] (*de quien se enseñó que era uno y el mismo que el Señor Pakal de los mayas* [cursivas del autor]) [...] quien con un aspecto y vestimenta similar se acercó a la gran meseta desde el este con una misión benevolente parecida para salvar a los nativos. La analogía es aún más notable en tanto no hay indicios de comunicación alguna entre ambas culturas, o siquiera conocimiento de la existencia de una y otra naciones.

Las versiones pueden haberse exagerado y adornado con el paso del tiempo, de un solo hombre blanco con barba al principio, hasta varios. Prescott sigue diciendo:

> La fecha que suele asignarse a estos "extraordinarios acontecimientos" es cerca de 400 años antes de la llegada de los españoles [...] pero no obstante la popularidad de la leyenda [...] en las orillas del lago Titicaca han persistido hasta la actualidad vastas ruinas que los peruanos mismos admiten como más antiguas que el pretendido advenimiento de los incas, de quienes se enseñó que se abastecían con modelos de su arquitectura.

En una nota al pie, Prescott añade: "McCulloh cita el famoso templo en Pachacámac, a 22 kilómetros al sur de Lima, como un ejemplo de arquitectura más antigua que la de los incas". Él también da su fuente: *Researches Philosophical and Antiquarian concerning the Aboriginal History of America* (Baltimore, 1829, p. 405).

En Ollantaytambo, otros sitios incas (figuras 34-38) y Tiahuanaco se han encontrado antiguos bloques de piedra conectados con tirantes de cobre (figuras 39-40), los cuales el día de hoy continúan dejando perplejos a historiadores e ingenieros por igual. ¿Por qué utilizar frágiles tirantes de cobre para sujetar enormes bloques de piedra, algunos de 10 toneladas de peso? La estabilidad de los bloques y la integridad de la construcción, como el tiempo ha demostrado, se alcanzan gracias al preciso entrelazado de los bloques, no a los frágiles tirantes de cobre. Si esta integridad se hubiera minado, los bloques se habrían venido abajo y los tirantes se habrían desgarrado como si estuvieran hechos de papel.

Muchos eruditos consideran que los tirantes fueron fundidos localmente y luego colocados en las hendiduras de la piedra, pues se pueden apreciar microscópicas marcas incrustadas en ellos imitando marcas corolarias halladas en la piedra. Pero, como lo explican las figuras 39 y 40, si los tirantes hubieran sido fundidos *in situ,* se esperaría que la superficie de cada tirante fuera ligeramente convexa, debido a la influencia de la tensión en la superficie ex-

FIGURA 33. LAS PIEDRAS DE CUZCO

(a) Una entrada, no lejos de Coricancha, en las callejuelas de Cuzco. El dintel arriba de la puerta tiene dos serpientes (símbolos solares). La mampostería que la rodea está construida de bloques de piedra incas perfectamente ajustados, sostenidos sin ninguna argamasa en absoluto. Las junturas entre las rocas se encuentran tan perfectamente acomodadas que es imposible introducir entre ellas la hoja de un cuchillo. (b) Acercamiento de una sección de pared que muestra las piedras con mayor detalle. El bloque central, de los tres bloques poligonales, no tiene menos de 14 ángulos. La superficie expuesta de las piedras está suavizada, como si los bloques hubieran sido líquidos alguna vez, o de alguna manera reblandecidos y luego colocados en su posición.

Figura 34. Las piedras de Ollantaytambo (i)

Ejemplos de mampostería de la fortaleza-templo inca de Ollantaytambo, en el Valle Sagrado de los incas, cerca de Písac, que se encuentra a 32 kilómetros de Cuzco. (a) En este enorme bloque de roca natural (de 20 toneladas), que fue extraído de una montaña a seis kilómetros de distancia, a gran altura y en la ribera opuesta del río Urubamba, se puede apreciar otro método del trabajo inca de mampostería: uno de los lados ha sido limpiamente cortado, como si la piedra hubiera sido tajada con una fina herramienta de corte. Un hilo de algodón largo y tenso, de fino cáñamo, se puede deslizar entre la rendija; así de perfecto es el corte. La forma en que se realizó el corte sigue siendo un misterio. (b) Paredes construidas en la cara de la roca al pie del templo. Las paredes encajan perfectamente en la montaña a la cual están unidas. Sólo que no se sabe cómo tallaron la arquitrabe (o trabe maestra) alrededor de las ventanas. (c) Ingeniería de tubería en un acueducto de piedra, valle abajo, tallado del mismo modo misterioso que la arquitrabe de las ventanas.

FIGURA 35. LAS PIEDRAS DE OLLANTAYTAMBO (II)

Dos ejemplos más de las técnicas de mampostería halladas en Ollantaytambo. (a) Rocas perfectamente ajustadas del templo, en la parte superior del recinto fortificado, muestran un patrón similar a las de Cuzco y otros pueblos incas. (b) Nichos esculpidos en la sólida roca de la montaña, como si la montaña fuera de suave arcilla.

FIGURA 36. LAS PIEDRAS DE TAMBOMACHAY

(a) El templo de Tambomachay en el Valle Sagrado, a cinco kilómetros de Cuzco, aproximadamente. (b) Baño ceremonial tallado en piedra, "el baño del monarca inca", en el templo.

FIGURA 37. LAS PIEDRAS DE QENKO

(a) Qenko está en el Valle Sagrado, a cuatro kilómetros de Cuzco, aproximadamente. El nombre significa "zigzag". La roca caliza es particularmente interesante e inusual. (b) Es como si las serpientes en zigzag y las piletas talladas en la roca hubiesen sido *vertidas* en esa posición, como lava líquida, en vez de haber sido talladas o cortadas. Varios túneles fueron tallados debajo de la gran roca; se muestran en el inciso a) junto con una cueva y un altar (c) tallados en un sólido lecho rocoso.

FIGURA 38. LAS PIEDRAS DE MACHU PICCHU

(a) El observatorio en Machu Picchu. (b) Cueva que contiene el llamado "santuario", una edificación similar a un altar y que se localiza directamente debajo del observatorio. Nótese el increíble modo en que los bloques de piedra se pegan a la cara de la roca, cual sacos de arena tirados en esa posición, como si la roca alguna vez hubiese sido maleable. (c) El llamado Intiwatana, "poste para enganchar al sol", tallado en una sólida pieza de lecho rocoso. De acuerdo con la leyenda de Cuzco, el inca ataría el sol al poste en un rito durante el día de solsticio de invierno, para traerlo de regreso en la dirección opuesta.

perimentada en el proceso de fundición. En segundo lugar, los tirantes mismos habrían adoptado una línea de fundición causada por la ranura entre los bloques de piedra, pero ninguno presenta tal marca. Una mirada más cuidadosa a uno de los bloques (lámina 25a) permite apreciar una descolorida capa exterior de piedra. Es como si la superficie de la piedra hubiese sido "reblandecida" de alguna manera y luego vuelta a endurecer, permitiendo introducir los tirantes de cobre ya formados. Esto explicaría por mucho la característica aplanada de la parte superior de los tirantes y la ausencia de línea de fundición correspondiente a la hendidura entre los bloques. Así que, ¿cuál era el propósito de esos tirantes? Veremos más adelante que eran para enlazar las piedras a tierra eléctricamente.

Esto proporciona una clave sobre cómo los canteros y mamposteros preincaicos (y los incas mismos) diseñaron sus bloques de piedra. Parece probable que, quienquiera que haya sido esta gente, poseía la tecnología para ablandar y vaciar la piedra. En la actualidad se puede hacer esto mismo, pero sólo en una dirección: de maleable a pétreo; lo llamamos concreto. Al parecer, los incas y tiahuanacos podían llevar el proceso un paso más adelante, de la dureza a la maleabilidad nuevamente, usando rocas ígneas. En primera instancia esto parece incomprensible, pero dada la estructura molecular de la materia, es simplemente cuestión de superar los enlaces covalentes que agrupan los átomos. Podemos hacer esto en el hielo, al dejar que se convierta en agua, y lo hacemos otra vez cuando convertimos el agua en vapor. Esto explica cómo los incas y tiahuanacos montaban piedras con semejante precisión. Una observación detallada de las orillas redondeadas de las piedras (figuras 33-38) sugiere que el material rocoso fue "vertido", como si alguna vez hubiese estado contenido en un saco o bolsa que hace tiempo se hubiera podrido y desaparecido. Esto, quizá, explica *cómo* fueron hechos los bloques poligonales de los incas, pero no *por qué*.

¿Por qué un constructor invertiría tanto tiempo y esfuerzo en manufacturar bloques de piedra que encajaran juntos de manera *perfecta*? Las reglas de disminución marginal favorecen los

FIGURA 39. EL MISTERIO DE LOS TIRANTES DE COBRE

(a) Tirante de cobre de Ollan-taytambo, una de las muchas marcas encontradas en el lugar junto con (b) y (c), bloques de piedra para construcción que muestran una hendidura para acomodar el tirante de cobre. Los arqueólogos consideran que los tirantes se usaban para sujetar los bloques de construcción y mantenerlos juntos, pero éste no pudo haber sido el caso; muchos de los bloques pesan 10 toneladas o

más. Se esperaría que los movimientos provocados por los terremotos desgarraran los frágiles tirantes de cobre. De modo que, ¿cuál era el verdadero propósito de los tirantes?

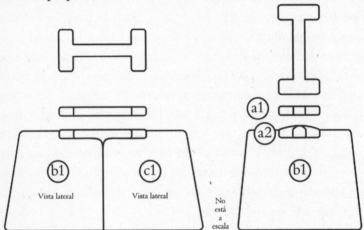

FIGURA 40. Los investigadores proponen que los tirantes de cobre (arriba) fueron fundidos localmente y vaciados en hendiduras ya hechas en la piedra. Sin embargo, la observación de la superficie de perfil de los tirantes (como se muestra en a1) sugiere que lo anterior no era el caso. (a2) muestra lo que se esperaría del perfil de un tirante de cobre vaciado *in situ;* la parte superior del tirante sería convexa debido a la tensión de la superficie experimentada mientras se vierte el cobre derretido, y

métodos de producción aproximados o imprecisos sobre tolerancias exactas disponibles de costosa ingeniería de precisión. Con frecuencia las soluciones de recuperación subsecuentes son más aceptables, más efectivas en cuanto al costo y algunas veces más apropiadas; excluir las corrientes de aire no sólo llena huecos, sino que también permite una expansión flexible y una contracción de componentes con el paso del tiempo. De la misma forma, debe haber habido una manera *más fácil* y *más efectiva en cuanto al costo* de rellenar las fisuras entre los bloques de piedra, quizá usando brea o resina en vez de hacer que las piezas se ajustaran perfectamente. Y en eso reside la clave del misterio: si las fisuras entre las piedras fueran rellenadas con brea o resina, las piedras quedarían aisladas eléctricamente unas de otras, no eléctricamente enlazadas a tierra.

La ausencia de huecos entre las piedras, además, descarta la entrada de la luz del día al interior de los edificios. En los humanos, un área de la retina ocular sensible a la luz convierte la luz en señales eléctricas que viajan hacia el nervio óptico en la glándula del hipotálamo (el cual se conoce por estar asociado con el reloj biológico del cuerpo). Cada día entran señales de luz al cerebro, y cada noche el hipotálamo envía señales a la glándula pineal. La cantidad de luz que llega a los ojos determina inversamente la cantidad de melatonina que se produce.

En un principio, la melatonina fue aislada en 1958 por los investigadores A. B. Lerner y J. D. Case, quien le dio el nombre luego de que se descubrió que la sustancia activa los melanóforos, células de pigmento, en ranas cuya piel se volvía más clara o más oscura. Las secreciones de melatonina desde la glándula pineal se caracterizan por cambiar el color de la piel de ciertos reptiles para que puedan camuflarse, como el camaleón; esto se debe a que el

---

además, la parte inferior del tirante, entre (b1) y (c1), habría adoptado los contornos de la fisura entre los dos bloques de piedra. Esto sugiere que los incas (y tiahuanacos) reblandecieron de alguna manera (véase el texto principal) la capa exterior de las piedras (lámina 25a) y luego sumergieron los tirantes conectores ya hechos. Los tirantes de cobre enlazarían eléctricamente a tierra cada bloque de piedra.

receptor de luz de algunos reptiles está en la parte superior de su cuerpo, en la cabeza, expuesto a la luz del día, en el exterior. En 1963, luego de realizar experimentos en ratas, la melatonina fue reconocida como una hormona del sexo. Poco tiempo después, quedó claro que la producción de melatonina en humanos se *inhibía* con la luz y, más tarde, que los niveles de sangre en la hormona son 10 veces más altos en la noche que durante el día. También se descubrió que los niveles entre hombres y mujeres difieren; la glándula pineal femenina, ligeramente más grande, se sometió a los ciclos estacionales y produjo *menos* melatonina en el verano, cuando las horas con luz solar se prolongan. La melatonina estimula la glándula pituitaria, que a su vez afecta la producción de la hormona luteinizante y las hormonas que estimulan los folículos. Éstas afectan la producción de las hormonas de la fertilidad, estrógeno y progesterona.

En 1995, dos médicos residentes de Estados Unidos, Walter Pierpaoli y William Regelson, publicaron un libro titulado *The Melatonin Miracle*. Ellos llevaron a cabo una serie de experimentos en ratones, cuyos resultados sugerían que una dosis diaria de melatonina podría detener, si no es que revertir, el proceso de envejecimiento en ratones y humanos. También señalaron (p. 67) que la melatonina incrementa la función sexual y que "diversos estudios demuestran que la exposición a los campos *electro*magnéticos pueden interferir con la producción nocturna de melatonina".

Ya sabemos que los campos *magnéticos aumentan* la producción de las hormonas de fertilidad en las *mujeres* (apéndice 2). Pierpaoli y Regelson declaran que los campos *electro*magnéticos producen el efecto contrario, que *disminuyen* la producción de hormonas de la fertilidad. Los campos electromagnéticos comprenden componentes de campos *eléctricos* y de campos *magnéticos*.

La figura 32 explica cómo el campo magnético de la Tierra se ve afectado por el bombardeo de partículas solares. Durante el periodo mínimo de mancha solar, menos partículas vulneran los cinturones de Van Allen, lo que resulta en niveles más bajos de las variaciones magnéticas en la superficie de la Tierra. Esto es lo que pasó entre 1450 y 1520 d. C., periodo durante el cual el mundo (y los incas) sufrió un ciclo mínimo de mancha solar (figura 41) junto con una concomitante disminución en fertilidad que se asoció con el acontecimiento.

Al mismo tiempo, la minera del hielo que acompañó al mínimo de mancha solar (figura 41) provocó una menor evaporación del agua de los océanos, menos precipitaciones pluviales y sequía. La población inca comenzó a mermarse. Si los hijos del sol iban a sobrevivir, tendrían que manipular las fuerzas de la naturaleza para *incrementar* la exposición a los campos magnéticos provocados por el Sol y *disminuir* la exposición a los campos eléctricos. Necesitarían construir un santuario para sus vírgenes, en el cielo.

Los secretos de Machu Picchu

Machu Picchu (lámina 13) está situada entre las montañas de Machu Picchu ("pico viejo") y Huayna Picchu ("pico nuevo"), al borde de la selva peruana. Cuando el historiador americano Hiram Bingham descubrió el sitio, el 24 de julio de 1911, apenas pudo creer lo que veía.

¿Quién pudo haber construido esta ciudad de piedra en un lugar tan remoto e inaccesible, a 2 500 metros de altura en la cordillera Vilcabamba, y a 700 metros sobre el río Urubamba, que fluye a través del valle? ¿Cómo alcanzaron los incas su maestría para la cantería? ¿De quién adquirieron su sofisticado conocimiento de astronomía, ejemplificado en muchos de los edificios que hay en el lugar? ¿Por qué adoraban al sol? ¿Por qué los huesos (excavados por Bingham en el lugar) eran principalmente femeninos? ¿Y por qué fue abandonado el lugar de manera tan repentina luego de un periodo de ocupación de alrededor de 70 años? El historiador nunca imaginó que las respuestas a sus preguntas tendrían que esperar hasta el final del siglo xx, la era de la exploración espacial, para explicar cómo el Sol influyen la vida sobre la Tierra.

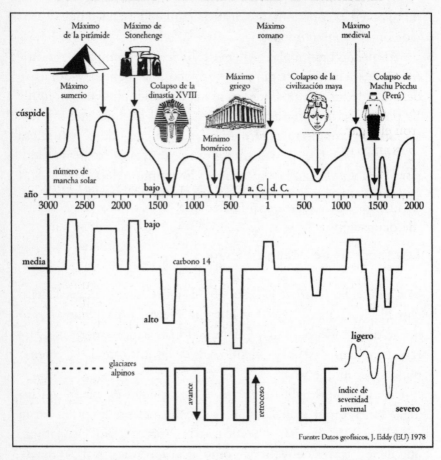

Una serie de gráficas muestra que el ascenso y la caída de las civilizaciones corresponden al ascenso y el descenso de la radiación del sol. En la gráfica de arriba se aprecia una envoltura a largo plazo de actividad de mancha solar que se deriva de la gráfica central de carbono 14. Los anillos de crecimiento de los árboles absorben una mayor cantidad de carbono 14 durante los ciclos mínimos de mancha solar. Los mínimos de mancha solar también se correlacionan con las minieras del hielo (en la gráfica inferior) y con un índice de severidad invernal (basado en una media de París y Londres para el periodo comprendido aquí). La reducción en la radiación resulta en una reducción de la fertilidad en la tierra (figura 32). La dinastía XVIII de Tutankamon se colapsó durante un mínimo masivo, como le sucedió a la civilización maya 2 000 años

El sitio, que escapó a la detección de los españoles, fue construido durante el reinado del gran expansionista y desarrollador urbano, el noveno inca, Pachakuti Inca Yupanqui, alrededor de 1450. Si las habilidades de ingeniería de los incas alguna vez hubieran sido cuestionadas, la ciudad de Machu Picchu seguramente disiparía cualquier duda. Aquí los mejores ejemplos de trabajo en piedra son comparables sólo a la extraordinaria tecnología que permitió la construcción de pozos y redes de riego que alimentaron el lugar. Y, curiosamente, es en los suministros de agua donde buscamos para hallar las respuestas a las preguntas de Bingham; los estudios del casquete glaciar del Quelccaya, al sudeste de Cuzco, realizados por Lonnie Thompson, de la Universidad de Ohio, confirman que una severa sequía afectó la región durante el periodo de ocupación de Machu Picchu (1450-1520 d. C.). Así que, ¿por qué construir un santuario en la cima de una montaña, de piedra sólida, lejos de la única fuente de agua (el río abajo) en tiempos de sequía? ¿Por qué cargar piedras de construcción, algunas con un peso de 100 toneladas o más, los 3 000 pasos de las 109 escaleras que llevan a la ciudad desde valle abajo? ¿Y por qué caminar los 700 metros arriba y abajo de los picos de la montaña para bañarse en el río? Parece claro que los incas poseían un conocimiento superior al que tenemos actualmente, un conocimiento que abarcaba el ablandamiento, vaciado y transporte de roca y que floreció junto con una comprensión de la supraciencia del sol.

Anteriormente, la imagen del rompecabezas demostró cómo el cerebro prefiere ver información *que no existe* en lugar de ver la que sí existe. La idiosincrasia del cerebro no se detiene ahí. El cerebro también prefiere rechazar la información que no puede entender, y lo hace recurriendo a los mecanismos de defensa neural que producen la "capacidad de razonamiento" para entrar en un bucle programable que he denominado "bucle del pensamiento". Esto puede demostrarse de la siguiente manera:

---

después. La ciudad inca de Machu Picchu, ocupada por las vírgenes del sol a partir del año 1450 d. C. aproximadamente, fue abandonada cuando la radiación del sol volvió a sus niveles normales, cerca de 1520 d. C., mucho tiempo antes de la conquista de la región.

Considere la información presentada a continuación:

I) Cuando grito puedo ser escuchado en medio de la calle.
II) Conozco a un hombre que, cuando grita, puede ser escuchado a un kilómetro de distancia.
III) Conozco a un hombre que, cuando grita, puede ser escuchado en la Luna.

Las afirmaciones I y II no presentan dificultad alguna para el cerebro, pero la afirmación III provoca que éste entre en un "bucle de pensamiento" en muchos pasos fáciles de definir:

Paso 1 *Confusión*. El cerebro cuestiona la validez de la información. ¿Cómo puede el grito de un hombre ser escuchado en la Luna? No es posible.

Paso 2 *Indignación*. No es posible que el hombre sea escuchado en la Luna, así que, o la información es incorrecta, o la persona que está comunicándola piensa que soy estúpido. Esto es un insulto a mi inteligencia. Yo no soy estúpido.

Paso 3 *Odio*. No me agrada la gente que piensa que soy estúpido. Váyanse y déjenme en paz.

Añadir más información:

IV) El hombre que puede ser escuchado en la Luna trabaja en la BBC de Londres.

Lo que da lugar a:

Paso 4 *Frustración*. ¿Por qué no me dijo que el hombre tenía acceso a tecnologías que implicaban transmisiones de ondas de radio y altavoces?

Paso 5 *Reconciliación y aceptación*. No es mi culpa no haber entendido.

Y un segundo ejemplo:

1) Conozco a un hombre al que le gusta lanzar palos, pero no le gusta recuperarlos.

2) Conozco a un hombre más inteligente que el primero. Ha entrenado a un perro para recuperar los palos.

3) Conozco a un hombre más inteligente que el segundo. Sus palos regresan por sí mismos.

Nuevamente, el cerebro entra en un "bucle de pensamiento": ¿cómo puede un palo regresar por sí mismo?

4) Su palo se llama bumerán.

Paso 4 Por supuesto que el palo regresa por sí mismo, porque su filo está aerodinámicamente tallado de manera que, al ser lanzado al viento, éste lo fuerza a regresar al punto de partida, es decir, a la mano del lanzador.

Es interesante que el segundo ejemplo implique tecnologías más antiguas que las nuestras, las de los aborígenes australianos. Pese a esto, la información sigue causando un "bucle de pensamiento".

El bucle de pensamiento, junto con la confusión, la indignación, el odio y la frustración, protege al individuo de una lógica de otra manera inevitable, que eventualmente nos convencería de que todos somos estúpidos, quizá incluso inútiles y sin valor, lo cual podría llevarnos a la depresión y al suicidio.

Ahora podemos entender por qué los arqueólogos no pudieron ver las historias cifradas contenidas en la tapa de Palenque y por qué, a pesar de la evidencia, no pudieron aceptar que las grandes piedras que embonaban perfectamente *debieron* haber sido cortadas, vertidas o ablandadas. Esas grandes rocas encontradas en la cima de las montañas, extraídas de sitios lejanos, *deben* haber sido transportadas a su destino final; y esas ciudades construidas en las cimas de las montañas se sitúan ahí por una buena razón.

Según el doctor George F. Eaton, un osteólogo que trabajó con Hiram Bingham, casi todos los esqueletos enterrados que se encontraron en Machu Picchu pertenecían a personas de entre 31 y 35 años de edad al momento de morir. De los 164 examinados por Eaton, 102 eran mujeres adultas, 7 mujeres jóvenes, 22 hombres adultos y 4 niños; de los 29 restantes, algunos eran bebés y otros no fueron identificados. Las cifras convencieron a Bingham de que el refugio de la cima de la montaña debe haber sido un santuario para las vírgenes del sol.

La arquitectura de Machu Picchu (láminas 14 y 15) sigue el estilo altamente avanzado de los incas, con muros construidos con bloques de piedras que embonan perfectamente, evitando la entrada de la luz hacia el interior. Las ventanas de las casas están asimismo bloqueadas, también con bloques de piedra ajustados perfectamente para el mismo efecto. Esto ocurre en la mayoría de las casas, pero no en los observatorios, que requerían accesos para la observación de los cielos. La ausencia de ventanas de nueva cuenta sugiere que los incas hicieron lo posible por evitar la luz del día en las casas.

También notamos los soportes cilíndricos de piedra sólida del techo que sobresalen, incongruentemente, sin el dosel de hierba, por los lados de las paredes de piedra. La reconstrucción de los arqueólogos (lámina 14a) intenta convencernos de que las coberturas de los techos se hicieron simplemente de hierba o de paja de caña sobre una estructura de madera. Pero los soportes cilíndricos de piedra del techo (lámina 14a–e) habrían sido demasiado grandes para tal proyecto. Parece más probable que los techos se hayan cubierto primero con una lámina de cobre, similar a la lámina encontrada en la tumba del Señor de Sipán, o incluso una más pesada, y luego cubiertos de paja. Las piedras ajustadas estrechamente no sólo evitarían la luz del día, sino que, como la lámina de cobre, unirían eléctricamente todo el edificio, evitando cortocircuitos que obstaculizaran la fertilidad de los campos eléctricos de la Tierra. En cambio, la posición topológica del lugar, en la cima de la montaña, daría acceso a campos magnéticos de inspiración solar más fuertes, sin verse afectados por las anomalías magnéticas geográficas que prevalecen en los valles. Estos factores estimularían la producción de melatonina entre las vírgenes del sol, lo que a su vez daría lugar a una mayor producción de hormonas de la fertilidad —estrógeno y progesterona—, anulando el decrecimiento de la fertilidad provocado por el sol. Las preciosas láminas de cobre pudieron haber sido removidas cuando el lugar fue abandonado luego de que la actividad de las manchas solares y el comportamiento de la fertilidad volvieran a la normalidad (lámina 41), alrededor de 1520 d. C.

Es claro que las sorprendentes habilidades de cantería de los incas fueron empleadas en todo el imperio, desde Tiahuanaco, en el altiplano boliviano, el valle de Cuzco y entre Písac y Ollantaytambo, en el Valle Sagrado, hasta los picos de Machu Picchu. Asimismo, el uso del tirante de cobre de enlace a tierra fue una práctica generalizada, que sugiere que aunque Machu Picchu pudo haber sido el lugar casi perfecto para establecer un santuario para las vírgenes del sol, el resto de la población también aprovechó, en alguna medida, las mismas técnicas utilizadas en los edificios a lo largo de Perú.

Lo anterior plantea una pregunta crucial: ¿dónde adquirieron los incas su conocimiento de la supraciencia del sol y de las avanzadas tecnologías que facilitaron el corte, vaciado, reblandecimiento y levantamiento de la piedra?

Las leyendas de Perú

Las mejores relaciones de la mitología peruana fueron compiladas por los cronistas españoles en el tiempo de la conquista, en 1532. Uno de ellos (antes mencionado) fue el *Inca* Garcilaso de la Vega, quien nació en Cuzco en 1540. Fue hijo del español Garcilaso de la Vega, quien llegó de España en 1534, en compañía del capitán de fragata Pedro de Alvarado. Su madre fue una princesa real peruana, nieta del decimoprimer inca, Huayna Cápac. Orgulloso de su linaje inca, adoptó el sobrenombre de *Inca* Garcilaso de la Vega; fue criado en el catolicismo romano con una esmerada educación, a pesar de la agitación que conllevó el establecimiento de la colonia.

A la edad de 20 años se embarcó a España, se enlistó en el servicio militar y rápidamente alcanzó el rango de capitán. Pero no todo marchaba bien. Los fantasmas del armario de la familia eclipsaron sus logros, el nombre de la familia, manchado por un presunto episodio de deslealtad a la Corona, eventualmente lo llevó al vergonzoso retiro de la sociedad. El estigma de dicho episodio fue como una nube negra sobre su cabeza y posteriormente propició su derrota en la recuperación de la herencia de la familia de su madre. Pobre y endeudado, dejó el ejército, se retiró al aislamiento, en Córdoba, y empezó a escribir sobre lo que más amaba: los días de su niñez en la tierra de los incas.

Su "desgracia" dio paso a una brillante carrera literaria que, en 1609, vio la publicación de la primera parte de sus *Comentarios reales* (publicados inicialmente como *Primera parte de los comentarios reales de los incas,* Lisboa, 1609, traducida por Harold V. Livermore, Londres y Austin, 1966), una detallada historia de Perú bajo el dominio inca. La segunda parte, que abarcó la historia de la conquista, apareció en 1616, poco antes de que Garcilaso muriera como un hombre rico a la edad de 76 años. Nadie pudo competir con el linaje de Garcilaso como corresponsal de los incas. Sólo él, con sangre inca en sus venas, pudo hacer justicia a esa gente, contando nuevamente las historias que escuchó sobre las rodillas de su madre, junto al fuego, en los valles y en las montañas, durante la edad dorada del esplendor inca.

Cieza de León, peruano, desde los 13 años de edad y hasta los 32 completó la primera parte de su *Crónica del Perú* en 1550 (primero publicada como *Parte primera de la crónica del Perú* en 1553). La segunda, tercera y cuarta partes o bien no fueron completadas o no se publicaron. Sus relaciones de la parte principal proporcionan una instantánea de la geografía y la topografía de la región; pero mientras compilaba esto, durante unos 10 años aprovechó la oportunidad para hablar con los indígenas sobre su historia y tradiciones. El libro no fue publicado sino hasta 1553, en Sevilla, España. La edición en italiano, en Roma, dos años más tarde le atrajo la atención de un amplio público internacional.

El historiador Juan de Sarmiento visitó Perú a principios de 1550, como presidente del Consejo de Indias —un cargo de gran autoridad—, impaciente por compilar la historia de la nueva colonia. Su posición le permitió tener contacto con la nobleza inca, que le reveló los secretos de sus leyendas. El resultado fue un manuscrito inédito de 400 páginas, intitulado *Relación de la sucesión y govierno de los Yngas Señores naturales que fueron de las Provincias del Perú y Otras cosas tocantes á aquel Reyno, para el Iltmo.*

Otro español, Juan de Santa Cruz Pachakuti-Yamqui Salcamayhua, pasó años conversando con los incas, lo que llevó a la publicación de su *Relación de antigüedades del Perú* (primero publicado como *Relación de antigüedades deste reyno del Pirú,* hacia 1615, ed. M. Jiménez de la Espada en *Tres relaciones de antigüedades peruanas,* Madrid, 1879), un documento del antiguo folclore y mitos propios de las antiguas civilizaciones de Perú.

Otros escritores y publicaciones notables incluyen a fray Martín de Morúa, *Historia del origen y genealogía real de los reyes incas del Perú* (Madrid, 1946); el padre José de Acosta, *La historia natural y moral de los incas* (Sevilla, 1590); Cristóbal de Molina de Cuzco, *Las fábulas y ritos de los incas,* y la *Historia del Nuevo Mundo,* del padre Bernabé Cobo (Cuzco, 1653). Las relaciones occidentales de mayor autoridad fueron compiladas por William H. Prescott (*History of the Conquest of Peru,* Routledge and Sons, 1893), John Flemming (*The Conquest of the Incas,* Macmillan, 1970) y Wolfgang von Hagen (*The Ancient Sun Kingdoms of the Americas,* Thames and Hudson, 1962).

Cuando nos referimos a las relaciones mitológicas, somos conscientes de que el mito pertenece a un accidente y no a la esencia, de que los antecedentes históricos yacen escondidos entre líneas. Como afirma Prescott (pp. 6 y 7):

Dichas leyendas no serán consideradas pueriles; tampoco su similitud con aquellas de razas remotas parece inexplicable, cuando son vistas a través de su luz verdadera [...] Visto así, los "mitos" [...] que fueron descartados como "fábulas irreales" prueban ser fuentes de historia en la forma en que sus creadores y transmisores las soñaron un poco.

Qué mejor ejemplo tenemos de esto que aquel del Señor Pakal, cuando codificó sus secretos en la arquitectura, la joyería y la escultura de su gente; él recurrió al panteón aparentemente "mitológico" de los dioses mayas, sabiendo que esto podría ser utilizado, a manera de actores en una obra, para revelar su conocimiento secreto a la raza humana cuando fuese el momento preciso y el código fuese roto. Entonces, y sólo entonces, el argumento oculto en el "mito" se revelaría como actores que emergen, con su atuendo completo, para actuar en la gran producción teatral de *La asombrosa Lápida de Palenque*.

El sentido común nos dice que debe haber alguna clase de lógica, razón o verdad asociada al mito, alguna posibilidad de que la historia sea plausible, de lo contrario éste no habría logrado la fascinación y, asimismo, no se habría propagado a través de los tiempos.

Si, por lo tanto, deseamos aprender más sobre la historia de Perú, sólo necesitamos referirnos a las relaciones mitológicas de la historia; cómo los primeros peruanos salieron de la oscuridad y entraron a la luz; cómo fundaron su patria con una vara de oro, y cómo un hombre blanco anduvo entre ellos haciendo milagros y dijo:

Nuestro padre, el sol, viendo que los hombres vivían como animales salvajes, fue movido a la piedad y envió desde el cielo hasta la tierra a uno de sus hijos y a una de sus hijas para instruirlos en el conocimiento de nuestro Padre sol, al que podrían adorar y tener como Dios, y para darles leyes y prescripciones mediante las cuales pudieran vivir como hombres en la razón y la reciprocidad.

Con este mandamiento y mandato nuestro Padre el sol envió a sus hijos al lago Titicaca, a 80 leguas de Cuzco, y les dijo que, pasaran por donde pasaran y en donde fuera que se quedaran a comer o dormir, tendrían que hundir en el suelo una vara de oro, la cual les dio. Esta vara tenía media yarda de largo y estaba destinada a servir como señal, en el lugar donde se hundiera en la tierra de un solo golpe, ahí tenían que detenerse y fundar la ciudad sagrada del sol [*Inca* Garcilaso de la Vega, *Comentarios reales,* primera parte, capítulo 15].

Los indios dijeron que todos los hombres se ahogaron en el diluvio e informaron que del gran lago Titicaca salió Viracocha, quien se estableció en Tiahuanaco, donde hasta el día de hoy se ven las ruinas de antiguos y muy extraños edificios, y de ahí vino a Cuzco, y así comenzó la raza humana a multiplicarse [padre José de Acosta, *La historia natural y moral de los incas*, libro 1, capítulo 25].

Los indios también tienen otro mito en el que cuentan que este creador tuvo dos hijos, Imaymana Viracocha y Tocapo Viracocha.

Cuando el creador hubo diseñado a la gente y a las naciones, dando a cada uno una lengua adecuada, y habiendo enviado al sol, la luna y las estrellas a su lugar en el cielo de Tiahuanaco, el creador, al que los indios llamaban Pachaychachic (maestro del mundo) o Ticci Viracocha, que significa el Dios que no se puede conocer, fue por los caminos del altiplano y visitó a las tribus para ver cómo habían empezado a multiplicarse y a cumplir con los mandamientos que les había dado. Encontrando que algunas tribus se habían rebelado contra sus mandamientos, convirtió a una gran parte de éstas en piedras con forma de hombres y mujeres con el mismo ropaje que vestían. Esta transformación ocurrió en los siguientes lugares: en Tiahuanaco, en Pucara y en Jauja, donde dicen que convirtió la huaca llamada Huarivilca en piedra, y en Pachacámac, en Cajamarca y en otras regiones. En efecto, hoy en día hay enormes figuras de piedra en esos lugares, algunas de ellas casi del tamaño de un gigante, que deben haber sido diseñadas por manos humanas en tiempos muy antiguos, y dada la falla de la memoria y la falta de escritura, inventaron esta leyenda, diciendo que la gente fue convertida en piedra por mandato del creador, por haber desobedecido sus mandamientos. También dicen que en Pucara, que está a 40 leguas de Cuzco en el camino a Collao, cayó fuego de los cielos y quemó a muchos de ellos, mientras que los que intentaron escapar fueron convertidos en piedra. El creador, de quien dicen que fue el padre de Imaymana Viracocha y Tocapo Viracocha, ordenó a Imaymana Viracocha, el mayor de sus dos hijos, en cuyo poder fueron puestas todas las cosas, establecer ese lugar y atravesar el mundo por el camino de las montañas y los forestados valles. A medida que avanzara, debía dar nombres a todos los árboles grandes y pequeños, a las flores y frutos que tuvieran, e indicar a los hombres cuáles eran comestibles y cuáles no y cuáles tenían propiedades medicinales. También dio nombre a las hierbas y flores, y el tiempo en que iban a producir flores y frutos, y enseñó a los hombres cuáles podían curar y cuáles no. A su otro hijo, llamado Tocapo Viracocha, que en su lengua significa "el hacedor", le ordenó ir por el camino de las llanuras, visitando a la gente y dando nombre a los ríos y árboles e instruyéndolos sobre las flores y los frutos. Y así fueron a las partes más bajas de esta tierra hasta que llegaron al mar, en donde ascendieron al cielo luego de haber terminado de hacer todo lo que hay en la tierra. En el mismo mito también dicen que en Tiahuanaco, donde él creó las tribus de los hombres, creó todas las diferentes clases de pájaros, con sus hembras y sus machos, dándoles el canto que cada especie tiene para cantar. A aquellos que fueron creados para habitar los bosques los envió a los bosques y a aquellos que eran para habitar los altiplanos los envió a los altiplanos, cada uno a la región adecuada para su clase. También creó todas las diferentes especies de animales, machos y hembras de cada uno, y todas las serpientes y reptiles que hay en la tierra y le asignó a cada uno su hábitat adecuado. Y él enseñó a la gente los nombres y propiedades de los pájaros y serpientes y otros reptiles. Estos indios también creían que ni el hacedor ni su hijo habían nacido de mujer y que eran atemporales y eternos [Cristóbal de Molina de Cuzco, *Ritos y fábulas de los incas*].

Antes de que los incas rigieran o que incluso escucharan de estos reinos, estos indios relataron algo más digno de mención que todo lo que dijeron. Ellos aseguran que por un largo tiempo estuvieron sin ver el sol y, sufriendo muchas penurias debido a esto, ofrecieron oraciones y votos a aquellos que tenían como dioses, suplicándoles por la luz de la que carecían. En esto, el sol, muy brillante, se elevó desde la isla de Titicaca en el gran lago de Collao, y todos se regocijaron. Después de que esto sucedió, dicen que repentinamente apareció, viniendo del sur, un hombre blanco de gran estatura y porte de autoridad. Este hombre tenía tan gran poder que cambió las colinas por valles y de los valles hizo grandes colinas, haciendo que los riachuelos fluyeran de la piedra viva. Cuando vieron su poder lo llamaron el Hacedor de todas las cosas creadas y Príncipe de todas las cosas, Padre del sol. Él hizo otras cosas incluso más maravillosas, como dar el ser a hombres y animales; por su mano les fueron dados muchos grandes beneficios. Ésta es la historia que los mismos indios me dijeron y que escucharon de sus padres, quienes a su vez la escucharon de los viejos cantos que fueron dictados desde tiempos muy antiguos.

Ellos dicen que este hombre viajó por la ruta del altiplano hacia el norte, haciendo maravillas a su paso, y dicen que no lo volvieron a ver. Dicen que en muchos lugares dio instrucciones a los hombres sobre cómo debían vivir, hablándoles con gran amor y gentileza y amonestándolos para que fuesen buenos y no hicieran daños ni ofensas a los otros, sino que se amaran los unos a los otros y mostraran caridad a todos. En la mayoría de los lugares lo llaman Ticci Viracocha. En muchos lugares construyeron templos para él y en ellos pusieron estatuas con su imagen y ofrecieron sacrificios ante ellas. Las enormes estatuas en la villa de Tiahuanaco son consideradas de aquellos tiempos.

Luego de mucho tiempo, vieron a otro hombre parecido al primero en apariencia, pero no mencionan su nombre. Desde los antepasados se decía que por donde pasaba curaba a quien estuviese enfermo y devolvía la vista a quien estuviese ciego por medio de la sola palabra. De esa manera era amado por todos. Así, llevando a cabo grandes milagros por medio de su palabra, llegó a Canas y ahí, cerca del pueblo de Cacha, la gente se levantó en su contra y amenazó con lapidarlo. Lo vieron caer de rodillas y levantar los brazos al cielo, como buscando su ayuda en el peligro que le acaecía. Los indios declaran que entonces vieron fuego en el cielo a su alrededor. Llenos de temor se acercaron a aquel a quien habían intentado matar y le rogaron su perdón; pues vieron en esto un castigo por el pecado de intentar lapidar a un extraño. De inmediato vieron que el fuego se extinguía bajo su mandato, aunque las piedras fueron consumidas por el fuego de tal manera que los grandes bloques podían ser levantados con una mano como si fuesen de corcho. Más aún, narran que, dejando el lugar donde esto ocurrió, llegó a la costa y ahí, sosteniendo su túnica se adentró en las olas del mar y no se le vio más. Y al irse perdiendo de su vista le dieron el nombre de Viracocha, que significa "espuma del mar" [Cieza de León, *Crónica de Perú*, segunda parte, capítulos 4 y 5].

Les pregunté lo que en su tradición había que decir acerca de la apariencia de Viracocha, puesto que había sido visto por los primeros hombres de su raza, y me dijeron que era un hombre de gran estatura, ataviado con un manto blanco que le llegaba hasta los pies y que usaba atado a la cintura. Tenía el cabello corto y tonsurado como un sacerdote. Iba descalzo y llevaba en las manos una cosa que, a la luz de lo que ellos saben hoy, se asemeja a los breviarios que llevan los sacerdotes. Y les pregunté el nombre de la persona en cuyo honor esa piedra había sido colocada y me dijeron que era Kon Tiki Viracocha Pachacámac, que quiere decir en su lengua "Dios del Mundo" [Juan de Santa Cruz Pachakuti-Yamqui Salcamayhua, *Relaciones de las antigüedades del Perú*].

¿Quiénes eran los Señores de Sipán?

Al examinar las diferentes historias, sintetizar las diversas versiones y dar margen para la adulteración del mensaje a lo largo del tiempo, comienza a delinearse ante nosotros una imagen general: el creador del universo, viendo a su gente sufrir, envió a dos personas a la tierra para enseñar los altos conocimientos de la ciencia y la espiritualidad. Estos dos, que no tenían madre (nacidos por inmaculada concepción), parecen haberse originado en la región de Tiahuanaco y viajado por todo Perú, haciendo milagros y predicando una doctrina de amor y perdón, antes de encaminarse a la costa. Ambos movieron grandes bloques de piedra como si estuviesen hechos de corcho; a veces, las piedras se "incendiaban". Ambos fueron llamados Viracocha, "espuma del mar", y eran hombres blancos y barbados (de acuerdo con la *Historia de la conquista de Perú,* de Prescott, pp. 6 y 7, mencionada anteriormente). Vestían como sacerdotes y llevaban una vara dorada, y seguían la instrucción de que en el lugar en que la vara se hundiera debían establecerse. El segundo, similar en apariencia al primero, apareció mucho después.

Los tesoros encontrados en las tumbas de Sipán sugieren que estos dos dioses vivientes eran uno y el mismo con los Señores. Seguramente, el Antiguo Señor de Sipán (el hombre cangrejo), espuma del mar, debe haber sido Viracocha, y el Señor de Sipán, en su ataúd de superdiós de números nueve y en sus 96 techos de madera (referencia al ciclo de manchas solares), tiene que ser Viracocha Pachacámac, dios del mundo.

Capítulo tres

Los tiahuanacos

Los secretos de Viracocha

Ésta es la tierra de los indígenas aimaras, en el altiplano de los Andes, a 4 000 metros sobre el nivel del mar. El aire es límpido y fresco, el cielo es azul y las mejillas de los aimaras rojo brillante. Dicen que se requieren seis meses para que el cuerpo se acostumbre a las alturas, mientras produce más hemoglobina, la cual ayuda a los pulmones a aprovechar las pocas moléculas de oxígeno existentes en el aire enrarecido. Y no sonríen mucho, a diferencia de sus vecinos quechuas de los valles fértiles. Éste es un mundo diferente. A esta altura, la baja presión barométrica permite que el aire se expanda dentro del cuerpo. La cabeza se siente como si fuera a explotar; la nariz, a punto de chorrear sangre en cualquier momento. Y los ojos, raspados por el viento y la arena, se queman con el sol.

Tiahuanaco, bajo el imperio inca, fue conquistado por los españoles en 1538, seis años después que Perú, y sin contar los casi 30 años de tumulto posteriores, los siguientes dos siglos fueron relativamente pacíficos. Las inquietudes revolucionarias en contra del régimen colonial español comenzaron en La Paz en 1661, el descontento prosiguió en Cochabamba, en 1730, y se expandió más en una segunda oleada entre 1776 y 1780. En 1809 hubo llamados a la independencia en la Universidad de San Francisco Javier, en Sucre. El 9 de diciembre de 1824, un general de Simón Bolívar, el general Antonio José de Sucre, ganó la batalla decisiva del Ayacucho, Perú, y continuó su marcha para luchar contra los españoles en la batalla de Tumulsa, en el altiplano. El 2 de abril de 1825 Bolivia fue declarada Estado independiente.

En 1892, tras algunas visitas al sitio arqueológico, los arqueólogos alemanes Max Uhle y Alphons Stübel publicaron documentos científicos donde describieron las ruinas de Tiahuanaco. Uhle regresó dos años después para estudiar las culturas de la región, las cuales clasificó de acuerdo con los estilos de la cerámica. En 1903 una expedición científica francesa a cargo del conde Créqui de Montfort realizó excavaciones en las que se localizó un templo enterrado (lámina 16, templo 3), adornado con cientos de cabezas de arenisca alrededor de los muros. En el centro había tres estatuas de piedra (lámina 22a), una de ellas de un hombre barbado a quien los indios llamaban Viracocha y, justo a su lado, dos más pequeñas hoy conocidas como los "hijos de Viracocha" (lámina 22b).

El arqueólogo boliviano Arturo Posnansky fue uno de los primeros estudiosos en abordar el asunto de la fecha de fundación de Tiahuanaco. Su libro *Una metrópoli prehistórica en la América del Sud,* publicado en 1914, en su tiempo fue la obra más completa sobre Tiahuanaco y el lago Titicaca. El volumen único, bilingüe, fue reeditado en 1945, tanto en español como en inglés, bajo el título de *Tihuanacu, la cuna del hombre americano,* y se utilizó como referencia en la tumba perdida de Viracocha.

Al principio, Posnansky fijó sus propios periodos del desarrollo en Tiahuanaco en tres épocas, basándose en muestras de sedimento y en los niveles del agua del lago Titicaca. El primer periodo correspondía al surgimiento geológico del altiplano desde el fondo del océano. El segundo abarcaba el derretimiento de los glaciares, el subsecuente desbordamiento del lago Titicaca y a continuación su vaciamiento parcial, causado por el movimiento tectónico. Estos dos periodos fueron seguidos por un tercero, en el que surgieron bloques de piedra poligonales similares a los utilizados por los incas posteriormente. Luego hubo un cuarto periodo, caracterizado por la utilización de bloques de adobe, y finalmente un quinto y último, el de los incas (Posnansky, pp. 48 y 49). (Las fechas específicas de estos periodos no están definidas en el libro de Posnansky; esto se tratará más adelante.)

Quizá debido a la falta de certidumbre en torno a las fechas definitivas de los periodos de desarrollo, Posnansky continuó su investigación en Tiahuanaco. Después de inspeccionar y mapear el sitio a detalle (lámina 16a), notó que los ángulos laterales entre las piedras angulares de uno de los templos, el Kalasasaya (el Templo de las Piedras Paradas), y un bloque de lava parcialmente enterrado, utilizado como observatorio (que una vez marcó el lugar del monolito de la Puerta del Sol, figura 42), medían 23° 8' 48", cifra muy cercana al ángulo actual de la inclinación de la Tierra sobre su eje (la oblicuidad de la Tierra).

FIGURA 42. ALINEACIONES ASTRONÓMICAS EN TIAHUANACO

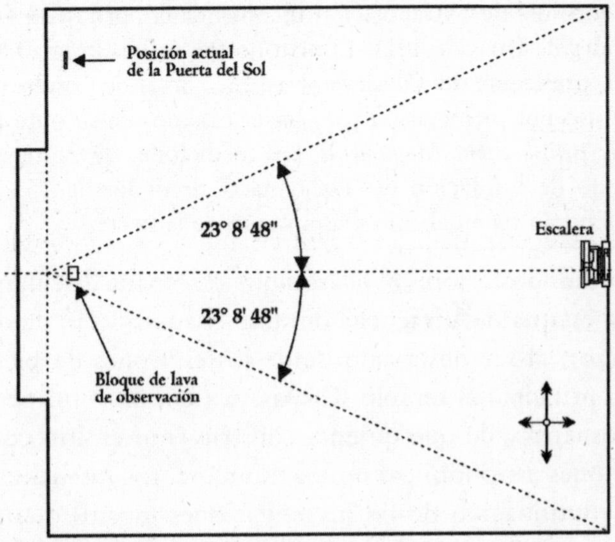

Posición actual
de la Puerta del Sol

23° 8' 48"

23° 8' 48"

Bloque de lava
de observación

Escalera

Posnansky notó que el ángulo desde el bloque de lava de observación hasta cualquiera de las dos piedras angulares medía 23° 8' 48" (véase también la lámina 16).

FIGURA 43. LA DATACIÓN DE TIAHUANACO DE ACUERDO CON POSNANSKY

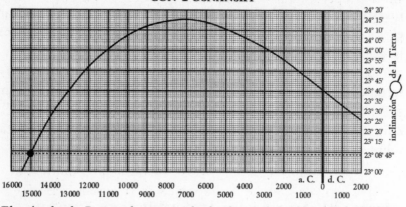

El método de Posnansky para calcular la edad de Tiahuanaco se basa en una fórmula de extrapolación recomendada por la Conferencia de Efemérides de París de 1911. El método fue utilizado por sir Norman Lockyer, presidente del Observatorio Físico Solar de Londres, quien en 1909 lo usó por primera vez para hacer cálculos en su obra *Stonehenge and other British Stone Monuments*. Las mediciones de Posnansky datan el periodo de fundación de Tiahuanaco alrededor de 15 000 a. C., convirtiéndolo así en el sitio más antiguo de la tierra.

Estudios posteriores revelaron que el sol salía directamente sobre una estatua de Viracocha durante el equinoccio de otoño (21 de marzo), al ser observado desde los escalones de piedra de la entrada principal al templo Kalasasaya (lámina 16b), persuadiendo a Posnansky de que quienes construyeron el sitio codificaron alineaciones astronómicas en los monumentos intencionalmente.

La continuación de las investigaciones mostró que el sol salía sobre cada esquina de la entrada del Kalasasaya al tiempo de los solsticios, el 21 de diciembre y el 21 de junio, con sólo una ligerísima discrepancia: el sol habría salido exactamente sobre las esquinas si la inclinación de la Tierra hubiera sido 23° 8' 48" (lo cual no fue el caso; la inclinación de la Tierra, cuando él la midió, era 23° 27", como lo es hoy en día). Por esos mismos tiempos (1909), un astrólogo británico, sir Norman Lockyer, presidente del Observatorio Físico Solar de Londres, se había hecho famoso al utilizar un nuevo método para establecer la fecha de fundación de Stonehenge, haciendo notar que algunas de las piedras se alinearían perfectamente con puntos de referencia astronómicos, de no ser por el hecho de que la Tierra parece haberse inclinado ligeramente sobre su eje, desde el tiempo en que el monumento fue construido.

Posnansky se dedicó entonces a estudiar la posibilidad de que la Tierra se hubiera movido sobre su eje durante los últimos miles de años (el movimiento propuesto estaba más allá de cualquier movimiento debido a ciclos astronómicos reconocidos en ese tiempo por la fraternidad astronómica, incluyendo el movimiento de precesión —el lento movimiento hacia atrás de los puntos equinocciales sobre la ruta del Sol a través de la bóveda celeste—). En 1911, debido a la insistencia de Lockyer, él y otros lograron que se aceptara la noción de que la Tierra se había movido ligeramente a través del tiempo y que dicho movimiento era cuantificable. La fecha de fundación de un monumento podía obtenerse, decían, refiriendo la cantidad de oblicuidad, obtenida a través de la medición empírica del monumento, a una curva derivada de una fórmula especial. El método fue ratificado por los astrónomos que asistieron a la Conferencia de Efemeris Astronómica de París de 1911.

Posnansky, utilizando el método de Lockyer (figura 43), determinó el nacimiento de Tiahuanaco en 15 000 a. C. Esto causó gran revuelo entre la comunidad arqueológica. Si ello era cierto, Tiahuanaco tendría que ser el sitio más antiguo sobre la tierra. Quienes hubieran fundado el sitio debían entonces haber poseído muy avanzados conocimientos astronómicos que se utilizaron en sus monumentos. Más aún, los tiahuanacos fueron maestros de la cantería y debieron haber poseído algún tipo de conocimiento de la antigravedad que les permitiera mover tan colosales bloques de piedra, algunos de ellos con un peso superior a 100 toneladas. El examen de las piedras aplicado a los edificios confirma que el basalto, la andesita, la piedra caliza, la arenisca roja y la toba volcánica fueron recolectados a una distancia de entre 96.5 y 322 kilómetros.

Esto estaba muy bien, excepto por algunos cabos sueltos: era claro que la fecha proporcionada por Posnansky dependía de la eficacia de la fórmula de Lockyer, a partir de la cual se determinaba la curva. Como Posnansky mismo señaló (p. 90): "Si de acuerdo con las pruebas y los estudios futuros la curva variara, el cálculo relativo a la edad de Tiahuanaco también variaría".

Me ha sido imposible encontrar alguna información astronómica que pruebe las aseveraciones de Lockyer acerca de que la Tierra se haya inclinado *gradualmente* (en forma lineal y consistente) en periodos que abarquen miles de años (que puedan permitir la construcción de la gráfica de la Efemeris). Más aún, la noción misma de una inclinación gradual se desvanece a la luz del sentido común. En la década de 1950 el científico Immanuel Velikovsky señaló que la ciencia era incapaz de explicar cómo los depósitos de carbón pudieron haberse desarrollado en la tundra helada del Antártico, donde ningún árbol crece, ni cómo pudieron haber aparecido palmeras fosilizadas en Spitzbergen en el círculo ártico, donde durante varios meses del año no hay luz del día, ni cómo los mamuts peludos perfectamente conservados, descubiertos bajo las capas de hielo de Siberia con ranúnculos entre sus dientes y comida no digerida en sus estómagos, pudieron haber sobrevivido en un área donde ningún alimento crece.

Velikovsky estaba convencido de que la Tierra, en algún momento del pasado, debió haberse inclinado sobre su eje, no gradualmente sino en un instante, cada vez en forma masiva, causando calamidades catastróficas por todo el mundo. Áreas que una vez estuvieron en los polos acabaron en el ecuador y, al mismo tiempo, las regiones ecuatoriales cálidas habrían quedado en las regiones polares, congelando instantáneamente a los mamuts. Olas masivas de marea habrían barrido los continentes, enterrando los bosques bajo kilómetros de lodo; las fuerzas de la inercia cambiarían y estrellarían las placas tectónicas de la Tierra, nivelando las montañas a ras del suelo y levantando las planicies a nivel del mar, hasta los cielos, explicando la presencia de grandes cantidades de conchas marinas en lugares como Tiahuanaco, a 4 000 metros sobre el nivel del mar.

Sabemos, por el estudio de los tesoros mayas y de la supraciencia del sol, que las inclinaciones masivas de la Tierra (comúnmente llamadas cambio de polos) son causadas por los cambios de forma en el campo magnético del Sol (figuras 44 y 45). Del modelo de Lockyer se infiere que no ocurren cambios masivos en los polos, lo cual se desvanece a la luz de la evidencia geofísica, de la hipótesis de Velikovsky y del sentido común.

Posnansky continúa diciendo (p. 90) que (en lo que a él concierne):

> De cualquier forma, dejando a un lado el cálculo por métodos astronómicos, la edad de Tiahuanaco, cercana a más allá de los 10 000 años (la edad del Segundo y Tercer Periodo), siempre será, sobre la base de la geología, la paleontología y la antropología, muy grande, sin importar por medio de qué método o criterio se le juzgue.

Así que aun Posnansky tenía sus dudas acerca del método de cálculo de Lockyer.

Hoy los arqueólogos ortodoxos desestiman los métodos de datación de Posnansky, prefiriendo en cambio los fijados en el anuncio oficial del sitio de Tiahuanaco (véase p. 80).

Posnansky era austriaco de nacimiento y emigró a Bolivia a fines del siglo XIX. Fue ingeniero civil y geodésico, arqueólogo, antropólogo y profesor de la Universidad de la Paz. Rechazaba tajantemente la visión ortodoxa de que los primeros habitantes habían poblado América después de cruzar el estrecho de Bering, desde Asia, al final de la última glaciación. También fue de los primeros en proponer, controversialmente, que existieron civilizaciones en las regiones polares de la tierra antes de que los cambios climáticos las hicieran emigrar a América del Sur y a otras partes.

El prólogo a su libro, en la versión de 1945, comienza así:

> Posnansky supuso el desarrollo geológico, especialmente de los hemisferios occidentales, bajo la influencia de la presión cosmogónica que causó que las montañas se levantaran, los mares retrocedieran y las regiones polares se enfriaran pri-

FIGURA 44. CÓMO LOS CAMBIOS DE FORMA DE LOS CAMPOS MAGNÉTICOS DEL SOL DESTRUYEN LA VIDA EN LA TIERRA

(a) Los campos magnéticos del Sol y la Tierra están emparejados. (b) El análisis de la actividad de las manchas solares (véase el libro *Las profecías de Tutankamon,* apéndice 1, ix) indica que el campo magnético del Sol cambia de dirección después de 3 740 años (1 366 040 días). Los cambios magnéticos siempre traen o conllevan ciclos de infertilidad a través de la variación de los estrógenos y la progesterona en las hembras. El cambio concomitante del campo magnético de la Tierra permite que una mayor cantidad de radiación solar iónica dañina entre en la atmósfera terrestre, causando un aumento en los abortos espontáneos, y de ahí un aumento en la mortalidad infantil. A veces, en el peor de los escenarios, la Tierra se voltea sobre su eje, realineando su campo magnético con el del Sol. Cuando esto ocurre hay una destrucción catastrófica en la Tierra.

FIGURA 45. CÓMO ENTENDÍAN LOS MAYAS LA SUPRACIENCIA DEL SOL

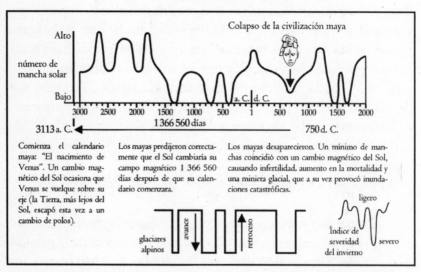

Los mayas adoraban al sol como dios de la astrología (determinación de la personalidad) y como dios de la fertilidad. Adoraban el número

mero bajo condiciones cambiantes, de modo que la vida orgánica pudo desarrollarse ahí. Tal concepto no es del todo nuevo y ha sido mantenido por otros [Biedenkapp, Hörbiger, Ludendorf, *et al.*].

Es interesante notar la elección de la palabra "cosmogónico" por parte de Posnansky, para expresar "inspirado por el sol", en la forma en que se usa con frecuencia a lo largo de este libro. Él no podía haberse referido simplemente a los rayos cósmicos (luz del sol), los cuales no podrían haber causado que las montañas surgieran. Por tanto, debe haber adquirido algún tipo de apreciación de la supraciencia del sol a partir de sus investigaciones en Tiahuanaco. El capítulo 1 del libro continúa:

> La cara de la Tierra ha sufrido grandes transformaciones con el paso del tiempo. Donde hoy encontramos la región ártica cubierta por una vasta túnica de hielo, yace escondida, tal vez en impenetrable silencio, la tierra donde en épocas muy remotas habitaron grandes masas concentradas de seres humanos [...] La teoría de que el hombre pudo lógicamente haber tenido sus orígenes en las regiones polares ha ganado aceptación, ya que cuando el clima en los territorios árticos era relativamente moderado, la vida en el resto del globo era probablemente imposible debido al intenso calor que imposibilitaba el desarrollo de los seres humanos, o mejor dicho, prehumanos.

Muchos, como J. M. Allen, autor del libro *Atlantis, The Andes Solution,* creen que Tiahuanaco es el sitio arqueológico más an-

---

1 366 560 como el día mitológico de nacimiento del planeta Venus, prediciendo correctamente que su propia civilización declinaría 1 366 560 días (una inversión magnética del Sol) después del comienzo de su calendario, en 3113 a. C. (El número maya 1 366 560 difiere levemente del número 1 366 040 calculado por computadora. Ellos utilizaban las observaciones del planeta Venus para estudiar el ciclo; 2 340 revoluciones del intervalo de Venus —figura 31—, vistas desde la Tierra, dan un total de 1 366 560 días.)

tiguo de la tierra y por tanto la cuna de la humanidad. Él, junto con un número creciente de seguidores, está seguro de que ésta fue la ciudad perdida de la Atlántida, tal como fue imaginada por el filósofo Platón.

El argumento de Posnansky de que la Antártida fue la cuna de la civilización preandina implica que bien pudo haber sido la cuna de los atlántidas inventores de la supraciencia del sol. Los mayas, que también entendían la supraciencia del sol (figura 45), predijeron su propia desaparición alrededor de 750 d. C. Una predicción parecida en una época anterior pudo haber alertado a los atlántidas para buscar refugio en las altas planicies de la tierra, en las cercanías, donde hubiera mucha agua (el lago Titicaca), para evitar el diluvio y las olas esperadas, consecuencia de un cambio de polos originado por el Sol.

Así, Posnansky creía que Tiahuanaco era la cuna de la civilización en la era interglaciar actual, y sus investigaciones arqueológicas y antropológicas lo persuadían de que dos razas se habían establecido ahí en tiempos remotos. Después, los cambios geológicos y climáticos forzaron a esta gente a emigrar a otros países: Brasil, Argentina, Chile, Perú, Ecuador, Colombia, México, y al estado de Arizona, en Estados Unidos. (Debe notarse que Posnansky creía que las regiones ecuatoriales no habían sufrido los mismos periodos glaciales que el resto del globo, lo cual permitía que su fecha de fundación de Tiahuanaco en 15000 a. C. fuera viable, independientemente del hecho de que los últimos glaciares no retrocedieron sino hasta alrededor de hace 12 000 años.)

Con el tiempo, el ego de Posnansky, alentado por sus obras y sus descubrimientos, lo llevó a concebir ciertas ideas sobre el significado (decodificación) de las muchas inscripciones del sitio. En otras partes del libro es deliberadamente vago, en particular en lo que se refiere a las fechas de las fases de desarrollo (ya mencionadas) que sin duda tuvieron lugar en Tiahuanaco. La fecha de fundación obtenida astronómicamente, 15000 a. C., es la única fecha *absoluta* que él menciona durante todo el periodo de desarrollo:

Al considerar la cantidad de edificaciones realizadas durante el primer periodo de desarrollo en Tiahuanaco y tomando en cuenta lo primitivo de las herramientas a su disposición, puede presumirse que esta época duró un *considerable* periodo [...] también es posible que, precisamente en ese periodo, *grandes movimientos geotectónicos ocurrieran y que de alguna manera cambiaran el aspecto físico del continente* [cursivas del autor]. Estas alteraciones del altiplano fueron tal vez repercusiones de grandes cataclismos y evoluciones que estaban ocurriendo en otros lugares; además, estos últimos fueron la causa de la migración al altiplano por parte de muchas tribus de los arahuacos del este, que huían aterrados de los lugares donde estos fenómenos se producían con mayor fuerza. Es probable que así hayan llegado a las tierras altas de los Andes esos numerosos grupos de arahuacos que, como sirvientes, dieron un gran impulso a las culturas del segundo y tercer periodo.

En este segundo periodo de Tiahuanaco se observa tal ebullición de cultura que impresiona al observador. Este florecimiento demuestra que los constructores de la época primitiva nunca hubieran sido capaces de crear los monumentos del segundo periodo, de no haber recibido un importante incentivo de las tribus más desarrolladas de Sudamérica, los khollas [...] El arte y la ciencia se desarrollaron a partir de un estado relativamente bajo respecto a las alturas que atestiguan los monumentos megalíticos que todavía pueden verse [...] Las ciencias, las artes, la cerámica y la escultura alcanzaron tal grado de perfección que no fueron superadas por ningún pueblo americano hasta la conquista [...] Que la ruina prematura de Tiahuanaco, en el tercer periodo, fue resultado de un cataclismo es un hecho probado más allá de cualquier duda por la última excavación. Esta catástrofe fue resultado de movimientos sísmicos que originaron el desbordamiento de las aguas del río Titicaca y erupciones volcánicas. Estas últimas, sin duda, provinieron del lodo del volcán Kapía, situado a 50 kilómetors en línea recta de las ruinas [p. 54].

Respecto de los asuntos relacionados con las épocas que siguieron a las de Tiahuanaco [...] luego de tres periodos de Tiahuanaco, la cultura del altiplano no alcanzó un alto grado de desarrollo, sino que decayó total y definitivamente. Los tres periodos fueron seguidos por un cuarto [...] un periodo de construcción monumental en adobe, y finalmente el de los incas [p. 57].

En 1958, el arqueólogo boliviano Carlo Ponce Sanginés hundió más de 500 tubos en las tierras alrededor del lago Titicaca en busca de más pistas enterradas en las capas de sus estratos. Utilizando los métodos más actuales (década de 1940) de datación mediante el carbono 14, dividió el desarrollo de Tiahuanaco en tres fases, con base en la datación de residuos de maderos, carboncillos y tela encontrados en el área. Estas épocas fueron la "Formativa", de 200 a 1 a. C.; la "Urbana", de 1 a. C. a 400 d. C., y la "Imperial", de 400 a 1300 d. C. Las excavaciones de Ponce Sanginés descubrieron cinco diferentes pueblos, uno encima de otro, sucesivamente destruidos por terremotos y erupciones volcánicas.

Aquí, de nuevo observamos una renuencia a ceñirse a la datación, especialmente durante la edad dorada de Tiahuanaco, que fue testigo del extraordinario manejo tanto de las rocas ígneas como de las sedimentarias (presumiblemente copiado por los incas posteriores), el levantamiento de grandes edificaciones, la fundición de oro y la producción de bronce y la obsesión, la comprensión y la conciencia de los mecanismos astronómicos y geofísicos que, de acuerdo con Ponce Sanginés, recayeron en algún punto de su periodo. No obstante, hoy se sabe que sus fechas de carbono 14 son inexactas debido a fluctuaciones pasadas en la actividad de los rayos cósmicos. (En la actualidad se aplica un procedimiento de calibración utilizando datos dendrocronológicos confiables de las cerdas de cono de pino [figura 41] para corregir las fechas de radiocarbono. De esta información, las fechas oficiales de los periodos de desarrollo fueron interpoladas [véase la p. 80].

Los libros de "misterio" más populares, perplejos ante los enigmas de Tiahuanaco, se hacen las mismas viejas preguntas. Ninguno, que yo tenga conocimiento, se ha acercado siquiera a proporcionar respuestas. Algunos inclusive llegan a decir: "La gente de Tiahuanaco parece no haber dejado testimonios escritos. Algunas marcas en las estatuas podrían ser algún tipo de escritura pictográfica. Pero hasta hoy nadie sabe cómo descifrarlas" *(Reader's Digest, The World Last Misteries).*

Hay quien va todavía más allá al decir: "y probablemente nunca serán descifrados".

Decodificación de las piedras de Tiahuanaco

Nuestra investigación comienza con el bloque gigantesco de andesita tallado en la Puerta del Sol (lámina 17a y b), que hoy se encuentra en la esquina noroeste del Kalasasaya (figura 42). Posnansky aceptó que la Puerta del Sol, probablemente erigida alrededor de 500 d. C., alguna vez estuvo en la línea central del templo sobre el bloque de lava observacional, desde donde se medían los ángulos de oblicuidad. Nadie parece saber por qué la puerta fue movida. Fue golpeada por un rayo en la antigüedad, lo cual partió la estructura del dintel a la jamba (lámina 17c), ocasionando que el arco de la entrada explotara y colapsara. Tal vez las piezas caídas fueron simplemente arrastradas lejos del punto de medición en espera de ser restauradas más adelante, lo cual no ocurrió sino mucho tiempo después, y por arqueólogos que no sabían su ubicación original.

El dintel del lado este está tallado ornamentalmente con "símbolos y jeroglíficos" que Posnansky creyó que describían eventos astronómicos y calendáricos. En el centro hay un bajorrelieve de lo que la mayoría de los estudiosos están de acuerdo en interpretar como una representación iconográfica de Viracocha como dios del sol. En la mano derecha (para mayores detalles véase la lámina 19g) lleva un báculo en cuyo extremo inferior se aprecia el perfil de la cabeza de un pájaro. La parte superior del báculo tiene un semicírculo, una extraña marca para ser llevada por el dios del sol (normalmente asociado con un círculo completo que representa al sol). El dintel está rodeado por otras 48 figuras iconográficas (lámina 17f) que se parecen y adoptan posturas del dios mexicano del sacrificio (lámina 17g), el fuego y el renacimiento, Xipe Totec. La figura tallada aparece de dos diferentes formas en el dintel, según se ilustra (lámina 17f), y una vez más como una versión esquelética de la misma figura (sin ilustración). La historia del dios Xipe Totec fue cifrada en una de las pinturas mayas, y ahora se sabe que se trataba de un Transformador maya (figuras 49-53). El Transformador, como otros Transformadores, contiene solamente la mitad de la información (para descifrar las historias se requiere un facsímil transparente de la imagen).

¿Pero por qué el dios del sol habría de llevar solamente la *mitad* del sol y por qué rodearlo de justamente 48 representaciones iconográficas del dios del fuego, cuando el número 48 no es significativo astronómicamente? Si Viracocha llevara un círculo completo y estuviera rodeado de 96 figuras (figuras 6-9), ello sería astronómicamente significativo, y podríamos asegurar que quien talló el monolito poseía un conocimiento sofisticado de la supraciencia del sol. De nuevo parece que falta la *mitad* de la información. Nos encontramos con esto antes, al intentar descifrar los bajorrelieves. Para descifrar las imágenes fue necesario hacer una copia transparente del relieve y luego, utilizando el proceso de desciframiento Transformador maya, se revelaron imágenes secretas.

Pero sobreponiendo dos transparencias del bajorrelieve de Viracocha (figura 46), de inmediato nos encontramos con un problema: las áreas negras del bajorrelieve oscurecen la figura subyacente (figura 46b). Examinando la imagen de nuevo, notamos (figura 46a) que el báculo que lleva Viracocha en la mano derecha es diferente del que lleva en la izquierda. El de la derecha tiene tres formas rectangulares negras y tres blancas, mientras que el de la izquierda sólo lleva tres negras. Aquí el codificador está llamando nuestra atención hacia esas formas rectangulares, que son importantes: 3 + 3 + 3 = 9 (figuras 10-12 y lámina 4). La distinción se enfatiza por el báculo de la izquierda, lo cual nos hace preguntarnos: ¿dónde están los rectángulos blancos faltantes? Esto nos propone convertir las formas rectangulares negras (del báculo de la mano derecha) en formas rectangulares blancas, instrucción que convierte el formato de bajorrelieve de la figura tallada en un dibujo de contornos (figura 46c). Hecho esto, los semicírculos pueden volver a sobreponerse. Esta vez el patrón subyacente no es oscurecido y la imagen compuesta de una serpiente emplumada puede ser vista descendiendo verticalmente entre las figuras de Viracocha (lámina 18e). Debajo de esto, una representación compuesta por la cabeza de una serpiente con alas contempla al que la observa. Una cabeza de serpiente con alas similar aparece en una de las escenas (lámina 18f) de la máscara de mosaico de Palenque descifrada (lámina 29, recuadro del ángulo superior derecho) que cubría la cara del Señor Pakal en su tumba (lámina 18f). Esto nos dice que Viracocha era la serpiente emplumada, igual que el Señor Pakal. Éste es el primer paso para decodificar el "Transformador" Viracocha, que es ligeramente más complejo que los que sabemos que fueron creados para el Señor Pakal, debido al "inhibidor de decodificación", el cual, como acabamos de ver, debe ser superado (convirtiendo el bajorrelieve en un dibujo) antes de que la deco-dificación pueda comenzar. Esto claramente tuvo la intención de impedir la decodificación no autorizada de las imágenes secretas. Sólo quienes poseían los conocimientos de los Transformadores mayas podrían haber superado esta primera línea de defensa y roto el código de los tiahuanacos.

Antes de pasar al segundo nivel de decodificación debemos observar brevemente a Xipe Totec, quien fue el primogénito de la pareja divina original. Su color era rojo y representaba el cielo del este. Estaba asociado con el nacimiento y el renacimiento del fuego en el cielo (salida del sol), y como Xiuhtecutli, antiguo dios maya que representaba el fuego en la tierra, llevaba dos varas que solía frotar una con otra para crear el fuego. Xipe Totec también estaba asociado con la serpiente que cambia de piel, simbolizando el renacimiento, por lo que vino a ser conocido como Nuestro Señor el Descarnado o el Dios Descarnado. Los atributos positivos

FIGURA 46. EL DESCIFRAMIENTO DEL CÓDIGO
DEL TRANSFORMADOR DE VIRACOCHA

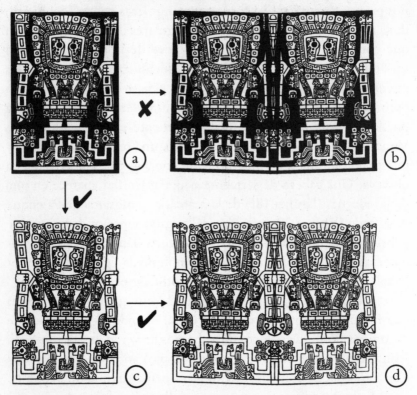

En la esquina superior izquierda del relieve se muestra un semicírculo (un *medio* círculo). La parte frontal de la puerta también tiene otras 48 figuras talladas. Estas pistas son en sí mismas astronómicamente insignificantes. Sin embargo, notamos que hay **96** microciclos de actividad magnética en un ciclo de manchas solares *completo* (figura 8). Esto sugiere que puede estar faltando la mitad de la información. Haciendo un facsímil transparente del relieve de Viracocha, la información disponible se duplica y se convierte ahora en astronómicamente significativa (hay dos semicírculos en un sol y 2 x 48 = 96 microciclos de actividad magnética en un ciclo de mancha solar). El primer paso para el proceso de desciframiento es sobreponer un medio semicírculo sobre su facsímil transparente, como se muestra arriba (b). Sin embargo, el "Transformador" peruano, a diferencia de los Transformadores mayas, contiene un "inhibidor de codificación". Los intentos de decodificar el relieve en estas condiciones son infructuosos porque las áreas negras oscurecen los patrones lineales subyacentes como en (b). Notamos en

(a) Frente (muro frontal) de la Puerta del Sol (*in situ*) que actualmente se sitúa en la esquina noreste de Kalasasaya. (b) Pared oeste de la puerta (desde atrás). (c) Detalle iconográfico del bajorrelieve de Viracocha, en el centro del dintel frontal. (d) Bosquejo de (c). (e) Bajorrelieve iconográfico de Xipe Totec, dios maya del renacimiento, el fuego y la piel. (f) Bosquejo de (e). (g) Xipe Totec, del Códice Borbónico 14 maya.

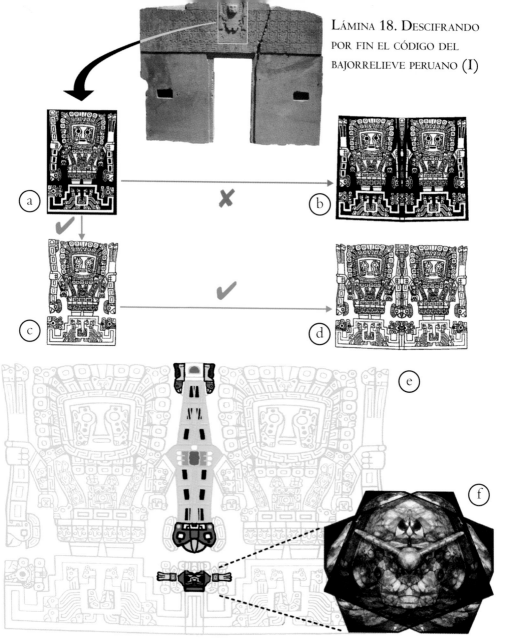

(a) Bajorrelieve del grabado de Viracocha. Este Transformador, a diferencia de los Transformadores mayas, incluye un "inhibidor" de decodificación. Los intentos por decodificar la talla han fracasado porque las áreas negras oscurecen los patrones lineales subyacentes, como en (b). Las instrucciones contenidas en la talla (véase el texto principal) exigen la conversión de las áreas negras a dibujo a línea, como en (c). Una vez convertidas, las transparencias pueden revestirse usando el proceso de decodificación Transformador maya para revelar las imágenes ocultas. La primera imagen compuesta en aparecer, cuando los dos semicírculos rojos (ubicados en las esquinas) se revisten, es la de una serpiente con cabeza de ave, sobre la cabeza de una serpiente alada (e) —una representación similar aparece en la imagen decodificada de la Máscara de Mosaico de Palenque (f)—. Los dos semicírculos representan las dos mitades del sol. Por tanto, esta imagen compuesta nos dice que Viracocha, el hombre con barba conocido como la serpiente emplumada, era el sol.

Imágenes del dios sol

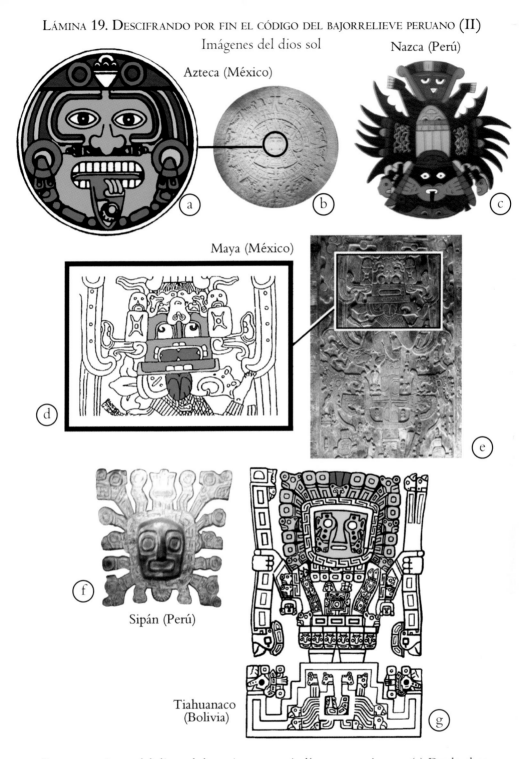

Representaciones del dios sol de varios grupos indígenas americanos. (a) Desde el calendario azteca (b), (c) a los textiles de Nazca, Perú; (d) de la lápida maya de Palenque
(e) al rostro solar dorado de Sipán, Perú; (g) el grabado de Viracocha de Tiahuanaco,
Bolivia. Estas dos, (f) y (g), difieren de las otras en que falta la lengua extendida del
dios del sol.

(a) (b) (c) (c1) (c2)

Los monolitos de Tiahuanaco revelan instrucciones secretas. Las marcas faciales de éste de Kalasasaya son similares a las del grabado de Viracocha encontrado en la Puerta del Sol, lo que sugiere que este monolito es otra representación de Viracocha. Sin embargo, I) resaltamos que las manos del monolito de Viracocha (a) tienen correctamente cinco dedos, a diferencia del Viracocha tallado en la Puerta del Sol, al que le falta un dedo de cada mano; II) el monolito de Viracocha carga una figura masculina en la mano derecha y una femenina, boca abajo, en la izquierda. Esto nos dice, primeramente, que hagamos una imagen (masculina) de Viracocha (el Transformador Viracocha de la Puerta del Sol) y luego otra imagen, esta vez la imagen (femenina) reflejo (opuesta). Finalmente, nos ordenan voltear la imagen reflejo (femenina) boca abajo. Cuando se siguen estas instrucciones, se revela otro mensaje secreto (lámina 21).

(b) y (c) muestran diferentes perfiles del mismo monolito. Notamos que (c1) es una pieza de piedra distinta de (c2); el monolito está quebrado en las rodillas. Ello nos indica que rompamos el Transformador Viracocha en dos piezas separadas (figura 55), lo cual nos lleva a un segundo nivel del proceso de decodificación.

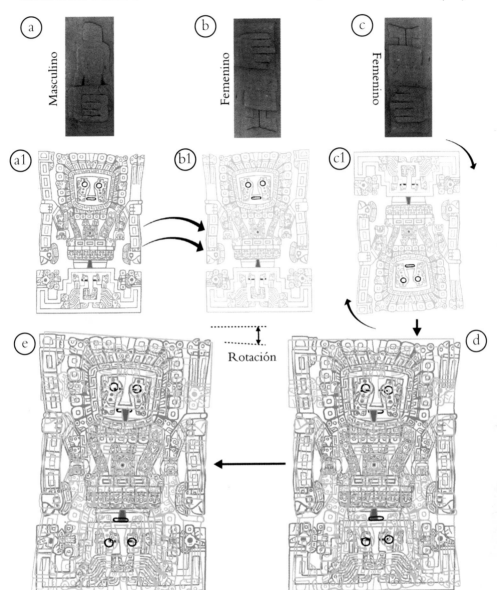

Siguiendo las instrucciones dadas en la lámina 20: (a) hacer una imagen de Viracocha (masculino) como en (a1); (b1) hacer otra imagen, la opuesta a la imagen de Viracocha (femenino), como en (b1); voltear la segunda imagen (femenino) boca abajo, como en (c1). Ahora, usando el proceso de decodificación Transformador maya, se superponen ambas imágenes (d). La lengua faltante del Transformador Viracocha (lámina 19g) se ha restaurado (localizado). Rotando los acetatos de ida y vuelta (e) en el epicentro (el círculo rojo ubicado en el centro del arreglo de composición), la lengua de Viracocha se mueve de izquierda a derecha. Al mismo tiempo, Viracocha cierra los ojos alternadamente. Otra vez observamos que el grabado de Viracocha tiene un dedo menos en cada mano. El mensaje aquí es que el observador debería pararse detrás de la entrada de la Puerta del Sol levantando un dedo de cada mano para que ese dedo enmarque cada lado de la entrada (figura 54). El ángulo del sol ahora se puede medir a través de la entrada usando derivadas de error de paralaje, abriendo y cerrando alternativamente cada ojo.

(a) Templo de las Cabezas de Piedra, Tiahuanaco. (b) Monolitos de Viracocha (grande) junto a sus dos hijos, en el patio del templo. (c) y (d) Detalle de dos de los cientos de cabezas de piedra que sobresalen de las paredes interiores del templo. (e) y (f) Estatua con la figura de Chac Mool de Chichén Itzá, México, cuya cabeza y rostro recuerdan los hallados en el templo. Las figuras de Chac Mool eran comunes en todo México durante los periodos maya y tolteca.

La lámina 30 está debajo de la escena mostrada en esta capa. Aquí, en el terreno más bajo, la Señora de la Muerte (verde) se inclina, con los brazos estirados hacia arriba sosteniendo la cabeza del hombre con el sombrero, el rey solar de Sipán. El Señor de la Muerte (rojo) se para directamente detrás de ella. El rey del sol es mostrado con una lengua extendida (representando la vida, o el aliento). La cara sobre la lengua es la Señora de la Muerte (de la figura 30). El rey solar de Sipán trajo entonces la vida y la muerte, precisamente como el Señor Pakal de México. Un personaje de extraña apariencia (amarillo), con dientes como colmillos y una lengua extendida, cubre parcialmente el sombrero. La lengua lleva el rostro del Señor de la Muerte (de la lámina 30). La "cara amarilla" entonces trae también la vida y la muerte. También apuntamos que los colmillos de la "cara amarilla" están hechos de bucles solares (expuestos en otras historias en la asombrosa Lápida de Palenque, sugiriendo que la "cara amarilla" es el sol. Un hombre blanco (café) con barba, que representa a Viracocha, emerge de la "cara amarilla". La lámina 24 confirma el mensaje total, que se lee: el Señor de Sipán era el rey solar, que trajo la vida y la muerte. Cuando murió, volvió al sol. El sol trajo la muerte a través de la alteración magnética (los colmillos aluden a la masticación). Finalmente, era uno y el mismo como el Viracocha de Tiahuanaco y el Señor Pakal de México (que también tenía en el rostro al hombrecito con sombrero).

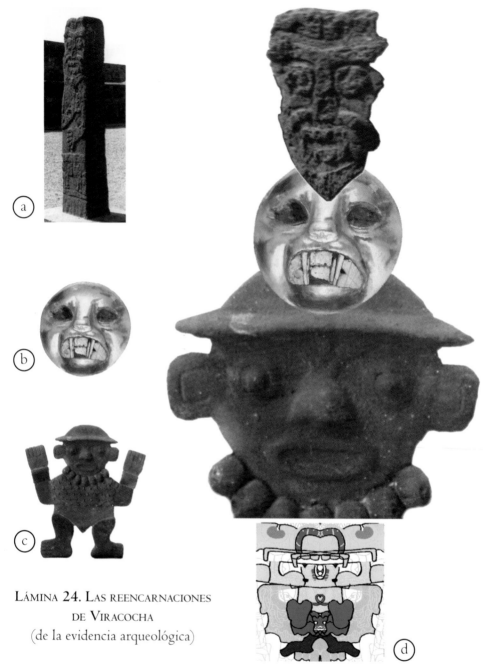

LÁMINA 24. LAS REENCARNACIONES
DE VIRACOCHA
(de la evidencia arqueológica)

La interpretación de la historia decodificada en la lámina 23, las reencarnaciones de Viracocha, se apoya en la evidencia arqueológica. (a) El monolito de Viracocha, el hombre blanco con la barba del Templo de las Cabezas de Piedra, Tiahuanaco, Bolivia. (b) Un sol de cámara dorado de largos dientes, uno de los muchos encontrados en la tumba del Antiguo Señor de Sipán, Perú. (c) El hombre con el sombrero, una de las muchas representaciones encontradas en las tumbas de Sipán. (d) Imagen decodificada de la asombrosa Lápida de Palenque (lámina 10d) mostrando al hombre con el sombrero (del rostro del Señor Pakal de México). Estas representaciones nos dicen que el Señor Pakal era uno y el mismo que el Señor de Sipán, el Antiguo Señor de Sipán, el sol y Viracocha.

LÁMINA 25A. LAS PIEDRAS DE LOS INCAS

Acercamiento de una edificación en bloque inca de Ollantaytambo, similar a las encontradas en Tiahuanaco, mostrando la diferencia entre el revestimiento exterior "rosado" que lleva el asa de cobre y el interior café. Se pensó que la piedra era venerada, sugiriendo que el revestimiento exterior fue suavizado alguna vez en el pasado y luego endurecido o "modificado" de alguna manera, permitiendo la introducción del asa de cobre ya formada.

LÁMINA 25B. LA ASOMBROSA LÁPIDA DE PALENQUE
Historia: La destrucción cosmogónica

La historia de la "destrucción cosmogónica", una de las muchas historias detalladas en la asombrosa Lápida de Palenque. Las dos cabezas de dragón (verdes) representan la fertilidad. La cruz central (naranja) adornada con bucles (amarillos) y señales de madera (amarillas y naranjas) representa los cuatro cuadrantes de los campos magnéticos del sol cubiertos en bucles magnéticos y señales de madera de las manchas solares. Debajo de esto una hembra se reclina tras el nacimiento de los dos "bebés solares" (mostrados boca abajo con el símbolo solar en sus estómagos). Sus bocas tristes y hacia abajo sugieren que nacieron muertos. Tonatiuh (café), el dios solar (boca abajo entre los bebés), lame a la hembra en un intento por aumentar la fertilidad. La historia sugiere que la radiación solar hizo fallar las necesidades reproductivas de la gente. La hembra está abriendo las piernas al sol para incrementar los niveles de fertilidad.

Época 2. La era del aire

Esta era fue representada por Ehécatl, el dios del viento. Luego de este periodo, que duró alrededor de 4 000 años, el mundo fue destruido por fuertes vientos y huracanes. Algunos hombres se convirtieron en monos, permitiéndoles sobrevivir los vientos al trepar a los árboles.

Época 1. La era del agua

Esta era fue representada por la diosa del agua, Chalchiuhtlicue (la de la falda de jade), esposa de Tláloc. La era duró alrededor de 4 000 años. La destrucción llegó en la forma de lluvias torrenciales. Algunos hombres fueron convertidos en peces para evitar que se ahogaran.

Época 3. La era del fuego

Esta era fue representada por el dios sol Tonatiuh. La era duró alrededor de 4 000 años. La destrucción llegó del fuego y los terremotos.

Época 4. La era de la tierra

Esta era es representada por Tláloc, dios de la lluvia y el fuego celestial. En esta época, que duró aproximadamente 5 000 años, todo fue destruido por una lluvia de fuego y tierra (lava). Algunos hombres fueron convertidos en pájaros, lo que les permitió sobrevivir a la catástrofe.

El árbol que amamanta tenía sus raíces en Tomoanchán. En vez de frutas tenía 4 000 pezones.

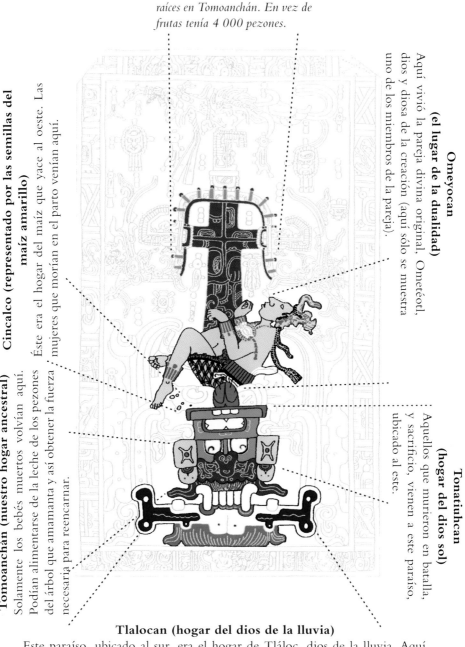

Omeyocan
(el lugar de la dualidad)
Aquí vivió la pareja divina original, Ometéotl, dios y diosa de la creación (aquí sólo se muestra uno de los miembros de la pareja).

Cincalco (representado por las semillas del maíz amarillo)
Éste era el hogar del maíz que yace al oeste. Las mujeres que morían en el parto venían aquí.

Tomoanchán (nuestro hogar ancestral)
Solamente los bebés muertos volvían aquí. Podían alimentarse de la leche de los pezones del árbol que amamanta y así obtener la fuerza necesaria para reencarnar.

Tonatiuhcan
(hogar del dios sol)
Aquellos que murieron en batalla, y sacrificio, vienen a este paraíso, ubicado al este.

Tlalocan (hogar del dios de la lluvia)
Este paraíso, ubicado al sur, era el hogar de Tláloc, dios de la lluvia. Aquí vivía con su esposa, Chalchiuhtlicue, diosa del agua. Éste era un lugar lleno de flores, frescas corrientes y cantos de pájaro. Los pájaros cantaban fuerte para mantener a Tláloc despierto y que no olvidara enviar la lluvia para hacer fértil la tierra.

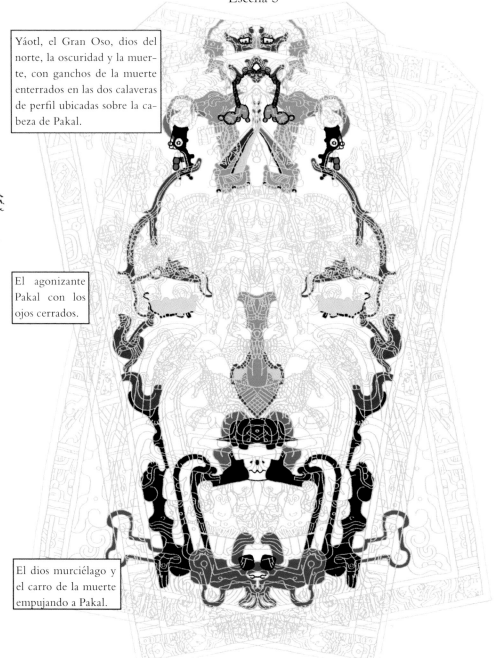

Yáotl, el Gran Oso, dios del norte, la oscuridad y la muerte, con ganchos de la muerte enterrados en las dos calaveras de perfil ubicadas sobre la cabeza de Pakal.

El agonizante Pakal con los ojos cerrados.

El dios murciélago y el carro de la muerte empujando a Pakal.

Esta escena continúa a partir de la lámina 9, que forma parte de una serie de escenas que representan la muerte y el renacimiento del Señor Pakal. El hombre con el sombrero se muestra esta vez con forma de esqueleto usando una capa negra, y con este atavío representa a la muerte. Monta en el murciélago, el dios de la muerte (verde, imagen inferior), que se lleva al Señor Pakal al morir. Yáotl, dios del norte, la oscuridad y la muerte, está de pie sobre la cabeza del Señor Pakal. El mensaje es que el Señor Pakal ha muerto.

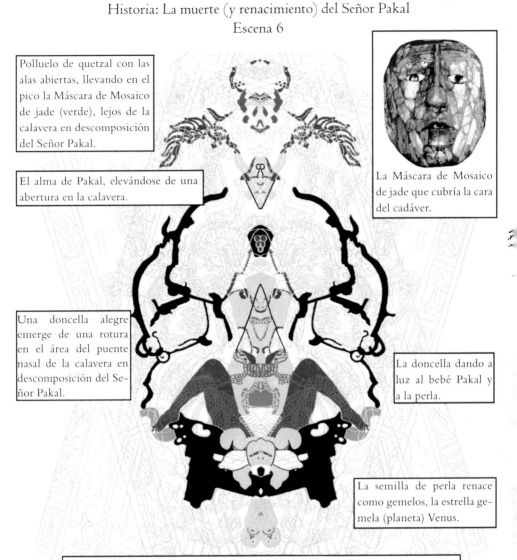

Polluelo de quetzal con las alas abiertas, llevando en el pico la Máscara de Mosaico de jade (verde), lejos de la calavera en descomposición del Señor Pakal.

El alma de Pakal, elevándose de una abertura en la calavera.

La Máscara de Mosaico de jade que cubría la cara del cadáver.

Una doncella alegre emerge de una rotura en el área del puente nasal de la calavera en descomposición del Señor Pakal.

La doncella dando a luz al bebé Pakal y a la perla.

La semilla de perla renace como gemelos, la estrella gemela (planeta) Venus.

La semilla de perla en una cama de cinabrio dentro de una concha marina, encontrada al pie de la escalera secreta dentro de la Pirámide de las Inscripciones. El polvo de cinabrio se obtiene del

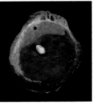

mercurio. El planeta Mercurio acelera el campo magnético ecuatorial del sol, causando manchas solares y por tanto variaciones en la fertilidad.

Esta escena es bastante compleja. Aquí un quetzal con las alas abiertas (arriba al centro) lleva en el pico la Máscara de Mosaico verde, la identidad física del Señor Pakal cuando estaba vivo. Al mismo tiempo lleva el alma del Señor Pakal en las plumas de la cola. Una doncella aparece ahora en el rostro del Señor Pakal, con las piernas abiertas. Un bebé emerge de su vientre y entrega una perla de su boca. La perla se convierte en dos "bebés solares", los gemelos, Venus, la estrella de la mañana y de la tarde. Esto nos dice que el Señor Pakal renació como Venus, el más brillante de los cuerpos celestes nocturnos.

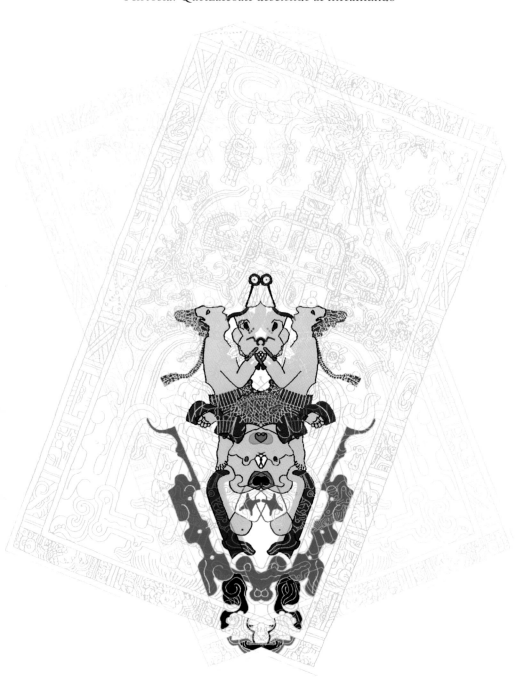

Al morir, el Señor Pakal se convirtió en la estrella gemela (planeta) Venus, la más brillante y pura fuente de luz en los cielos. Era por tanto Quetzalcóatl, el más alto dios. La leyenda dice que Quetzalcóatl viajó al inframundo a recoger los huesos para crear a la humanidad en la quinta era del sol. Aquí vemos a los gemelos, amamantados por la estrella gemela Venus, cargada dentro del inframundo por los Señores de la Muerte. Con los senos descubiertos, la Señora de la Muerte se arrodilla y gira el murciélago en forma de V (verde). El Señor de la Muerte se para detrás, cargando a los gemelos en una canasta.

La mitología cuenta la historia de la diosa de la inmundicia. Era la mosca casera que vive en el inframundo. Su trabajo era juntar a los pecadores y llevarlos ante los sacerdotes que escuchaban sus confesiones. La confesión purgaba el corazón de pecado, así que el lugar de confesión se conoció como purgatorio. Con el tiempo, la diosa de la inmundicia se conoció por el más cariñoso nombre de "diosa de corazones". Aquí Quetzalcóatl (los gemelos), cargado por la diosa de corazones, nos lleva a un viaje a través del inframundo. Un sacerdote (verde, en la parte de atrás) acompaña a Quetzalcóatl.

(a) Esta escena representa a los gemelos mamando y apretando los muchos pezones de la diosa tierra, Coatlicue. Como diosa madre, amamantó a los recién nacidos y los sacó de la muerte a través de terremotos. Es usualmente representada (figura 80) como aquí, con grandes manos con garras con las que sacude la tierra y, al mismo tiempo, mece bebés en la cuna. Usaba un collar de manos, corazones y calaveras, mostrando tanto que daba la vida como que la quitaba. La interpretación de esta escena final, de la asombrosa Lápida de Palenque, sugiere por tanto que los gemelos reencarnaron en la tierra luego de su viaje a través del inframundo.

(b) El instinto es el conocimiento fundamental que acompaña a las especies a través de las diferentes reencarnaciones en la tierra. Tal conocimiento, por ejemplo, permite al pájaro confeccionar su nido sin conocimiento de técnicas de construcción. El pájaro sabe cómo hacerlo porque fue un ave en su vida anterior (encarnación).

de esta deidad benevolente se perdieron para los aztecas y otros pueblos posteriores, quienes interpretaron su simbolismo literalmente como el desollamiento de las víctimas en el sacrificio.

El dios Camaxtle era otra emanación de Xipe Totec. Era el "señor de los venados", representado por dos cabezas de ciervo, una con piel, la otra no. La historia de Camaxtle se asemeja a la historia de Sansón, en la Biblia, en el hecho de que Camaxtle fue dotado de fuerza sobrehumana para combatir a sus adversarios. La leyenda dice que Camaxtle caminaba cuando oyó un gran ruido sobre sí, y un ciervo de dos cabezas cayó sobre él. Camaxtle lo atrapó y lo dio como dios a su gente, la cual lo comió, adquiriendo así fuerza sobrehumana para defenderse contra sus adversarios. Hay otro aspecto interesante en la historia de Camaxtle, en relación con su esposa Chimalma, que abordaremos enseguida.

En 1946, el contestatario de las formas de vida americanas, Carlos Frey, se exilió en la selva de la península de Yucatán, en México, donde conoció y se casó con una india de los lacandones (supervivientes modernos de los mayas). Con el tiempo, su posición privilegiada entre ellos le permitió unírseles en su peregrinación anual a un templo sagrado (figuras 47 y 48) construido por sus ancestros mayas, alrededor de 750 d. C., cerca de Bonanpak, a unos 160 kilómetros al sudeste de Palenque. Los muros y los techos del templo estaban cubiertos con murales que mostraban escenas de batallas y con otras raras pinturas oscurecidas por escalas de piedra caliza. Como veremos fue esto, más que cualquier otra cosa, lo que, a partir de 1946 persuadió erróneamente a los arqueólogos de que los mayas eran belicosos y sanguinarios.

(a) que las criaturas con cuerpos largos y con perfil de cabeza de pájaro cuelgan boca arriba de cada una de las manos de Viracocha. El cuerpo de cada una contiene rectángulos. Algunos de los rectángulos están rellenos de negro, otros de blanco. Ésta es una instrucción que nos indica que debemos convertir las áreas sólidas negras del bajorrelieve en dibujo; "convertir rectángulos negros en rectángulos blancos", como en (c). Ahora, al intentar decodificar el Transformador superponiendo los dos semicírculos, como en (d), aparece un diseño compuesto que indica que Viracocha es, como el Señor Pakal de México y como Tutankamon de Egipto, la serpiente emplumada (lámina 18).

FIGURA 47. EL TEMPLO EN LA SELVA

El misterioso templo en la selva descubierto por Carlos Frey, en 1946.

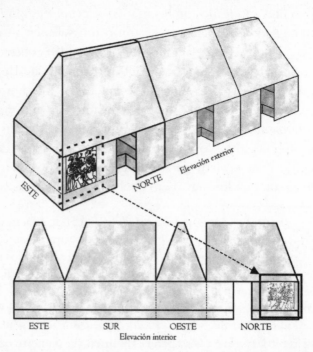

FIGURA 48. Todos los muros y techos del templo están cubiertos con extraños murales. (El área del recuadro es abordada en este capítulo.)

FIGURA 49. LOS MISTERIOS DEL MURAL

Sección del mural de la primera habitación del templo en la que se presenta el círculo con una cruz (indicado con la flecha) representando un esquema longitudinal de la estructura magnética del Sol. Los arqueólogos consideran erróneamente que la escena se compone tan sólo de un grupo de danzantes vestidos como langostas, cangrejos y monstruos marinos.

En una sección de la pintura (situada en el recuadro de la figura 48) aparece un círculo dividido en cuatro partes, simbolizando el esquema longitudinal de los campos magnéticos del Sol (figura 49, flechada). Los arqueólogos sostienen que la escena tan sólo se compone de un grupo de danzantes vestidos como langostas, cangrejos y monstruos marinos. Pero un examen más detallado, utilizando el proceso de decodificación del Transformador maya, revela la imagen de un hombre que lleva dos varas (figura 50). Su pecho está formado por las imágenes complementarias de dos ciervos. Sobre su cabeza un cáliz con forma de amapola contiene las semillas de la renovación. Un pene cubierto de prepucio cuelga entre sus piernas. Ésta es la historia de Xipe Totec, dios del renacimiento, la piel, el prepucio y de su otra emanación, Camaxtle, el ciervo de dos cabezas. Esta escena inicial se localiza utilizando la marca de cruz solar como primer centro de rotación de transparencia.

Otras escenas decodificadas aparecen al colorear diferentes áreas de la imagen y cuando se utilizan otros centros de rotación. La figura 51 muestra el nacimiento de Camaxtle. El bebé, cuya cabeza lleva dos juegos de cuernos, emerge del vientre de su madre. La madre es detenida por dos parteras, y las dos cabezas de ciervo lamen su cabeza, una de ellas con piel, la otra esquelética, simbolizando el "renacimiento" de Camaxtle, nacido una vez más de los huesos. Nótese que la escena presenta el nacimiento de Camaxtle entre animales (en un establo). Otras imágenes (véase el libro *Los superdioses*) muestran al joven Camaxtle en su emanación como Xipe Totec, creciendo como niño y luego como joven. Eventualmente (figura 52) se nos dice que Xipe Totec se convierte en un hombre blanco barbado. Este hombre lleva dos varas de madera y permanece con las piernas cruzadas informándonos que el hombre blanco barbado murió en una cruz hecha de dos varas de madera, lo cual, si esta interpretación es razonable, tiene un paralelo con la historia de Cristo, nacido en un establo y muerto en sacrificio sobre una cruz hecha de dos troncos de madera. La historia en esta sección del mural decodificado vincula fuertemente la creencia de los mayas (inspirada por el Señor Pakal) con la de la fe cristiana, implicando que los mayas eran conscientes del paradigma cristiano y del Cristo hijo nacido por inmaculada concepción en un establo, quien creció para ser el hombre blanco barbado sacrificado, que murió en la cruz. Más aún, la significación de las dos cabezas de ciervo, una en esqueleto, la otra encarnada, simbolizando el *renacimiento,* sugiere que el Señor Pakal fue el *renacimiento* de Cristo. Ésta es la genialidad oculta en el mito y en la codificación. Al final de la función (figura 53), Xipe Totec, en su atuendo de Camaxtle, mitad ciervo mitad hombre, se inclina ante su audiencia de dos ciervos, los cuales aplauden el fin de la ceremonia.

La mayoría de los estudiosos concuerda en que Camaxtle se casó con una muchacha llamada Chimalma, que aparentemente se tragó una cuenta de jade que la preñó sin siquiera tocar las entrañas de su cuerpo. Otra relación del historiador Ignacio Bernal sugiere que Chimalma también fue la segunda esposa del guerrero Mixcóatl, que conquistó el valle de México, después de haberla encontrado en una de sus expediciones militares en Morelos. La tomó, yació con ella, y ella más tarde concibió dando luz a Ce Ácatl Topiltzin Quetzalcóatl, héroe legendario de quien se creía haberse vuelto rey de la antigua ciudad tolteca de Tula, que floreció alrededor de 750 a 1068 d. C., a 74 kilómetros al noroeste de la actual ciudad de México. En otra escena del mural (véase el libro *Los superdioses*), Chimalma aparece tragándose una cuenta de jade, y otra (no mostrada aquí) la presenta grávida con gemelos en su vientre. Estas extraordinarias imágenes de la colección del Transformador maya del Señor Pakal parecen confirmar que una mujer viva, Chimalma, en verdad concibió inmaculadamente, que dio a luz al Señor Pakal (los gemelos, el planeta Venus, epónimo de Quetzalcóatl), quien fue a regir Tula antes de su muerte en el 750 d. C. en Palenque, siendo recordado como el gran Quetzalcóatl, el superdiós serpiente emplumada de los mayas.

Fueron las escenas del mural (figuras 51 y 52) las que al principio sirvieron para asociar al Señor Pakal (quien ordenó el mural) con el líder cristiano, Jesús, y más tarde condujeron al desarrollo de la noción de los superdioses. La presencia de Xipe Totec en el dintel de la Puerta del Sol vincula a Viracocha con Xipe Totec, significando que Viracocha, de acuerdo con la creencia mitológica, también fue un hombre blanco barbado nacido por concepción inmaculada.

Regresando a la figura 46a, un examen más detallado del bajorrelieve de Viracocha permite apreciarlo con tres dedos y un pulgar en cada mano. Falta un dedo en cada mano. Su cara, que claramente se parece a un facsímil dorado, encontrado en las tumbas de Sipán (lámina 19f), también es poco usual en cuanto a que el dios sol, en ambas representaciones, carece de la lengua extendida que comúnmente tiene en las imágenes (véase la lámina la 19a, que muestra al dios sol Tonatiuh del calendario azteca; la lámina 19c, que presenta al dios sol de un textil peruano nazca, y la lámina 19d, con el dios sol Tonatiuh en la sorprendente tapa de Palenque). Los dedos y la lengua faltantes nos llevan al siguiente nivel de decodificación del Transformador del dintel de Viracocha. Sin embargo, necesitamos primero examinar la estatua de

FIGURA 50. LA HISTORIA DE XIPE TOTEC

Cuando la marca de cruz solar se sobrepone, se alinea, y las dos transparencias rotan como aquí se indica, aparece una imagen de Xipe Totec. La falda a rayas confirma su identidad (véase el texto principal y la lámina 17g). Lleva dos varas que, como dios del fuego, solía frotar para hacer el fuego. Su pecho está formado por las cabezas complementarias de los dos ciervos, corroborando su asociación con Camaxtle. Su pene cuelga entre sus piernas, reafirmando su identidad como dios de la piel o del prepucio. Sobre su cabeza, la amapola lo asocia con las semillas del renacimiento y la renovación.

Figura 51. El nacimiento de Xipe Totec

Aquí dos parteras sostienen a la madre de Xipe Totec/Camaxtle al dar a luz a su hijo Xipe Totec en su emanación como Camaxtle. La cabeza de Camaxtle, el ciervo bicéfalo, es representada por la cabeza emergente con dos pares de cuernos, abajo y al centro de la escena. Una gran testa de venado que lleva el cráneo de otro venado llena la figura compuesta que se muestra arriba. El venado lame la cabeza de la parturienta, confortándola durante el doloroso proceso del nacimiento.

Figura 52. Xipe Totec, el hombre blanco barbado

Aquí Xipe Totec, el dios del sacrificio, aparece como un hombre blanco barbado. En las manos lleva dos varas de madera; los dos ciervos sentados jalan su faldón, revelando sus piernas cruzadas. Esto indica que Xipe Totec, el hombre blanco barbado, murió en una cruz de madera.

Figura 53. La historia de Xipe Totec: el fin

En la escena final de estas series centrales, Camaxtle hace una reverencia para significar el fin de la función. Los dos ciervos que conforman su auditorio ofrecen un aplauso entusiasta.

Viracocha que se encuentra al centro de la línea del templo Kalasasaya directamente frente a la Puerta del Sol (lámina 20).

La enorme estatua lleva una figura en cada mano, una masculina en la derecha y una femenina al revés (que usa vestido) en la izquierda. Ambas manos tienen el número correcto de dedos.

La estatua transmite el siguiente mensaje (instrucciones):

I) Toma al *hombre* en una mano = haz un dibujo del Viracocha del dintel (lámina 21, a1).

II) Toma el opuesto (lámina 21, b1) de I (una mujer) = haz una imagen espejeada del primero.

III) Voltea la imagen del espejo II hacia abajo (lámina 21, c1).

IV) Coloca al hombre sobre la mujer (en la posición acostumbrada) (lámina 21d).

Ahora aparece un "epicentro" rotacional justo al centro del ajuste de transparencias gemelas. Al mismo tiempo, la lengua perdida de Viracocha aparece en su boca. Cuando las transparencias se rotan, alrededor del epicentro, la lengua de Viracocha se mueve de izquierda a derecha, al tiempo que Viracocha abre y cierra cada uno de los ojos alternativamente. Ahora necesitamos conciliar el significado de los dedos faltantes en el bajorrelieve de Viracocha; tenemos en cuenta la localización de este bajorrelieve de pie sobre la abertura de la Puerta del Sol, viendo hacia la escalera del Kalasasaya, más allá de su propia estatua. Esto invita al observador a asumir la misma posición, a pararse debajo del bajorrelieve de Viracocha y ver a través de la Puerta del Sol hacia la escalera del Kalasasaya, más allá de la estatua de Viracocha (véase la figura 54).

Habiendo asumido la posición, el observador debe ahora levantar el dedo (faltante) de cada mano para que éstos hagan el marco de la puerta. Siguiendo las instrucciones dadas en la lámina 21, el observador ahora abre y cierra alternativamente cada ojo de derecha a izquierda y viceversa (emulando el movimiento pendular de la lengua del dios del sol en las figuras 21d y e). Los ángulos laterales desde la entrada hasta cualquiera de las piedras angulares del Kalasasaya pueden ahora ser medidos usando el error de para-

FIGURA 54. EL TRANSFORMADOR VIRACOCHA

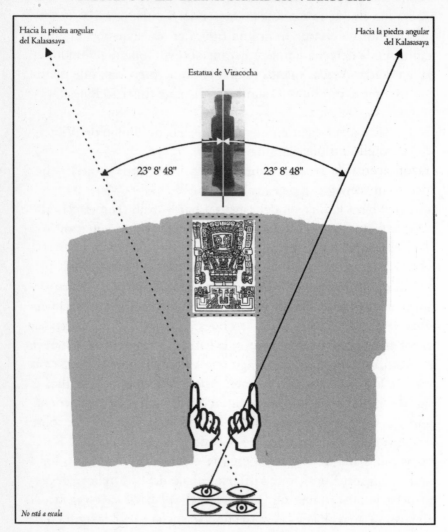

Hacia la piedra angular del Kalasasaya

Hacia la piedra angular del Kalasasaya

Estatua de Viracocha

23° 8' 48"   23° 8' 48"

No está a escala

El Transformador Viracocha, decodificado (láminas 16-21), pide al observador estar de pie tras la Puerta del Sol en el Kalasasaya de Tiahuanaco. El ángulo lateral desde el centro de la puerta hacia cada una de las piedras angulares del Kalasasaya puede entonces ser medido utilizando el error de paralaje resultante de abrir y cerrar alternativamente cada ojo (medido contra los dedos índices levantados), como se muestra arriba. Ésta es la razón por la que el Transformador Viracocha sólo tiene tres dedos y un pulgar, ya que el mensaje es "usar un dedo de cada mano…" El ángulo medido de 23° 8' 48" corresponde a la inclinación laje resultante de abrir y cerrar alternativamente cada ojo contra cada uno de los dedos índices levantados, como se aprecia en la figura 54.

Por tanto, la estatua y el bajorrelieve de Viracocha invitan al observador a medir los ángulos desde la entrada de la Puerta del Sol hasta las esquinas del Kalasasaya, lo cual hizo precisamente Posnansky, sin ayuda de la decodificación ni de instrucción alguna, para medir la oblicuidad de la eclíptica en ese tiempo.

Pero ello no necesariamente significa que Posnansky tuviese razón acerca de la fecha de fundación del templo; no podemos decir con certeza que los tiahuanacos nos estuvieran invitando a medir la *edad* del sitio. Lo único que sabemos de cierto es que nos estaban llamando la atención sobre el *ángulo de la inclinación de la Tierra*. Parece más probable que ellos sencillamente estuvieran atrayendo nuestra atención hacia la inclinación de la Tierra para explicar que los cinco periodos de destrucción que explicaban las cinco sucesivas reconstrucciones de Tiahuanaco fueron originados por las variaciones magnéticas solares que causaron que la Tierra se inclinara o temblara sobre su eje, trayendo destrucciones catastróficas en cada época —lo cual quiere decir que Posnansky tenía *razón,* aunque por las razones equivocadas—.

El segundo nivel de decodificación

Un atento reconocimiento de la estatua de Viracocha permite ver que el tallado fue hecho a partir de dos bloques separados de piedra; la estatua está "rota" de las piernas (figura 55 y lámina 20c). El Viracocha en bajorrelieve, al examinarse atentamente,

---

de la Tierra sobre su propio eje en el momento en que Tiahuanaco fue construido. Este ángulo difiere de la inclinación de la Tierra medida como 23° 27' en 1930. En 1914, el profesor Arturo Posnansky creyó que el Kalasasaya contenía alineamientos astronómicos (lámina 16) y obtuvo la misma información utilizando instrumentos de observación. Propuso, en consecuencia, que Tiahuanaco era tan antigua como 15 000 años antes de Cristo (figura 43).

FIGURA 55. DECODIFICACIÓN DEL SEGUNDO NIVEL DEL TRANSFORMADOR DE VIRACOCHA

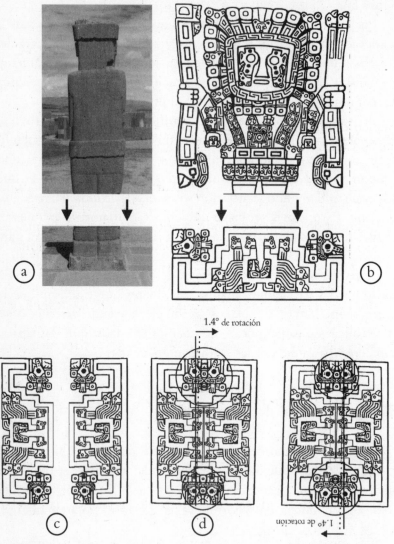

La estatua de Viracocha (a) en el Kalasasaya está hecha de dos piezas separadas de piedra (láminas 20, c1 y c2). Esto nos dice que el Transformador Viracocha de la Puerta del Sol debería ser cortado por las rodillas (b). La parte inferior del Transformador Viracocha ahora se vuelve un Transformador autosuficiente (c). Cuando las transparencias se yuxtaponen por 1.4° (como aquí se muestra), un segundo nivel de imágenes compuestas (d) y (e) aparece al utilizar el proceso de decodificación.

también está roto por las rodillas, como si estuviera hincado sobre la plataforma (figura 55b). Estas instrucciones nos piden cortar el bajorrelieve de Viracocha por las rodillas. Al hacerlo, un dibujo por separado de la plataforma aparece para su uso como Transformador por derecho propio. Inmediatamente aparecen imágenes compuestas (señaladas con un círculo en las figuras 55d y e) mostrando representaciones iconográficas de cabezas de Chac Mool (láminas 22e y f). Este tipo de figura fue muy frecuente en todo México durante el periodo maya-tolteca. Haremos notar ahora que las cabezas de Chac Mool tienen un parecido asombroso con los muchos cientos de cabezas de piedra que salen de las paredes del Templo de las Cabezas de Piedra de Tiahuanaco (lámina 22c y d).

Regresando a las figuras 55d y e, ahora notamos que la imagen compuesta vuelve al esquema de un plano cuadrangular similar a un esquema del Templo de las Cabezas de Piedra, con cabezas en miniatura saliendo de los muros. Otras orientaciones (no mostradas aquí) revelan la ubicación de una cámara secreta escondida en el templo.

Antes de dejar el Templo de las Cabezas de Piedra, debemos hacer hincapié en que las posiciones de las estatuas (figura 85) paradas en el centro del cuadrángulo (previamente referido como Viracocha y los "hijos de Viracocha") están yuxtapuestas en forma similar a la de las tres estrellas en el Cinturón de Orión, sugiriendo que Viracocha, al morir, se convirtió en una estrella del firmamento. Sus acompañantes, las dos estatuas más pequeñas, llamadas "hijos de Viracocha", nos indican no sólo que Viracocha renació como una estrella, sino como "los gemelos", la estrella gemela Venus.

Si se inspecciona la estatua mayor, en el sitio, se pueden apreciar serpientes emplumadas talladas a cada lado. En conjunto, la posición y el tallado revelan la verdadera naturaleza de Viracocha: la serpiente emplumada, el sol, la más brillante y pura fuente de luz en los cielos.

Capítulo cuatro

Los reyes del sol

Las muchas vidas de la serpiente emplumada

Dos escenas decodificadas de la asombrosa Lápida de Palenque componen el nacimiento de Quetzalcóatl. La parte superior de la figura 56 muestra un águila con las alas extendidas y la lengua bífida hacia el observador. Dos medias conchas marinas cuelgan de una cadena en el cuello del águila. En la parte más baja de la composición se ve la cabeza de una serpiente con la lengua extendida. El símbolo maya en forma de flor de la finalización se asienta entre ambas representaciones. La imagen total enfatiza por tanto la *finalización*. El águila de lengua bífida está incompleta, carga solamente dos medias conchas marinas y no la concha marina de Quetzalcóatl completa. El mensaje puede leerse: "Quetzalcóatl *no* está completo; no es la serpiente emplumada entera".

La figura 57 muestra la segunda escena de la historia: los ojos del Señor Pakal en la parte superior del borde (detallados en el círculo de la derecha) supervisan los eventos mientras van ocurriendo. La serpiente emplumada en lo alto se presenta ahora con una cabeza muy pequeña del Señor Pakal (detallada en ambos círculos), en vez de una cabeza de águila con la lengua bífida. Una revisión más de cerca permite apreciar que una sola concha *completa* cuelga del cuello de una cabeza en miniatura (el mismo rostro aparece en otra imagen decodificada de la Máscara de Mosaico de Palenque [lámina 18f, sobre la cabeza de la serpiente emplumada]). El mensaje aquí se lee: "El Señor Pakal supervisó la creación de sí mismo" (supervisó el proceso transicional de dos mitades de concha marina a una completa).

FIGURA 56. LA ASOMBROSA LÁPIDA DE PALENQUE
Historia: El nacimiento de Quetzalcóatl
Escena 1

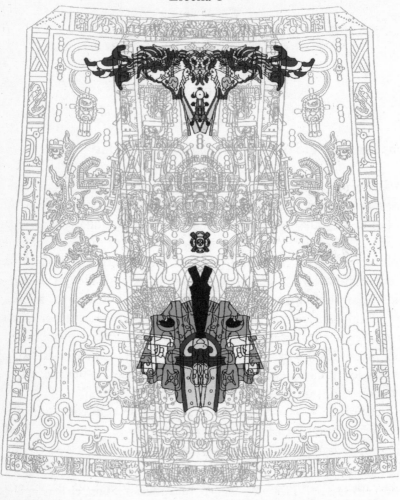

En la parte superior de esta imagen compuesta, el águila con la lengua bífida vuela hacia el espectador. Debajo, una serpiente levanta la cabeza, lanzando su lengua bífida. Esta serpiente nos dice que el águila arriba, con la lengua bifurcada, es también una serpiente. El águila con la lengua bífida representa por tanto a Quetzalcóatl, la serpiente emplumada. Dos medias conchas marinas, símbolos del viento y del águila, cuelgan de una cadena a cada lado del cuello del águila. La forma de flor en el centro de la imagen compuesta representa el símbolo maya de la *finalización*.

Aquí, la cabeza del águila con lengua bífida (figura 56) es remplazada con una muy pequeña cabeza del Señor Pakal. Ahora la cadena que pendía del cuello del águila cuelga de esta pequeña cabeza llevando una concha marina completa *(círculo de la izquierda)*. Sobre el ave, en el borde, los ojos del Señor Pakal *(detallado en el círculo de la derecha)* supervisan la creación de Quetzalcóatl. Esto revela que el Señor Pakal se creó a sí mismo. Bajo el águila, una gran cabeza olmeca carga una concha en forma de cruz en la frente. La cabeza olmeca es por ello también Quetzalcóatl. La parte más baja del rostro olmeca está cubierta por un murciélago que se le acerca. El murciélago, dios de la muerte, se lleva la cabeza olmeca "muerta", que es remplazada por el nuevo nacimiento del Señor Pakal de arriba. Esto demuestra que el Señor Pakal es la reencarnación de la cabeza olmeca.

FIGURA 58. LA MÁSCARA DE MOSAICO DE PALENQUE
Historia: La cabeza olmeca y el hombre blanco barbado

(a) Las cabezas olmecas con un peso de hasta 40 toneladas han sido encontradas en las regiones de La Venta y San Lorenzo en la costa del Golfo de México. La identidad del personaje, revelada en la figura 57, es la de Quetzalcóatl, el Señor Pakal. Sus rasgos son en parte asiáticos y en parte africanos.

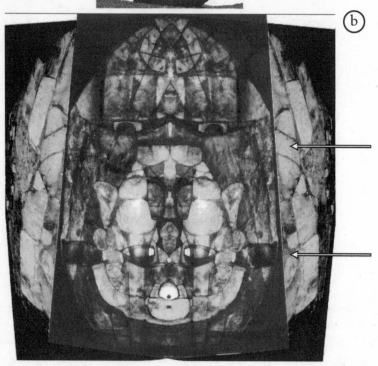

(b) Esta escena retratada, decodificada de la Máscara de Mosaico de Palenque, presenta una cabeza olmeca mirando hacia abajo a una cría de murciélago de la fruta. El murciélago lleva una cuenta en su hocico abierto. El rostro del hombre blanco barbado emerge de la cabeza del murciélago. La escena está enmarcada por plumas. La composición sugiere que el hombre en la tumba, que también llevaba una cuenta en la boca, es el murciélago, asociado con el hombre blanco barbado y con la cabeza olmeca. La inferencia final es que hombre en la tumba era tanto el hombre blanco barbado (Quetzalcóatl) como la cabeza olmeca.

La cabeza pequeña (detallada en el círculo de la derecha) carga dos juegos de cuernos, uno extendido hacia afuera, como los de un búfalo, y el otro cruzado sobre la cabeza. Esto asocia al Señor Pakal con el hombre que tenía dos juegos de cuernos, Camaxtle, quien murió en la cruz.

La parte inferior de la imagen es una representación iconográfica de una cabeza olmeca (figura 58a) que lleva una concha

FIGURA 59. Esta figurilla de jade (b) de un hombre blanco barbado acompañaba al Señor Pakal en su tumba en Palenque. La lengua extendida emula la de Tonatiuh, el dios sol.

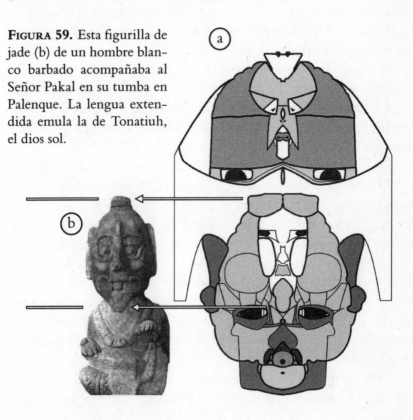

(a) Este boceto presenta una escena compuesta de la cabeza olmeca mirando desde arriba al murciélago con la cuenta en su hocico abierto. La cabeza del hombre blanco con la barba (b) aparece en el centro de la composición (entre las colitas y las flechas). El casco de la cabeza olmeca representa una cara con barba y bigote, extendiéndose desde la frente a la coronilla, similar a la marca del casco en la cabeza de piedra, sugiriendo que la cabeza olmeca es otra representación de Quetzalcóatl.

marina completa en forma de cruz sobre su cabeza (la marca de Quetzalcóatl). Muchas de estas cabezas de piedra, algunas con un peso de hasta 40 toneladas, se han encontrado en las regiones de La Venta y San Lorenzo en la costa del Golfo de México. Nadie sabe qué representan las cabezas olmecas gigantes. Algunos arqueólogos creen que debe ser un importante líder en Centroamérica durante el periodo olmeca, entre 1200 a. C. y 500 d. C. La escena 2 del retrato del nacimiento de Quetzalcóatl (figura 57) ilumina este viejo misterio; el Señor Pakal supervisa la creación tanto de sí mismo como de la cabeza olmeca presentada en la misma imagen. El Señor Pakal debió entonces crear la cabeza olmeca, y a sí mismo. La cabeza olmeca debe haber sido por tanto una encarnación más temprana del Señor Pakal, lo que a su vez significa que el hombre negro, la cabeza olmeca, debió reencarnar como un hombre blanco barbado.

Esta interpretación de la evidencia se apoya en las imágenes decodificadas de otros objetos; la figura 58b muestra otra escena decodificada de la Máscara de Mosaico de Palenque. Los grandes ojos de una cabeza olmeca dominan la parte superior de la imagen. La cabeza lleva, en la frente, una imagen de un hombre blanco con barba, confirmando que la cabeza olmeca fue antes el hombre blanco barbado. Sabemos que la imagen pretende representar un hombre blanco con barba porque se encontró una figurilla de jade (figura 59b) en el sarcófago junto al Señor Pakal, dando una importante pista para la interpretación de la imagen decodificada.

En la parte más baja de la imagen se ve una cría de murciélago de la fruta con una cuenta en su hocico abierto, asociando el murciélago con la Máscara de Mosaico del Señor Pakal, que también llevaba una cuenta en su boca. Un hombre blanco con barba, a semejanza de la figurilla de jade, aparece en la cabeza del murciélago. Aquí tenemos otra vez al Señor Pakal supervisando su propia creación.

Esta evidencia nos dice que la cabeza olmeca, el Señor Pakal y el hombre blanco con barba fueron uno y el mismo —diferentes encarnaciones del mismo dios—. Se creó a sí mismo y fue conocido como la serpiente emplumada. Otras imágenes decodificadas de la asombrosa Lápida de Palenque (figura 25) nos informan que el Señor Pakal era un ser perfectamente puro, uno de los 144 000 que, al morir, se convirtieron en Venus, la estrella (planeta) más brillante del firmamento.

Como hemos visto, los tesoros de las tumbas en Sipán asocian sin ambigüedades a los Reyes de Sipán con las imágenes decodificadas de la asombrosa Lápida de Palenque, y por tanto con el Señor Pakal.

El bajorrelieve de Viracocha, de la Puerta del Sol en Tiahuanaco, junto con otras pistas en el sitio, nos dicen que la serpiente emplumada, conocida como Viracocha, vivió de nuevo en Tiahuanaco, probablemente alrededor del año 500 d. C. Viracocha, como el Señor Pakal, enseñó a su pueblo la supraciencia del sol.

El bajorrelieve fue claramente colocado a lo largo de las líneas de una cabeza solar (lámina 19f) encontrada en las tumbas en Sipán.

Las asociaciones no terminan aquí. En la búsqueda del misterioso hombre con sombrero, en la asombrosa Lápida de Palenque, otra imagen compuesta previamente salió a la luz. Una de las razones de que hubiera pasado inadvertida al principio es que fue concebida bajo otra imagen compuesta ya catalogada (figura 30) que mostraba a los gemelos —Quetzalcóatl— siendo llevados al inframundo por los Señores de la Muerte. En esta escena los gemelos, amamantados por la estrella gemela Venus, nos dicen que Quetzalcóatl se volvió Venus cuando murió. La escena tiene un segundo propósito, presentándonos los personajes del Señor y la Señora de la Muerte, que también aparecen en la nueva escena.

La segunda razón de que la escena sin descubrir pasara inadvertida la primera vez se debe a la complejidad de la información y a la poca familiaridad con el tema que, sorprendentemente, une a los líderes de Palenque, Sipán y Tiahuanaco.

En la parte más baja de la imagen compuesta, que se descubrió más recientemente (lámina 23), se ve de nuevo al Señor (rosa) y la Señora (verde) de la Muerte, pero esta vez adoptando la postura del misterioso hombre con sombrero de Sipán. Ambos sostienen en lo alto la gran cabeza (delineada en negro) de un hombre con el sombrero, el Señor de Sipán. En la frente lleva (coloreada de amarillo) la imagen de uno de los jaguares de cámara de cobre con largos dientes de oro de la tumba del Antiguo Señor de Sipán. Esto asocia al hombre del sombrero (el Antiguo Señor) con el jaguar, con el sol. En la parte superior de la composición, la cara triangular del Viracocha barbado, a semejanza de la estatua de Viracocha en el Templo de las Cabezas de Piedra en Tiahuanaco, emerge de la frente del jaguar (la lámina 24 presenta la misma historia usando los objetos arqueológicos de los sitios). Aquí hay evidencia que prueba por vez primera que el mismo líder enseñó a los mayas, los mochicas y los tiahuanacos el mismo lenguaje, un lenguaje de imágenes. Sus nombres fueron Antiguo Señor de Sipán, Señor de Sipán, Viracocha, Señor Pakal, que junto a Tutankamon eran los reyes del sol.

Estos nuevos descubrimientos piden una reevaluación de los criterios de selección de superdioses. Krishna fue una encarnación del dios hindú Vishnú, que vino a la tierra dos veces, la última vez alrededor de 1700 a. C. Las escrituras dicen que reencarnó como Buda alrededor de 500 d. C.

Las historias decodificadas de la Máscara de Mosaico (poner boca abajo la figura 58b) presentan a un Buda sentado sobre el rostro parecido al de Cristo de Xiuhtecuhtli, el dios maya del fuego (sobre la Tierra) quien, como Xipe Totec (dios del fuego en el cielo), era también un dios de los sacrificios; las víctimas sacrificadas eran quemadas en el bracero que cargaba sobre su espalda (figuras 77b, c y d).

Estas escenas (figura 58b, boca abajo) están sobrepuestas en la frente de un niño pequeño que usa un tocado de plumas y enseña una lengua como de serpiente; el niñito, el Señor Pakal, fue la serpiente emplumada. Tutankamon fue otro rey niño conocido por su pueblo como la serpiente emplumada; él también llevaba el ave y la serpiente sobre la frente.

Los criterios anteriores de selección de superdioses reconocían que cada uno nació de inmaculada concepción; cada uno asociado con una estrella brillante, ya sea al nacer o al morir, y cada uno realizando milagros. Pero hasta donde sabemos, Krishna, Buda y Jesús no enseñaron la supraciencia del sol, lo que nos permite reclasificar a los superdioses en dos escuelas separadas: todos enseñaban las más altas ordenanzas de la espiritualidad, pero solamente los reyes solares enseñaban la supraciencia del sol (figura 60).

El misterio del rey solar desaparecido

¿Quién enseñó entonces a los incas la supraciencia del sol? El candidato más probable debió ser seguramente el inca llamado Viracocha Inca, aunque los recuentos históricos tienen más que decir de su sucesor, el expansionista Pachakuti Inca Yupanqui. Por desgracia, porque Pizarro quemó la momia de Viracocha Inca y porque los registros históricos dicen poca cosa, prácticamente nada quedó que pueda justificar la elevación de cualquier inca al rango de superdiós. Solamente podemos reconocer que la evidencia demuestra, de forma abrumadora, que un gran rey solar caminó entre los incas, los hijos del sol. Él les enseñó la supraciencia del sol, les enseñó a labrar y mover colosales bloques de piedra con una sofisticación superior al entendimiento del hombre moderno, y les enseñó que el cielo esperaba a los puros.

En breve reconsideraremos las fechas y las identidades de los reyes del sol.

FIGURA 60. SUPERDIOSES Y REYES SOLARES

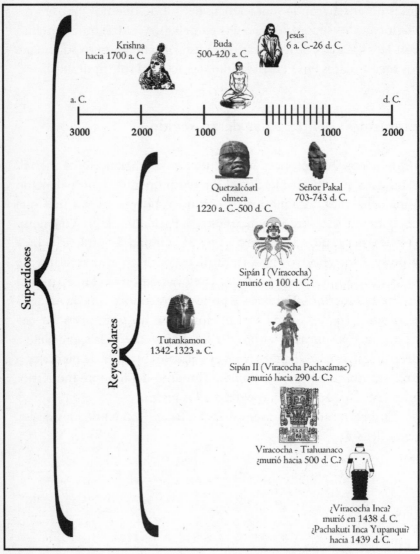

Nuevos descubrimientos en Perú y Bolivia nos dicen que los Señores de Sipán (Viracocha y Viracocha Pachacámac) junto con el Viracocha de Tiahuanaco fueron los antecesores de Quetzalcóatl (Señor Pakal) de México (el cual era la reencarnación del Quetzalcóatl de los olmecas, quienes vivieron en el periodo olmeca que va alrededor de 1200 a. C. a 500 d. C.). La evidencia sugiere que uno de los reyes incas era también un rey del sol. Estos reyes solares enseñaban la supraciencia del sol y las altas ordenanzas de la espiritualidad.

Capítulo cinco

Las misteriosas líneas de Nazca

Los secretos de la arena

Un examen más detallado del Transformador Viracocha (figura 61a) revela la imagen de un pájaro estilizado junto al cuerpo de la serpiente emplumada. Lectores familiarizados con las líneas de Nazca reconocerán inmediatamente que las alas extendidas y la geometría expandida de las plumas de la cola se asemejan mucho al dibujo lineal de un ave (figura 61b) en el desierto de Nazca, en la costa sur de Perú.

La cultura nazca se levantó de las cenizas de la cultura peruana anterior del sur de Paracas, alrededor de 200 a 500 d. C. La alfarería, catalogada por el arqueólogo Max Uhle en 1901, identificó un periodo tardío de desarrollo que siguió entre 500 y 700 d. C., y un periodo terminal de 700 a 800 d. C. Escasos restos de una civilización otrora grandiosa, notable por sus cerámicas, tejidos, trabajos en madera y en oro; los pocos edificios que quedaron en pie se han derrumbado desde entonces, arrasados por terremotos durante años.

El Ingenio, 22 kilómetros al norte de Nazca, es uno de los cinco ríos (figura 3) que drenan el río Grande que fluye hacia el Pacífico unos 50 kilómetros al suroeste. El pueblo de Nazca se asienta en una planicie a 610 metros sobre el nivel del mar, apenas más arriba que el cinturón de niebla costero. Los días son ardientes y las noches frías y claras. Llueve muy poco; quizá 1.25 centímetros pueden caer en un lapso de dos años. Esto, junto con un clima libre de humedad, ha permitido la preservación casi per-

FIGURA 61. LAS MISTERIOSAS MARCAS DE NAZCA

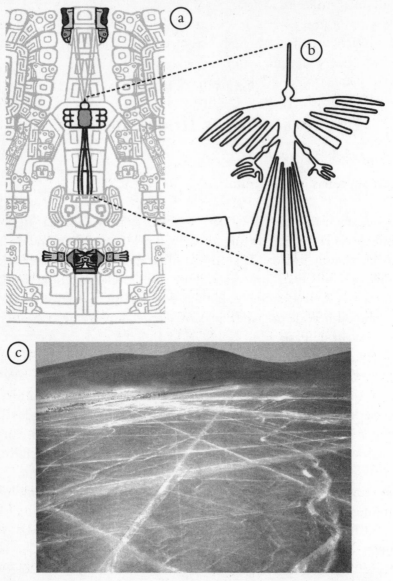

(a) Dibujo iconográfico de un ave con las alas extendidas del Transformador Viracocha (detalle de la lámina 81e). (b) Dibujo a línea de un ave con las alas extendidas en las planicies de Nazca, una de las muchas representaciones de criaturas misteriosas dibujadas en las arenas del desierto. Éstas están acompañadas de cientos de líneas rectas simétricas, mostradas en la fotografía aérea (c) y en la figura 62.

fecta de los tapices, la ropa y las momias de las tumbas saqueadas en Chaunchilla, 30 kilómetros al sur.

Los informes sobre líneas extrañas en el desierto comenzaron a filtrarse durante el inicio de los vuelos comerciales realizados entre Lima y Arequipa en la década de 1920. El arqueólogo peruano Mejía Xesspe fue el primero en explorar los desiertos de la región alrededor de 1927. Sus resultados, publicados en 1939, hablaban de *antiguos caminos ceremoniales y sendas sagradas,* muchos de los cuales seguían trayectorias perfectamente rectas a lo largo de millas en el desierto.

Las noticias de los descubrimientos llegaron al conferencista universitario estadounidense Paul Kosok, en Nueva York, quien creyó que las líneas podían ser, en efecto, restos de antiguos canales hechos por el hombre. Su trabajo anterior en Egipto y Mesopotamia lo había ya persuadido del advenimiento de culturas sofisticadas, distinguiendo la demarcación transitoria de recolectores nómadas en sedentarios, granjeros y burocracia urbana. La posibilidad de que hubiera canales superficiales en Nazca encendió su imaginación y puso proa a Perú de inmediato.

En 1941, utilizando fotografía aérea para buscar canales a lo largo de 800 kilómetros de la línea costera peruana, fue sacudido por lo que apareció abajo en el desierto. Desde el aire, los "canales" se convirtieron en imágenes de aves gigantes, de 45 metros de longitud; de serpientes y animales, incluyendo un zorro y un mono; de muchas ballenas de hasta 24 metros de largo de nariz a cola, y extraños círculos y laberintos, todos aparentemente realizados en la superficie del desierto. Las imágenes no habían sido vistas hasta entonces. A ras del suelo aparecían como simples caminos antiguos o canales superficiales sin relleno debido a su colosal tamaño.

Kosok consideró lo que las desconcertantes líneas y figuras podrían representar. ¿Quién las trazó? ¿Cómo pudieron ser trazadas? ¿Eran simplemente bellas imágenes o eran las líneas, semejantes a pistas aéreas, del testamento de una civilización antaño grandiosa y que usaba naves para aterrizar en la región? ¿De qué otra manera podrían verse estas líneas y dibujos? Al inspeccionar

FIGURA 62. LAS LÍNEAS COMPLETAMENTE RECTAS DE NAZCA

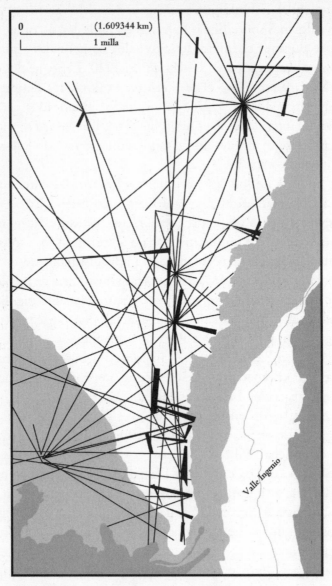

Esquema de las misteriosas líneas alrededor de las montañas y los valles de Nazca (véase la figura 3 para localización). Muchos investigadores creen que las líneas rectas tienen un propósito extraterrestre: caminos para las naves espaciales alienígenas. Pero los dibujos de criaturas que se han encontrado diseminados entre las líneas sugieren al mismo tiempo una explicación más plausible (véase el texto principal).

una de las imágenes a ras del suelo, Kosok notó que el sol caía directamente sobre una de las largas rutas verticales a mediados del invierno, el 22 de junio. ¿Era esto casualidad o las líneas eran alguna especie de teatro astronómico gigante?

Kosok se recordó a sí mismo el propósito de su viaje a Perú. Las líneas tendrían que ser secundarias respecto a sus nuevos descubrimientos a ras de acueductos subterráneos en el desierto que llevaría años cotejar y catalogar. Con pesar, hubo de aceptar que era tiempo de dejar a un lado las líneas de Nazca.

Uno de los traductores que trabajaban con Kosok, en Lima, era una matemática alemana de mediana edad, Maria Reiche, que en 1946, fascinada por los descubrimientos de Kosok, fue hasta Nazca, tomando las cosas donde él las había dejado. Una vez ahí, se embarcó en una cruzada de una sola mujer, hasta su muerte en 1998, intentando resolver el misterio de las líneas.

El desarrollo geológico de las planicies alrededor de Nazca comenzó aproximadamente al final de la última glaciación, con el derretimiento de los glaciares en las regiones polares. Fuertes lluvias azotaron la costa, lavando los restos volcánicos, la arenisca, la arcilla y la calcita, Andes abajo, llevándolos dentro de la cuenca entre los ríos Ingenio y Nazca, más abajo. Los niveles del mar en elevación cambiaron la ruta de las corrientes oceánicas, trayendo niebla a la costa. Las lluvias pararon y la tierra, debido al efecto miniinvernadero descrito en el capítulo uno, se convirtió en desierto. La radiación ultravioleta del sol bombardeó la superficie de las rocas y los guijarros en la cuenca, causando que las superficies superiores de las piedras se oxidaran con un tono de café oscuro-negro, en contraste con su lado sombreado inferior, que se quedó primariamente de un color café rojizo. Con el tiempo, los vientos se llevaron las partículas más ligeras y finas de la superficie de arena, dejando atrás una capa de piedras más pesadas y afiladas. Quien fuera que en la antigüedad marcó las líneas, capitalizó el fenómeno arañando áreas de la superficie de la piedra para exponer la calcita de color más claro que estaba debajo. Las líneas fueron simplemente dejadas sobre la superficie del desierto. La falta de lluvia, junto con una mínima actividad en la superficie, aseguró su preservación, aunque muchas de las líneas más ligeras se han borrado debido a la exposición a la radiación solar. Uno de los primeros trabajos de Maria Reiche fue rastrillar de vuelta las piedras a lo largo de las sendas para redefinir los diseños originales.

Muchos de los lugareños vieron a Reiche como una ermitaña, viviendo en un cuarto sencillo de un hotel maltrecho cercano a las faldas de Nazca, pero su dedicación eventualmente atrajo la atención de los funcionarios de la Universidad Mayor de San Marcos en Lima, quienes acordaron financiar su trabajo con una magra beca de investigación. Ella suplicó y le fue prestada la mayoría del equipamiento de sondeo, desde el teodolito que medía los ángulos vertical y horizontal hasta una simple escalera. Llamó a la Fuerza Aérea para realizar vuelos a bordo de aviones y helicópteros militares, fotografiando todo lo que pudo con su primitiva cámara de caja. En dos años, reconstruyendo el trabajo previo de Kosok, ubicó y limpió las imágenes de una araña de 46 metros, y en cuatro años un mono de 91 metros de ancho. A éstos siguieron los dibujos de tres ballenas asesinas, dos lagartijas, un zorro, una flor, un alga marina en forma de planta, 18 pájaros, incluyendo tres pájaros fragata, uno de los cuales medía 182 metros entre las puntas de las alas, y más de un centenar de espirales.

Los diseños de criaturas son relativamente pocos comparados con los cientos de líneas y trapezoides que corren completamente rectos en todas direcciones (figura 62), algunos disparados desde los "centros de estrellas" que irradian por millas a lo largo de las planicies. La mayoría de los diseños están confinados a una región alrededor de 19 kilómetros al norte de Nazca, cubriendo un área de unos 240 kilómetros cuadrados en las tierras planas entre los valles de Nazca e Ingenio, y más al norte entre los valles de Viscas y Palpa.

Pese a su dedicación, entusiasmo y trabajo duro, Maria Reiche puede ser recordada mejor por traer las líneas a la atención de un público más amplio y por su papel de cuidadora, preservando y protegiendo las líneas para las generaciones futuras. Estuvo más cerca que nadie de responder las desconcertantes preguntas de por qué un pueblo antiguo debería meterse en tanto lío. No hay evidencia, más que fortuita, para sugerir que las líneas rectas y los trapezoides estaban asociados con alineaciones astronómicas, como proclamaron Kosok y otros.

Tan temprano como 1954, Harold T. Wilkins, en su libro *Platillos voladores,* fue el primero en sugerir que las líneas podrían tener un propósito extraterrestre, como "marcas" para las aeronaves alienígenas visitantes. A él le siguió en 1960 George Hunt Williamson, quien en su libro *Carretera en el cielo* dedicó un capítulo entero a los "faros de los dioses". En 1968 el autor alemán Erich von Däniken, probablemente mejor conocido como teórico de lo extraterrestre respecto a las líneas de Nazca, recibió la aclamación popular con la publicación de *Los carros de los dioses,* en el que agitó la imaginación del público durante un periodo en el que, por primera vez en la historia humana, comenzó seriamente a especularse sobre las posibilidades de los vuelos espaciales tripulados. En 1980 Georg A. von Breunig propuso que las líneas eran "carriles para carreras", aunque se desconoce por qué alguien desearía correr alrededor de la imagen de una araña o un ave. Otro escritor, Zsoltan Zelco, cree que el plano de Nazca representa un mapa del imperio de Tiahuanaco. El doctor John Reinhard, en *Las líneas de Nazca,* cree que las líneas retratan un culto a la fertilidad que prevaleció en los Andes en ese tiempo.

Cuando se enfrentan con un objeto que no pueden explicar, los arqueólogos generalmente se refieren a él como si fuera de "significancia ceremonial" o como un "objeto de ritualidad religiosa", o algún extraño "implemento para un rito sexual". Y así ocurre con las líneas de Nazca. Kosok favoreció el argumento (a pesar de su teoría de la alineación astronómica) de que representan "insignias o tótems de una comunidad antigua en particular", mientras que las pilas de piedra superficial encontradas a menudo en el desierto eran "probablemente altares para ofrendas".

Si se cree en eso, entonces será posible creer cualquier cosa. Póngase en los zapatos del primero en acreditar las líneas (el hecho de que existen parece probar que alguien en algún momento debió concebir la noción en primer lugar). Primero vino la consideración de las posibilidades, y luego la logística que demandaría una fuerza de trabajo de tal vez 500 hombres rastrillando millones de toneladas de piedras en el desierto, 10 horas por día, siete días por semana durante, digamos, dos años. ¿De dónde saldría la comida para alimentarlos? ¿Qué hay sobre instalaciones médicas y sanitarias? ¿Qué del equipo de medición, las escaleras, los teodolitos y el resto? Y de cualquier modo, cuando lo pensamos, las botas de los 500 hombres hubieran pisoteado las líneas, destruyéndolas mientras se movían alrededor. Sobre el mismo punto: ¿cuál sería el uso de tan fútil realización? Al parecer, los arqueólogos nunca se detuvieron a considerar tales preguntas; para ellos no hay nada inusual o misterioso en un pueblo que gasta el producto nacional bruto de la nación en un proyecto completamente inútil que requiere dos años para terminarse. Después de todo, quienquiera que haya construido las pirámides se sintió del mismo modo (¿o no?), y quien sea que cortara las esquinas de la asombrosa Lápida de Palenque lo hizo bien sólo porque no le gustaban las esquinas (¿?). A sus ojos, cualquiera que sugiere algo diferente simplemente está totalmente loco.

¿Podría ser que quien se tomó la molestia de establecer las líneas en el desierto lo hizo por una muy buena razón, una que no podemos entender o apreciar, y por tanto no podemos determinar; las mismas razones que llevaron a los constructores de pirámides a hacer su trabajo e inspiraron a los mayas a tallar los Transformadores, a marcar un mensaje importante para ellos que fuera redescubierto en el futuro?

Maria Reiche no fue la primera ni la última en notar que cada uno de los dibujos estaba hecho con una línea simple continua que circunscribía la criatura (con la excepción de las imágenes de las ballenas asesinas, donde las líneas se aventuraron dentro del cuerpo, y las dos sólidas llamas, que serán discutidas brevemente). Una técnica similar se utiliza en un juego infantil común cuyas *reglas* establecen que el lápiz no debe separarse de la superficie del dibujo hasta que se complete la imagen en su totalidad.

Llevando el razonamiento anterior un paso más allá, esta regla da pie a una incredulidad confundida con impracticabilidad.

Quien sea que organizó la fuerza de trabajo de 500 hombres debió haber dado una instrucción como ésta: "Una vez que los hombres y el equipo estén en su lugar, el dibujo [rastrillado de piedras] puede comenzar; pero deben seguir las reglas… los rastrillos no deben dejar el terreno hasta que cada imagen esté terminada".

Esto es como pedir a un escultor que trabaje la piedra con ambas manos atadas a la espalda. Simplemente no tendría sentido, y aquí necesitamos recordar que las pirámides carecen de sentido, al igual que los Transformadores mayas, hasta que se usa el proceso de decodificación.

Hay otras características de los dibujos que probablemente no se le ocurrieron a Maria Reiche ni a los muchos otros dedicados a las pesquisas. La primera es que debió haber al menos una *razón* para la *regla,* para no levantar el lápiz (rastrillo) del papel (desierto) y, más todavía, que dicha razón debió tener algo que ver ya sea con el *método utilizado para construir* las líneas o con el *mensaje* que se quería comunicar a través de ellas (o con ambos). Los ingenieros familiarizados con los circuitos eléctricos inmediatamente notarán una similitud aquí. Las máquinas de fax usan papel ya sea electrosensible o de registro térmico; generalmente, el lado inferior del rollo de papel de registro se conecta a un lado de un circuito eléctrico, donde la pluma que lleva la señal hace contacto con la superficie del lado superior del papel. En el momento que la señal aparece en la pluma, fluye a través del papel al otro lado del circuito, quemando una marca negra en el papel entre los dos conductores. No es necesario decir que si alguna vez la pluma deja de hacer contacto con el papel, entonces la corriente se vería forzada a detenerse, y el marcado del papel (el trazado) también se detendría, sin importar que haya una señal en la punta de la pluma. Esto significa que la pluma debe estar en contacto con el papel todo el tiempo; no debe levantarse del papel durante todo el periodo de trazado. La característica de la *línea continua* de Nazca nos dice que quien realizó los trazos entendía este principio; que *se empleó de hecho un proceso similar al de corriente continua en el proceso de trazado de las líneas.* Si recordamos, fue el flujo continuo de luz ultravioleta (la corriente) desde el sol, sobre la superficie de la cuenca, lo que oxidó las rocas en primer lugar, permitiendo crear las líneas del modo en que se crearon. Esto llama nuestra atención para entender la naturaleza y las capacidades de la radiación solar. Usando la técnica de la línea continua, los antiguos intentaban llamar nuestra atención hacia el poder del sol.

Otra característica peculiar empleada en el proceso de dibujo es clara para cualquiera que ha usado una computadora moderna para dibujar un contorno alrededor de un objeto. Aquí hay varias consideraciones. Un ratón de computadora (un dispositivo estilo pluma de entrada y cambio de la computadora) puede generalmente usarse de dos maneras durante la generación de gráficas. Primero, la parte de abajo del ratón puede rodarse a través de una superficie (un *mouse pad*) para crear una línea de forma libre (dibujada a mano) que, a menos que el operador sea particularmente hábil, irá por toda la pantalla de la computadora, a semejanza del esfuerzo de alguien con una mano temblorosa (figura 62, en las flechas). El segundo método es hacer clic en el botón del ratón usando la herramienta "lazar" de la barra de herramientas de la computadora. Esto, como su nombre lo indica, usa una especie de aguja gráfica y realiza el proceso de lazado. Cada vez que se hace clic en el ratón, la línea se planta (es bordada) en ese punto. La hebra se arrastra entonces (en una línea completamente recta) al siguiente punto de fijación mediante la pequeña esfera dentro del ratón y se borda una vez más, de forma instantánea, haciendo clic en el ratón por segunda vez. De esta manera, el contorno del dibujo termina viéndose como en la figura 63: una serie de líneas completamente rectas que de un modo vago siguen la ruta deseada. El siguiente paso es hacer clic en cada sección de la línea recta y empujar y curvar la línea conectora hasta hacerla más representativa y fluida (la figura 64 muestra una versión más limpia; compare el área con trazo en espiral con la que hay en la figura 63). Alternativamente, puede programarse a la computadora para que llene los puntos de una curva, y la computadora promediará automáticamente la ruta de puntos, suavizando de inmediato las secciones rectas para acomodarse mejor a la curva.

FIGURA 63. EL SECRETO EN EL ESTILO

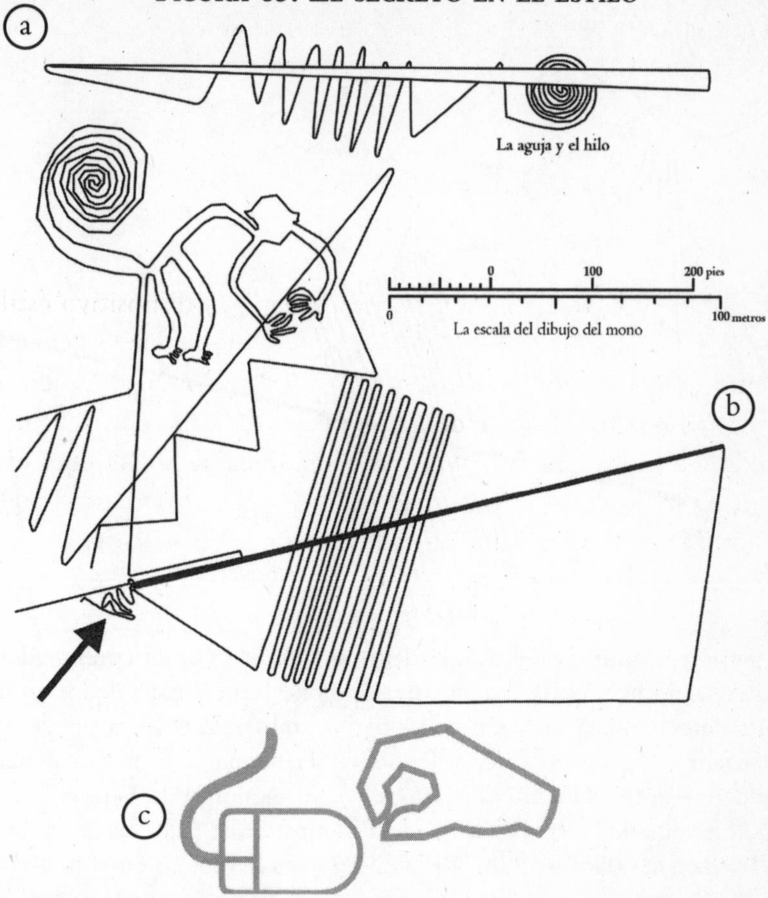

La aguja y el hilo

La escala del dibujo del mono

(a) El dibujo a línea en el desierto sigue un diseño de hilo y aguja. (b) Dibujo preliminar de la figura 64 generado por computadora. El área señalada por la flecha, en esta copia hecha por computadora, se hizo a mano alzada usando la bola debajo del dispositivo del ratón. (c) El resto del dibujo (b) fue creado sólo con líneas rectas haciendo clic en la parte superior del ratón. Las líneas rectas, entre los puntos guía, se bordan luego para formar el dibujo terminado (figura 64), una copia idéntica del dibujo a línea del mono en el desierto. Una de las reglas del estilo a línea continua de los dibujos en el desierto impide levantar la pluma del papel. Los dibujos fueron por tanto creados usando un proceso ininterrumpido (de flujo constante); esto nos dice que la radiación solar oxidó la superficie de los guijarros, volviéndolos de un café oscuro, en contraste con la superficie más clara de los guijarros de más abajo que componen las líneas.

FIGURA 64. EL MONO

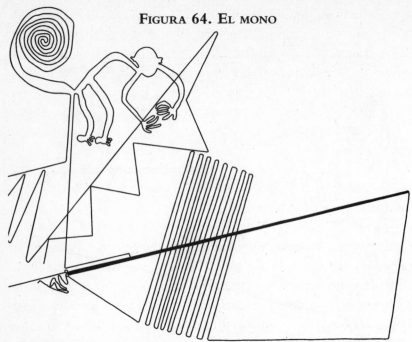

La versión terminada del dibujo del mono copiado en la computadora, suavizado para obtener la forma. El mono tiene cuatro dedos en la mano derecha; falta un dedo de las manos, tal como el bajorrelieve de Viracocha tallado en la Puerta del Sol en Tiahuanaco. El mono abraza una de tres formas idénticas (triángulos). El monolito de Viracocha es el más grande de las tres estatuas en el Tempo de las Cabezas de Piedra en Tiahuanaco (lámina 22b). El dibujo a línea del mono en el desierto nos dice, por tanto, que las imágenes fueron dibujadas por la mano de Viracocha.

Esta segunda característica nos dice que las líneas totalmente rectas de Nazca podrían haberse creado *por instrucción,* usar teodolitos u otros instrumentos de medición. Si recordamos, la mitología del inca (Cieza de León, véase la p. 110) hablaba del hombre blanco y barbado que convirtió en piedra a hombres y mujeres co una *orden* suya (es decir *instantáneamente*); tenía el poder de convertir las montañas en valles y los valles en montañas, hacía que el agua saliera de la piedra y realizaba maravillas y milagros. Más todavía, una revisión de cerca de los dibujos de criaturas (figura 64) permite apreciar claramente la técnica de lazado que se usaba en los modos alternativos tanto de la "mano tembloro-sa" como del "clic, empujar y bordar". La inferencia aquí es que, comoquiera que se hayan hecho las líneas, no sólo fueron creadas instantáneamente, sino mediante una tecnología más elevada (tec-nología de computadora) que nosotros apenas estamos llegando a determinar.

Estamos ahora en posición de examinar los dibujos, y el tema que es asunto de los dibujos, con estos puntos en mente.

La aguja y el hilo (figura 63)

Aquí se ve un enorme dibujo a línea del desierto del diseño de la aguja y el hilo del valle de Nazca. La aguja principal mide unos 400 metros de largo. La presencia de este dibujo demuestra la hi-pótesis delineada anteriormente, a saber: que la técnica de dibujo de enlazar con clic y bordado fue utilizada para demostrar que las líneas se crearon instantáneamente y que no se requirió equipo de medición.

El mono (figura 64)

El mono, para los mayas, representaba la "escritura", y por tanto podría muy bien tener el mismo significado para los peruanos. La presencia del mono entonces nos dice que las líneas y los di-bujos en el desierto son una forma de escritura o comunicación. Señalamos que el mono tiene manos asimétricas, cuatro dedos en la derecha y cinco en la izquierda. Igual que al Viracocha del bajorrelieve en Tiahuanaco, le falta un dedo, lo que lo asocia con Viracocha. Luego, anotamos que el mono *abraza* un gran trián-gulo del grupo de tres (uno grande y dos más pequeños). Esto de nuevo asocia al mono con el monolito de Viracocha que se levanta junto a las dos estatuas menores de los "hijos de Viracocha" en el Templo de las Cabezas de Piedra (lámina 22b). Los brazos y las manos del mono abrazan la más grande de las formas (Viracocha), confirmando la significación del dedo faltante, como ya se señaló. Una mirada más atenta de las manos del monolito de Viracocha (lámina 22b) permite apreciar los brazos y las manos en un abrazo, similar al del mono, de nuevo apoyando la interpretación de que el mono se refiere a Viracocha. Nótese que la técnica de dibujo con ratón de "mano temblorosa", empleada al final de la línea negra gruesa (figura 64, la flecha), es contraria a la precisión alcanzada usando el método de dibujo de lazar y bordar ejemplificado por las demás líneas.

La serpiente emplumada

La serpiente emplumada (I) (figura 65a)
Aquí las alas del ave conectan con un cuello enorme en forma de serpiente, y la cabeza del ave representa la serpiente emplumada, Viracocha.

La serpiente emplumada (II) (figura 65b)
Las patas palmeadas de un ave conectan con la forma de una serpiente, de nuevo representando a Viracocha.

Fertilidad

La araña (figura 66c)
Muchos comentaristas han sugerido que las dos líneas paralelas que se extienden desde una de las patas traseras de la derecha de esta araña la identifican como de la variedad Ricinulei de la Amazonia. El problema es que, a pesar de la presencia del órgano reproductor, la línea del dibujo no se asemeja de hecho a la Ricinulei, sugiriendo que la intención de la paradoja es enfatizar la función reproductiva o la fertilidad.

Por tanto, la araña en Nazca se refiere a la fertilidad y podría explicar mejor la presencia de las cámaras de araña que llevan la

FIGURA 65. LOS DIBUJOS DE LA SERPIENTE EMPLUMADA DE NAZCA

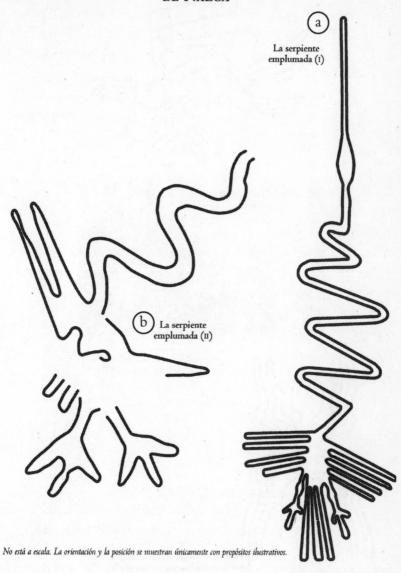

(a) La serpiente emplumada (I)

(b) La serpiente emplumada (II)

No está a escala. La orientación y la posición se muestran únicamente con propósitos ilustrativos.

La serpiente emplumada como se despliega en dos dibujos a línea del desierto distintos en Nazca. (a) El ave con el cuello en forma de serpiente. (b) Las patas palmeadas de un ave con el cuello en forma de serpiente de este dibujo se han dañado con el tiempo.

FIGURA 66. LOS DIBUJOS DE LA FERTILIDAD DE NAZCA (I)

a) El pájaro fragata

No están a escala. La orientación y la posición se muestran únicamente con propósitos ilustrativos.

b) La araña

(a) Dibujo a línea de Nazca del pájaro fragata durante la estación de cría. (b) El ritual de apareamiento del pájaro fragata deja ver el saco en forma de globo inflado debajo de la garganta. (c) Dibujo a línea de Nazca de una araña con el órgano reproductor al final de la pierna derecha.

cara del Antiguo Señor (figura 27) encontradas en su tumba en Sipán, confirmando que el Antiguo Señor estaba asociado con la fertilidad y, en consecuencia, con el sol.

El *pájaro fragata* (figuras 66a y b)

El pájaro fragata macho de Sudamérica infla un saco rojo en forma de globo desde su garganta para atraer a la hembra de su especie, pero solamente durante la estación de cría (fertilidad). El pájaro fragata simboliza por tanto la fertilidad.

Las *ballenas* (figuras 67a, b y c)

Los tres dibujos de ballenas son la excepción de la regla de línea continua, discutida antes. La figura 67c muestra el dibujo de la ballena comprendido por una línea *tanto* por dentro *como* por fuera. La figura 67b presenta la ballena dibujada de una línea simple por fuera; otra línea sencilla delinea el interior, pero la línea exterior no está conectada con la interior. La figura 67a muestra una línea exterior quebrada; la línea interior es continua, pero la exterior no está conectada con la interior, ejemplificando, por un lado, las excepciones a la regla de la línea continua, mientras al mismo tiempo llama nuestra atención, de manera importante, al interior de las ballenas. Estas varias posibilidades, todas reducidas a una sola especie, muestran que la regla de la línea continua está de hecho en cualquier parte; de otra manera, dicta la probabilidad, es de esperarse encontrar una variedad de líneas quebradas entre los dibujos de las otras especies.

Más aún, los tres dibujos de ballenas son los únicos que presentan líneas *por dentro* del contorno de la criatura. Esta característica única llama nuestra atención hacia los trabajos internos de la ballena. Una revisión más de cerca revela que dos de las imágenes (figuras 67b y c) presentan a las ballenas dando a luz. Las ballenas por tanto son el epítome del nacimiento y la fertilidad. La mayoría de los comentaristas está de acuerdo en que las características físicas encontradas en estos dibujos en particular identifican la especie como la de las ballenas asesinas. Éstas depredan a otras ballenas, focas y aves marinas, más que el simple plancton favorecido por las variedades de ballenas herbívoras. El boceto (figura 87) de una vasija encontrada en el desierto de Nazca representa una ballena asesina en el área vaginal de una hembra. Esto comunica el mismo mensaje, como el hombre con el murciélago, caracterizado en la lámina 10d, que tiene al dios murciélago en sus genitales —"la procreación trae la muerte" (de ahí la importancia del tipo de ballena, la "asesina")—, y de nuevo lo mismo que en la imagen decodificada de Coatlicue (lámina 32, que se discutirá más adelante), en la que se ve la vagina de la diosa de la tierra cubierta con la calavera de la muerte. Los antiguos creían que el nacimiento físico en el mundo físico en realidad lleva a la muerte (en oposición al renacimiento en las estrellas, que asegura la vida eterna).

Reencarnación

El polluelo (figura 68a)
La asombrosa Lápida de Palenque (lámina 9) muestra un polluelo de quetzal posado sobre la cabeza del Señor Pakal. Los polluelos por tanto representaban el renacimiento espiritual (renacimiento en el cielo). Este dibujo a línea presenta un polluelo, y una vez más notamos que el ave tiene patas asimétricas: una tiene cinco dedos (garras) y la otra solamente cuatro. La asimetría nos recuerda el bajorrelieve de Viracocha en Tiahuanaco, al que le faltaba un dedo (de cada mano). El polluelo entonces representa el renacimiento de Viracocha.

El colibrí (figuras 68b y c)
El colibrí (pájaro zumbador), *Trochiliade apodiformes,* así llamado por el zumbido que hacen sus alas al batir rápidamente, es el ave más pequeña del mundo, con un peso de solamente 2.5 gramos. Estas características le permiten cernerse y extraer el néctar de las flores con su pico y lengua en forma de aguja. Es también único

FIGURA 67. LOS DIBUJOS DE LA FERTILIDAD DE NAZCA (II)

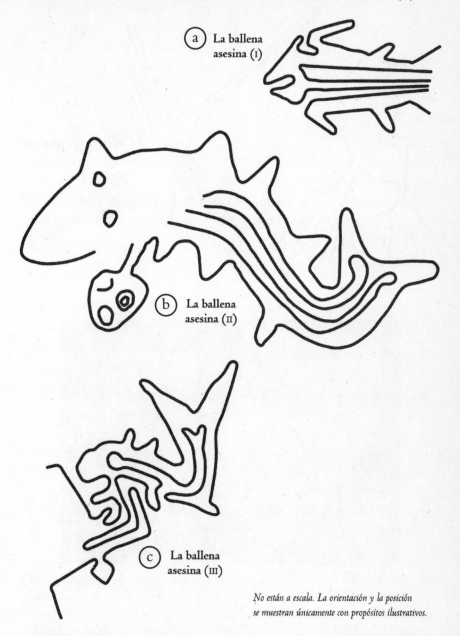

a) La ballena asesina (I)

b) La ballena asesina (II)

c) La ballena asesina (III)

No están a escala. La orientación y la posición se muestran únicamente con propósitos ilustrativos.

(a) Dibujo a línea de Nazca de una ballena asesina mostrando los intestinos. (b) Dibujo a línea de una ballena asesina dando a luz. (c) Dibujo a línea de una ballena descargando sus intestinos (placenta).

FIGURA 68. LOS DIBUJOS DE REENCARNACIÓN DE NAZCA

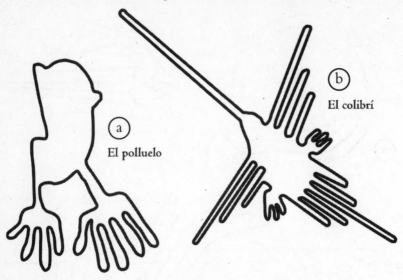

ⓐ El polluelo

ⓑ El colibrí

No están a escala. La orientación y la posición se muestran únicamente con propósitos ilustrativos.

ⓒ

(a) Dibujo a línea de Nazca de un polluelo con cinco dedos (garras) en la pata izquierda y cuatro en la derecha. Le falta un dedo al ave, como en el bajorrelieve tallado de Viracocha. (b) Dibujo a línea de un colibrí. (c) El colibrí es el ave más pequeña del mundo, la única capaz de volar hacia atrás y hacia adelante. El colibrí por tanto es el epítome de la noción de reencarnación: la aparición y la desaparición de individuos en el tiempo.

FIGURA 69. LOS DIBUJOS SOLARES DE NAZCA

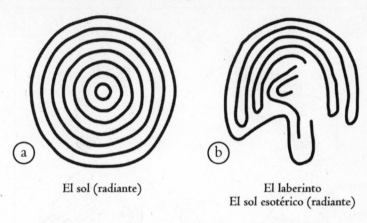

El sol (radiante)

El laberinto
El sol esotérico (radiante)

No están a escala. La orientación y la posición se muestran únicamente con propósitos ilustrativos.

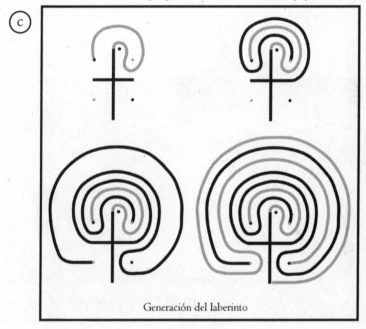

Generación del laberinto

(a) El sol menos radiante de Nazca dibujado a línea, mostrado como siete círculos concéntricos, representando los siete colores del espectro lumínico. (b) El laberinto de Nazca dibujado a línea; los esotéricos han usado el laberinto para representar el sol, la luz y la cruz (parte del dibujo se dañó con el tiempo). (c) El laberinto puede construirse a partir de una cruz en cuatro simples pasos, como se muestra aquí.

FIGURA 70. LOS DIBUJOS ASTRONÓMICOS DE NAZCA (I)

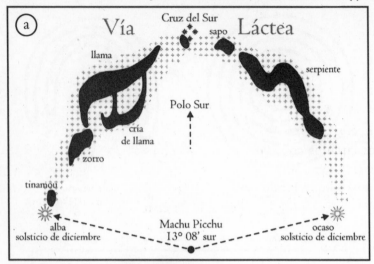

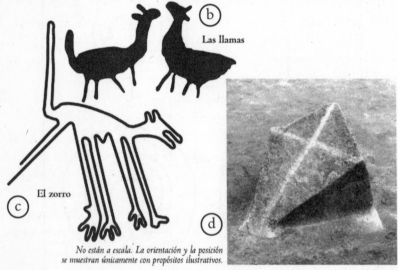

(a) El cielo nocturno visto desde Machu Picchu, mirando al sur. Los parches oscuros en el cielo (nubes de polvo interestelar) oscurecen las estrellas de atrás de la Vía Láctea. Los astrólogos antiguos identificaban los patrones como criaturas que cruzaban los cielos. (b) Dibujo sólido de Nazca de dos llamas que representan patrones de nubes oscuras en la Vía Láctea. (c) Dibujo a línea de Nazca del zorro, otro patrón de nube oscura presente en la Vía Láctea. (d) Hito de piedra con la Cruz del Sur tallado en el lecho rocoso fuera del templo principal (lámina 15e) en Machu Picchu.

en otro sentido: es la única ave en el mundo capaz de volar en reversa y avanzar, al mismo tiempo atrás y adelante, y por tanto describe el proceso de reencarnación, aparición y desaparición.

El sol

Círculos (figura 69a)

Los círculos concéntricos han sido usados por la mayoría de las civilizaciones antiguas para representar el sol. Los siete círculos se refieren a los siete colores del arco iris: rojo, naranja, amarillo, verde, azul, índigo y violeta, los siete niveles de la luz.

El laberinto (figura 69b)

El laberinto enigmático, o enredo, ha aparecido con frecuencia en tallas de piedra y obras a través de la historia, en la mayoría de las civilizaciones del mundo. Un laberinto particularmente bello recibe al visitante justo al cruzar la puerta en el piso de la catedral de Chartres, en Francia; otro puede hallarse en el castillo Tintagel en Cornwall, Inglaterra, y otros, en los campos de Knossos, Finlandia, Norteamérica y la India, han desconcertado por épocas al viajero. En la leyenda griega, el laberinto era el hogar del Minotauro, un monstruo mitad hombre y mitad toro. Luego de matar al monstruo, Teseo, príncipe de Atenas, pudo salir del laberinto guiado por un hilo que le entregara la hija del rey, Ariadna.

La significación del laberinto es indudablemente mística. Sólo con la mayor dificultad y determinación puede el que interroga viajar al centro del enredo, que es visto como una gran alegoría de la vida; la ardua búsqueda de la verdad interior del individuo. Al mismo tiempo, los que alcanzan el centro no pueden nunca retornar a sus percepciones previas, dada la profundidad reveladora del conocimiento.

La geómetra y numeróloga Patricia Villiers-Stuart adelantó un nuevo modo de construcción de laberintos (figura 69c). El diseño comienza con una simple cruz y un punto simple posicionado en cada uno de los cuatro cuadrantes y otro punto más puesto a la derecha del centro vertical superior. La figura 69c muestra paso a paso la construcción de un laberinto que conecta progresivamente cada punto con cada terminal de la cruz. El laberinto por tanto incorpora y debe su existencia a los principios espirituales más fundamentales: la cruz, que en las civilizaciones antiguas representa al sol, la fuente de luz, los siete colores del espectro, el halo, y a los asociados con la luz, los maestros espirituales, los superdioses.

Astronomía

Hay pocas dudas respecto a que los peruanos entendieron las constelaciones del cielo nocturno, el movimiento de las estrellas y los planetas y los efectos del sol en la tierra. Como hemos visto, se demostró que los monumentos de Tiahuanaco tienen significativos alineamientos astronómicos. Los incas construyeron su observatorio en Machu Picchu, el Intihuana, y usaron un monolito (figura 70d) para rastrear el movimiento de la Cruz del Sur, el grupo de estrellas en el hemisferio sur, sinónimo de los atributos astronómicos de la Estrella Polar en el hemisferio norte.

Muchos investigadores han escrito acerca de la preocupación de los antiguos peruanos por los cielos.

Los incas, como los antiguos egipcios y los mayas, reverenciaban la Vía Láctea como un río celestial que fluía a través de los cielos. No es de sorprender por tanto que los antiguos, que vivieron en las montañas, hayan sido inspirados por los cielos. En una noche clara el cielo está tan poblado con estrellas brillantes que es difícil encontrar un lugar oscuro en alguna parte, con la excepción de las muchas zonas oscuras dentro de la misma Vía Láctea. Los astrónomos modernos estiman que esas áreas de hecho contienen estrellas que permanecen oscuras para los observadores en la Tierra por las nubes de polvo interestelar. Los incas, familiarizados con los patrones oscuros, los identificaban con los animales de manera muy parecida a la que nosotros lo hacemos con las constelaciones del zodiaco. El patrón oscuro da forma a la llama, el zorro, el sapo, el tinamou (una especie de perdiz) y la serpiente; todos cruzaron el cielo durante la temporada de lluvias y fueron por tanto asociados con la lluvia, el crecimiento y la fertilidad. La mayoría de las criaturas de la nube oscura no se elevan sobre el horizonte en el cielo nocturno durante el verano andino. La mayor de las formas de la nube oscura es la de las dos llamas, una de las cuales —dicen— amamanta a la otra.

Las dos llamas negras (figura 70a)
Los dibujos de las dos llamas negras aparecen como siluetas rellenas, distinguiéndose de los otros dibujos, que son a línea.

El zorro (figura 70c)
Fray Martín de Morúa, en su *Historia del origen y genealogía real de los reyes incas del Perú,* capítulo 2, hace el siguiente recuento del diluvio:

> Un indio, atando a su llama donde había buen pasto, notó que hacía señales de lamento rechazando comer y llorando, yu', yu'. La llama le dijo que estaba triste porque en cinco días el mar cubriría toda la tierra, destruyéndolo todo. Bajo la guía de la llama el indio fue a la cima de la montaña llamada Villcacoto, llevando comida para cinco días. Allí encontró tantos animales y pájaros reunidos que apenas había espacio para todos. El mar comenzó a crecer, las aguas llenaron los valles y cubrieron las colinas, excepto el Villcacoto. Estaban tan apretados que la cola del zorro se mojó en el agua y por eso las puntas de las colas de los zorros son negras. Luego de cinco días las aguas se abatieron y de este único superviviente desciende toda la gente en el mundo de hoy.

El pelícano (figura 71a)
El pelícano representaba un grupo de estrellas en la constelación de Orión.

FIGURA 71. LOS DIBUJOS ASTRONÓMICOS DE NAZCA (II)

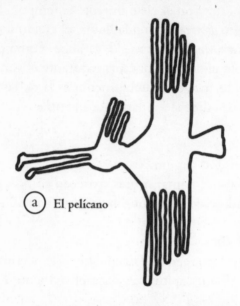

(a) El pelícano

No están a escala. La orientación y la posición se muestran únicamente con propósitos ilustrativos.

(a) Dibujo a línea de Nazca de un pelícano. (b) El pelícano era identificado como un grupo de estrellas en la constelación de Orión, hogar de Osiris (el dios egipcio de la resurrección).

El vaso de Viracocha de Tiahuanaco (figura 72c)

Este vaso de barro, que los arqueólogos ortodoxos creen que data de 600 d. C., aproximadamente, fue encontrado en Tiahuanaco. Aquí, por primera vez, hemos encontrado evidencia sólida de la inexpurgada identidad de Viracocha, quien también aparece en forma iconográfica en el bajorrelieve de la Puerta del Sol. Esta representación incorporada nos proporciona un retrato de Viracocha mucho más comprensivo que cualquier otro. Cada ojo es mostrado como la tierra, dividida verticalmente en semicírculos de luz diurna y oscuridad. El sol, que brilla sobre cada ojo, lleva el ala de un pájaro en un lado, una forma creciente (una serpiente) en el otro, juntos mostrando al sol como la serpiente emplumada.

Un rostro humano sonriente en miniatura conecta el lado del sol con cada uno de los ojos, indicando que la luz solar trae felicidad. Tres rostros sonrientes más cuelgan del cinturón de serpiente emplumada alrededor del pecho. Éstos, como podemos ver, se refieren más bien a los cinco años de creación en la tierra. La cabeza de Viracocha está circundada por dos líneas paralelas que portan un patrón al borde estilo laberinto. Rayos en forma de serpiente, radiando desde el borde, representan las cabezas de perfil de las emanaciones de Viracocha (separadas por plantas de maíz, símbolos de la fertilidad y el renacimiento); el perfil de una cabeza de pájaro, un rostro humano sonriendo y el perfil de una cabeza de jaguar en el siguiente orden (de las manecillas del reloj): un jaguar, un ave, un rostro humano sonriendo, un ave, maíz, un jaguar, un ave, maíz, las plumas de la cola de un pájaro, maíz, la cabeza de un pájaro, jaguar, maíz, la cabeza de un pájaro, un rostro humano sonriendo, la cabeza de un pájaro y un jaguar. En cambio, los rayos del bajorrelieve de Viracocha (figura 72b) caracterizan solamente manchas solares separadas por cabezas de jaguar.

En cada mano, Viracocha sostiene el cuerpo delgado de una criatura en forma de serpiente que, de todas las posibilidades de maíz, ave, humano y jaguar, representa al *jaguar*; a diferencia de las del bajorrelieve, que terminan con *cabezas de pájaro*. El número de dedos en cada mano, como en el bajorrelieve de Vira-

FIGURA 72. LOS CÍRCULOS CUADRADOS DE VIRACOCHA

(izquierda) **La asombrosa Lápida de Palenque Subtransformadora**

Bajorrelieve de Viracocha

Vaso de Viracocha

(a) El círculo cuadrado en el centro de esta composición, de la asombrosa Lápida de Palenque, nos dice que la duración de la reversión magnética solar llega hasta 20 ciclos (señalados por las 18 estacas de madera de tamaño completo irradiadas, más las cuatro medias estacas de madera; véase también la figura 74) de manchas solares (indicados por los dos bucles magnéticos completados junto a la línea vertical central). La duración de la reversión magnética por tanto llega a 20 x 187 periodos anuales, 3 740 años (figura 44a). (b) La cabeza circular cuadrada del bajorrelieve de Viracocha se muestra como en las líneas de (a). (c) El vaso donde se representa a Viracocha. Otra vez, la cabeza, con cocha, de nuevo es inusual: esta vez la mano derecha tiene seis dedos, aunque la izquierda tiene el número correcto, cinco, urgiéndonos a reexaminar de nueva cuenta el número de dedos en el bajorrelieve de Viracocha.

Los rectángulos a lo largo del cuerpo de las serpientes en el vaso se alternan consistentemente de negro a blanco, de forma tan natural como la noche y el día capturados por los ojos, significando que no hay necesidad de hacer un dibujo a línea (o transparencia) de este diseño; puede ser visto por lo que es, a diferencia del bajorrelieve del Transformador que portaba la instrucción de convertir las áreas negras en blancas.

Algunas de las imágenes mostradas en la asombrosa Lápida de Palenque pueden apreciarse simplemente coloreando (resaltando) diferentes áreas del diseño de la lápida para revelar las historias apoyadas en la creencia mitológica maya. La lámina 26 nos muestra uno de los muchos relatos de cómo fue creado y destruido periódicamente el mundo de acuerdo con la versión establecida en un documento azteca, el Códice Vaticano 3738, usando a los dioses para representar cada era o época de creación, a las que se referían como "eras del sol". En el centro una hembra se reclina en el lomo de una tortuga (mostrada con cabeza verde y patas delanteras/aletas cafés). Su talón izquierdo toca la concha con forma de cruz del caracol marino, la cual la asocia con el agua. Lleva una hoja de lirio en la mano izquierda y usa una falda hecha con piedras de jade preciosas, *chalchiuhuitl*. Ésta es la diosa del agua, Chalchiuhtlicue, la que usaba la falda de jade. El Códice Vaticano 3738 dice que esta era duró unos 4 000 años antes de que llegara la destrucción en forma de lluvias torrenciales que trajeron el diluvio. La leyenda dice que algunos hombres fueron convertidos en

---

criaturas en forma de rayos irradiados, está diseñada junto a las líneas de las estacas de madera de la mancha solar irradiadas que se muestran en (a). Las similitudes entre estas dos representaciones de Viracocha, además de otra evidencia arqueológica, sugieren que Viracocha fue uno y el mismo con el Antiguo Señor de Sipán, que vivió en Tiahuanaco alrededor de 600 d. C., tomó la ruta de las tierras altas hacia el norte hasta Cuzco y luego la ruta costera a Sipán vía Nazca, donde creó las líneas en el desierto.

peces para evitar que se ahogaran. La Época 1 fue la más distante de nuestra era.

Luego siguió la segunda era (de acuerdo con el Códice Vaticano), regida por el dios del viento Ehécatl (pastor de viento), representado por el pájaro en la parte superior de la imagen. Se dice que este periodo duró alrededor de 4 000 años antes de que los huracanes y los fuertes vientos trajeran la destrucción. La leyenda dice que algunos hombres fueron convertidos en monos, lo que les permitió sobrevivir trepando a los árboles.

En la parte más baja (boca abajo) aparece Tláloc con seis dientes, dios del fuego terrestre (iluminación, que es sinónimo de "fuego de la tierra") y la lluvia, quien destruyó el mundo a través de la lluvia de lava de las erupciones volcánicas. Se pensaba que esta era duró cerca de 5 000 años. Algunos hombres fueron convertidos en aves para evitar la catástrofe.

Tonatiuh, el dios del sol (boca abajo en el centro), trajo la destrucción de la cuarta era del sol a través del movimiento, es decir, terremotos. Esa era duró alrededor de 4 000 años.

La era *presente* (según pensaban los mayas) corresponde al jaguar. Este animal puede ser visto como una imagen compuesta mayor (historia) en la Lápida de Palenque (no mostrada aquí), pero solamente usando el proceso de decodificación Transformador. La historia de la imagen compuesta presenta claramente al jaguar como la "quinta era del sol". Durante esa era, el jaguar aprendió a devorar a los hombres, trayendo la destrucción, pero quizás ésta es una alegoría que dice que el jaguar (el sol dorado cubierto de manchas negras) devoró (o lo hará en el futuro) a la población a través de la infertilidad causada por el sol y la sequía solar.

Sabemos que la del jaguar era la etapa presente para los mayas y que el periodo clásico maya, que terminó alrededor de 750 d. C., queda dentro de la misma. Esa era fue por tanto el periodo más importante para ellos y explica por qué fueron tan lejos para codificar la imagen del jaguar en la asombrosa Lápida de Palenque. Por tanto, la codificación distingue la era del jaguar de las otras cuatro eras que pueden verse en la lámina 26 sin recurrir al proceso de decodificación. (Los mayas creían que las cosas más importantes en la vida no pueden verse; por eso removieron las esquinas de la Lápida de Palenque. La decodificación no podía comenzar hasta que se encontraran las esquinas faltantes. Las piezas que faltan son por tanto las más importantes; por ende, la ausencia del jaguar la vuelve la más relevante de las eras.) Sin embargo, el orden y la duración de las otras eras son inciertos.

Los aztecas (que vinieron después de los mayas a México) marcaron otro recuento mitológico en su calendario monolítico, (lámina 19b) que fue encontrado enterrado bajo las calles de la ciudad de México. A diferencia de la Lápida de Palenque, en éste se aprecian los cinco dioses que representan las cinco eras. El centro del monolito está dominado por Ollin-Tonatiuh (lámina 19a), el dios sol que, creían, traería la destrucción a través del terremoto y el movimiento. La era actual para los aztecas, en aquel tiempo (durante el periodo de esta cultura, alrededor de 1325 a 1520 d. C., cuando la civilización alcanzó su cenit), fue por tanto la que tuvo más prominencia en el centro de la piedra calendario; creían que la destrucción en esa era (la nuestra de hoy) vendría a través del movimiento provocado por el sol: terremotos traídos por el dios solar.

Los otros cuatro dioses, representando las otras cuatro eras, aparecen en recuadros que tocan el círculo central de la piedra: arriba a la derecha del círculo central, la cabeza de un jaguar y (en el sentido de las manecillas del reloj) Tláloc (lluvia volcánica); luego una representación de Chalchiuhtlicue (inundación), y arriba a la izquierda Ehécatl, el pájaro (viento). Nuevamente, las posiciones de los cuatro recuadros no dan pistas de la secuencia de las eras. Señalamos, sin embargo, que Ehécatl, el pájaro en el recuadro de arriba y a la izquierda, está posicionado junto al jaguar en el recuadro de arriba a la derecha. Y sabemos, por la asombrosa Lápida de Palenque, que la era previa, de acuerdo con los aztecas, debió ser la del jaguar que preocupaba a sus predecesores mayas. Así que aunque el orden de las eras es incierto, parece que la era de Tonatiuh de los aztecas siguió a la del jaguar de los mayas, que a su vez (según sugiere la piedra del calendario azteca) siguió a la era de Ehécatl. La secuencia de las otras dos eras debió por tanto haber precedido a la de Ehécatl, aunque de nuevo es incierto cuál fue primero.

Hay otro recuento azteca en un manuscrito anónimo de 1558, que se cree se originó del Códice Chimalpopoca o de los Anales de Cuautitlán y al que Del Paso y Troncoso tituló *Leyenda de los soles.* Éste dice que el primer sol, Nahui Ocelotl *(jaguar),* sólo duró 676 años; los que vivieron entonces se alimentaban de frutos de pino y fueron devorados por jaguares. El segundo sol, Nahui Ehécatl, duró apenas 364 años; los que vivieron en ese tiempo comían sólo arbustos y fueron destruidos por fuertes vientos; la tercera era del sol, Nahui Quihahuitl, duró solamente 312 años; la alimentación consistía en maíz de agua, similar al trigo, y los hombres fueron destruidos por la lluvia. El cuarto sol, Nahui Atl, duró 676 años; los hombres fueron destruidos por la inundación. Estamos ahora viviendo la quinta era, aunque no se le ha dado un nombre (Fernández, capítulo 1, pp. 20-21).

Volviendo al vaso, señalamos que el Viracocha retratado (vaso Viracocha) difiere del bajorrelieve en muchos aspectos.

El bajorrelieve de Viracocha sostiene en cada mano una serpiente que termina en una cabeza de pájaro, mientras que las que aparecen en el vaso terminan en cabezas de jaguar. Esto parece sugerir que tuvo lugar una transición en las eras del sol, desde la del pájaro (Ehécatl) en Tiahuanaco, hasta la era del jaguar, que coincidió con una diferencia de tiempo entre la construcción de la Puerta del Sol y la manufactura del vaso. Esto tiene sentido si la Puerta del Sol data de alrededor o antes de 500 d. C., y el vaso es de 600 d. C. (el periodo clásico maya que coincidió con la era del jaguar). Estas fechas de 500 a. C. para la Puerta del Sol y de 600 para el vaso son las más favorecidas por los arqueólogos. Los rayos alrededor de la cabeza del vaso de Viracocha, alternando como lo hacen entre pájaro y jaguar (separados por el maíz), parecen confirmar el cambio en las eras al mostrar las varias alternativas de identidad posibles para Viracocha, de ave a jaguar, de era en era (sintetizando los varios recuentos mitológicos confusos, podemos por tanto asumir que una transición ocurrió de la era de Ehécatl, el pájaro, a la era del jaguar entre 500 y 600 d. C., aproximadamente). La era del jaguar debió ser corta, quizá unos 676 años (de acuerdo con el recuento dado en la *Leyenda de los soles*), hasta la aparición de los aztecas alrededor de 1325 d. C. Entonces ellos debieron reverenciar al dios sol Tonatiuh a favor del dios sol jaguar (que estaba asociado con las manchas solares). El cambio en las eras por consiguiente cayó alrededor de la mitad de la mancha solar mínima que subsistió entre 440 y 814, y que llevó al declive de la civilización maya aproximadamente en 750 d. C. (figura 45).

El cinturón alrededor del pecho de Viracocha es nuevamente consistente, pero sólo mientras las cabezas terminales en el cinturón son las *opuestas* a las que carga en la mano en ambos casos, del vaso y el bajorrelieve. En el vaso, la cabeza de pájaro del cinturón contradice directamente las cabezas de jaguar cargadas en las manos; en el caso del bajorrelieve, el cinturón con cabezas de jaguar contradice las cabezas de pájaro que lleva en las manos —enfatizando la contradicción entre el pájaro y el jaguar, y por tanto resaltando la importancia de dicha distinción—. La contradicción, sin embargo, como veremos en breve (abajo), es importante en sí misma.

El Viracocha del vaso usa una túnica similar a la blanca, con cinturón en el pecho, del Señor de Sipán (lámina 5a). El diseño con forma de laberinto vuelve a aparecer, esta vez junto a los dos juegos de líneas paralelas que corren del cinturón a los hombros.

Como señalamos antes, el Viracocha del vaso tiene en la mano izquierda cinco dedos (cuatro dedos y un pulgar), y seis en la derecha (cinco dedos y un pulgar). Esto de nuevo identifica al personaje principal como Viracocha, pero esta vez la discrepancia es más reveladora: no solamente falta uno de los dedos (con respecto a la otra mano), sino que las manos nunca pueden ser correctas, inclusive si se agrega un dedo, a diferencia de antes (si se agregara un dedo a la mano izquierda en el vaso —para superar la asimetría—, las dos manos juntas darían una suma *incorrecta* de 12 dedos, no 10). En consecuencia, esta incongruencia confirma nuestras sospechas de que el enigma paradójico, presentado por la cuenta incorrecta de los dedos y prevaleciente en las versiones de

Viracocha tanto en el vaso como en el bajorrelieve, es intencional e importante puesto que ambos comparten un rasgo común (aunque, astutamente, de maneras distintas), sugiriendo que el Viracocha del vaso y el del bajorrelieve eran uno y el mismo; la serpiente emplumada, el jaguar y el sol (la luz).

También señalamos que los talones del Viracocha del vaso llevan marcas de tachones, idénticas a las marcas encontradas en el hombre con el sombrero de las tumbas de Sipán (lámina 10b) y la que representa al Transformador Viracocha en uno de los dibujos lineales de Nazca de un pájaro (figura 61).

Estas pistas sugieren que Viracocha, el de Tiahuanaco, debió pasar por Nazca. Los dibujos del desierto nos dicen que estuvo conectado con el laberinto (el sol). Fue la mente detrás de las líneas de Nazca y el mayor de los tres triángulos abrazados por el mono, así como la mayor de las tres estatuas levantadas en el Templo de las Cabezas de Piedra en Tiahuanaco, Viracocha, el hombre barbado (lámina 22b). Las marcas que lleva en los talones el Viracocha del vaso están relacionadas con las que lleva el hombre del sombrero (lámina 10b), que, por implicación, asocia al Viracocha del vaso con el hombre del sombrero encontrado en las tumbas de los Señores de Sipán. Al menos uno de los Señores de Sipán debió ser entonces el Viracocha de Tiahuanaco, quien, dice la leyenda, tomó la ruta de las tierras altas del norte (probablemente vía Cuzco) y luego la ruta costera de Nazca, donde creó las líneas y las imágenes en el desierto. De ahí debió viajar a Sipán, realizando milagros por el camino, convirtiendo montañas en valles y valles en montañas antes de desaparecer en la espuma del mar.

Al crear los dibujos del desierto, visibles solamente desde el aire, Viracocha aseguró que el entendimiento o la decodificación de las líneas tendría que esperar hasta que el hombre moderno estuviera en posición de comprender la supraciencia que abrazaban. Ese nivel coincidiría con la llegada de los vuelos aéreos a motor y (casi simultáneamente) de la computadora. Sólo entonces podríamos entender el método y el profundo mensaje subyacente en las líneas de Nazca: hemos estado aquí antes y lo hicimos todo antes; reencarnación.

El enigma de las fechas confundidas

La imagen de Viracocha que aparece en el vaso es mucho más comprensible que la del dibujo a línea iconográfico de la versión en bajorrelieve, sugiriendo que esta versión era más corta que la del vaso (la versión iconográfica simple del bajorrelieve de Viracocha pudo haberse dibujado a partir del vaso, pero el retrato más comprensible que aparece en el vaso no pudo ser tomado de la versión más básica del bajorrelieve). Esto presenta una dicotomía. La versión simple del bajorrelieve carga una serpiente en cada mano que termina en una cabeza de pájaro (correspondiente con y representando la era del pájaro, Ehécatl). En el vaso se ve a Viracocha cargando dos largas serpientes que terminan en cabezas de jaguar (correspondiendo con y representando la última era del jaguar). Esto contradice la idea de que una versión *más temprana* del básico bajorrelieve debió haberse colocado en las líneas de la más comprensible versión posterior del vaso (conjeturado antes), anteponiendo la era del jaguar a la era del pájaro, lo que, por nuestro análisis de las eras del sol dadas por el Códice Vaticano 3738, la Lápida de Palenque, la piedra calendárica azteca y la *Leyenda de los soles,* sabemos que es improbable. Ésta es la contradicción sobre la que las cabezas del cinturón y las cabezas de serpiente nos advirtieron antes.

Las fechas, como se presentan, descartan la posibilidad de que el Viracocha de Tiahuanaco fuera uno y el mismo con el Señor de Sipán que fue enterrado (si creemos en la datación de radiocarbono del techo de madera de su tumba) alrededor de 290 d. C. Para que Viracocha, el de Tiahuanaco, fuera uno y el mismo con el Señor de Sipán, ya sea que la puerta fue construida, y el vaso manufacturado, alrededor de 250 d. C. (más o menos el mismo tiempo del supuesto nacimiento del Señor de Sipán), o alternativamente el Señor de Sipán debió vivir en torno a 500 y 550 d. C., pero esto significaría que o la datación de radiocarbono del techo de madera de la tumba del Señor de Sipán está equivocada, o que las maderas secas (con 200 años de antigüedad) se usaron para construir el techo de su cámara funeraria (lo que es posible).

FIGURA 73. CRONOLOGÍA E IDENTIFICACIÓN REVISADAS DE LOS REYES SOLARES

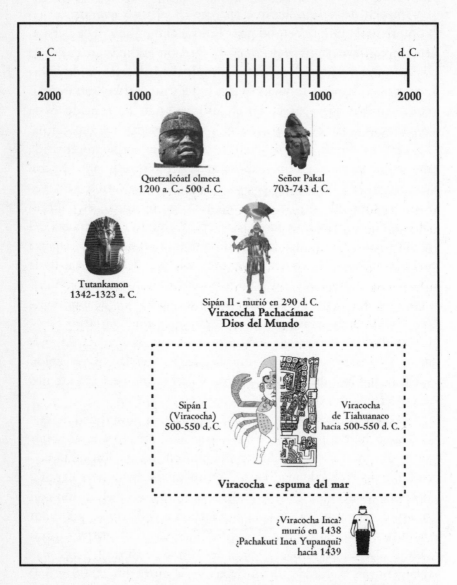

a. C.

2000   1000   0   1000   2000

d. C.

Quetzalcóatl olmeca
1200 a. C.- 500 d. C.

Señor Pakal
703-743 d. C.

Tutankamon
1342-1323 a. C.

Sipán II - murió en 290 d. C.
**Viracocha Pachacámac
Dios del Mundo**

Sipán I
(Viracocha)
500-550 d. C.

Viracocha
de Tiahuanaco
hacia 500-550 d. C.

Viracocha - espuma del mar

¿Viracocha Inca?
murió en 1438
¿Pachakuti Inca Yupanqui?
hacia 1439

Cronología e identificación revisadas de los reyes solares, dada la nueva evidencia de la contradicción en las fechas revelada por el vaso de Viracocha. Esto sugiere que el Viracocha de Tiahuanaco era uno y el mismo con el Antiguo Señor de Sipán (Viracocha) que vivió aproximadamente hacia 500-550 d. C.

Parece haber un problema real con la datación ortodoxa de las tumbas de Sipán. ¿Por qué los arqueólogos publicaron las fechas de radiocarbono de las maderas de la tumba pero no las fechas de los huesos de los ocupantes o de las telas halladas en las tumbas? ¿Están confundidos por la evidencia y entonces se manejan con precaución?

Nos han hecho creer que las tumbas en Sipán datan de alrededor de 100 d. C. para el Antiguo Señor y de alrededor de 290 para el Señor de Sipán. Pero esto parece extraño. ¿Por qué un rey solar, el *Antiguo Señor,* desearía visitar la tierra alrededor de 100 d. C. durante el *máximo* en la mancha solar, en un periodo *no afectado* por la infertilidad? La aparición del Señor, colocada en torno a 250 d. C., es apenas apropiada, entrando sigiloso al inicio del mínimo en la reversión solar (figura 41). Parece más probable que *ambos* reyes solares aparecieron en algún momento entre 250 y 650 d. C. (el acercamiento de la primera mitad del periodo infértil) para advertir la inminente crisis de fertilidad de origen solar. Esta discrepancia quedaría explicada si el *Antiguo Señor* hubiera vivido y hubiera sido enterrado alrededor de 550 d. C., 450 años *después* de que fuera construida su tumba. ¿Pero podría ser éste el caso? Después de todo, ¿su tumba se ubicaba en el nivel más bajo del complejo piramidal de Sipán, que debería, seguramente, haber sido levantada antes del nivel superior?

La finalidad de un túnel secreto cubierto de madera, corriendo a través del ancho de la Huaca Rajada, en el tercer nivel de abajo hacia arriba (lámina 1c), ha desconcertado a los arqueólogos desde que se descubrió durante la excavación. ¿A qué propósito podría haber servido un pasaje que lleva a ninguna parte, oculto solamente por una capa delgada de revestimiento exterior superficial? ¿Y cómo los huesos del Antiguo Señor, y las telas en su tumba, estaban mejor preservados que los del Señor, arriba, que supuestamente fue enterrado 200 años más tarde?

El hecho es que una tumba preparada previamente, en el nivel más bajo, pudo permanecer vacía por 450 años antes de recibir el cuerpo del Antiguo Señor de Sipán. El acceso a la cámara vacía pudo haber sido posterior, primeramente a través del túnel secreto y luego por un tiro preparado con anterioridad, verticalmente hacia abajo. Esto significaría que el Viracocha de Tiahuanaco debió ser el *Antiguo* Señor que murió alrededor de 550 d. C. y no el *Señor* de Sipán, como se propuso antes. El Antiguo Señor, personificado por el hombre cangrejo en su tumba, debió por tanto haber sido Viracocha, la Espuma del Mar. Esto podría explicar por qué los huesos del Antiguo Señor, y las telas en su tumba, están en mucho mejores condiciones que las del Señor de Sipán en la parte superior. El último entierro pudo hacerse de manera más fácil envolviendo al Antiguo Señor junto con sus tesoros dentro de los rollos de tela. Entonces todo el atado podría haber sido deslizado dentro de la cámara vacía; esto explicaría por qué el más grande de los reyes fue enterrado tan atípicamente, sin un ataúd. ¿Pero por qué llegar al extremo de confundir las fechas?

Al enterrar al Antiguo Señor, el último de los reyes solares de Sipán, en el nivel más bajo de la pirámide (que debió haber contenido al primero de los reyes solares de Sipán), el mensaje más importante traído por Viracocha se transmitió de nuevo: el primero será el último y el último será el primero: reencarnación.

Esta nueva interpretación de la evidencia nos permite reformular la identidad y la cronología de los Señores de Sipán y Viracocha (figura 73) para reconocer de forma explícita que Viracocha, el de Tiahuanaco, era físicamente el mismo ser que el Antiguo Señor de Sipán.

Capítulo seis

La asombrosa Lápida de Palenque Subtransformadora

El Sol y Venus

Los escépticos no dudarían en discutir, con alguna justificación, que las "afirmaciones" presentadas en el texto de la figura 72a son prueba insuficiente de que el círculo cuadrado del centro delinea la duración de las reversiones magnéticas solares. ¿Quién dice, podrían preguntar, que la cabeza de Viracocha en el bajorrelieve está ahí para retratar la misma cosa que la cabeza en el vaso? ¿Quién dice que alguna de ellas está conectada de cualquier forma con la composición del círculo cuadrado en la asombrosa Lápida de Palenque? ¿Quién dice que las 20 estacas de madera se refieren a los 20 ciclos de manchas solares que resultan en una reversión magnética calculada por computadora? ¿Qué prueba hay para apoyar tales afirmaciones?

La prueba para cada cosa yace en la Lápida de Palenque misma, donde cada descubrimiento lleva a otro. La familiaridad con los Transformadores mayas permitió descifrar el código del bajorrelieve Transformador, lo que mostró características antes no encontradas o consideradas. Por ejemplo, la estatua de Viracocha de Kalasasaya (lámina 20) nos informó que el Transformador Viracocha del bajorrelieve podría estar "roto" a la altura de las rodillas. La figura 55 mostró luego que la sección más baja de ese Transformador podría entonces reprogramarse como un Transformador por derecho propio, un "Subtransformador". Este comentario permite la reevaluación de la composición del círculo cuadrado (figura 72). Un examen cuidadoso de esto (figura 74) permite notar que los medios bucles magnéticos semicirculares, a cada lado de la línea vertical central, se convierten en bucles completos sólo cuando los acetatos se cortan y se rotan 1.36^0. Si recordamos, la forma de corazón del hombre con el sombrero que se muestra en la figura 25 únicamente fue terminada cuando los acetatos se yuxtapusieron en 14.4^0, y la composición mostraba al Señor Pakal con el número 144 000 escrito en la frente. Por tanto, la rotación en 1.36^0 del círculo cuadrado se refiere a los 1 366 040 días de la reversión magnética solar. Las 20 estacas de madera, en consecuencia, describen correctamente los 20 periodos de ciclos de manchas solares que hacen al periodo de reversión magnética solar de 1 366 040 días. El círculo cuadrado con estacas debe entonces representar al sol, lo que significa que la cabeza del Viracocha en el bajorrelieve también representa al sol, así como la cabeza del Viracocha del vaso. Pero esto es solamente la primera de muchas pruebas contenidas en la asombrosa Lápida de Palenque y que confirman que el círculo cuadrado que lleva estacas se refiere al sol.

El lector astuto habrá notado que la figura 75 también muestra (en gris) dos medios bucles magnéticos horizontales a lo largo de la línea horizontal central dentro del círculo cuadrado. Estos bucles podrían completarse sólo si ponemos encima otro círculo cuadrado. En otras palabras, la composición del círculo cuadrado debe ser un Transformador por derecho propio, al igual que la sección más baja del Transformador Viracocha del bajorrelieve. Las dos piezas que construyen este nuevo Subtransformador contienen las pruebas referidas antes.

La figura 76 muestra los códigos (aún no discutidos) del borde o cenefa en todo un costado de la asombrosa Lápida de Palenque. Un patrón de código del borde en la región de una de las esquinas faltante semeja los bucles magnéticos semicirculares. En la otra punta, otro patrón se asemeja a las marcas del "sol manchado". Los acetatos ahora se han arreglado para completar los bucles magnéticos. En esta posición, la marca del sol manchado se convierte en la marca de una estrella doble, representando a Venus. La sombra en

FIGURA 74. DECODIFICANDO EL CÍRCULO CUADRADO

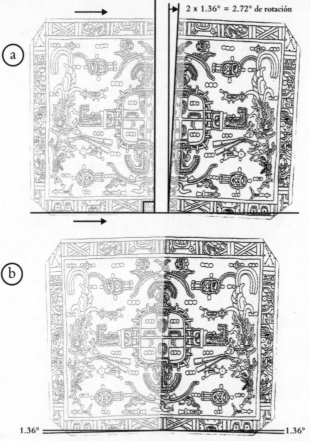

2 x 1.36° = 2.72° de rotación

Pruebas de que la asombrosa Lápida de Palenque, el bajorrelieve de Viracocha y el vaso de Tiahuanaco cargan todos el ciclo de las manchas solares. (Prueba ı): la composición del círculo cuadrado (figura 72a) se produce al recortar el diseño de la lápida a través de la porción de la cruz central de la imagen (a). Ahora se pueden apuntalar juntas las marcas de medio bucle en los dos acetatos complementarios para obtener el arreglo de composición final (b), mientras cada acetato se rote 1.36°, como aquí se aprecia. En la figura 25 (que muestra al Señor Pakal con **144** 000 en la frente), el acetato requiere una rotación de **14.4°**; aquí, en la misma forma la rotación en **1.36°** se refiere a los **1 366** 040 días del periodo de reversión magnética solar. Las marcas de medio bucle por tanto aluden a la actividad magnética solar, y las 20 estacas de madera (que se pueden ver solamente cuando las marcas de medio bucle se reúnen para convertirse en bucles completos, ciclos) se refieren a los 20 ciclos magnéticos de un periodo de reversión magnética solar (figura 75).

FIGURA 75. EL CÍRCULO CUADRADO Y EL CICLO DE MANCHAS SOLARES

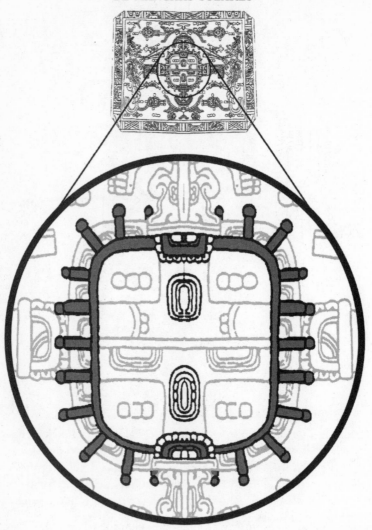

(Prueba II): la composición del círculo cuadrado de la asombrosa Lápida de Palenque (arriba) contiene 20 estacas de madera (18 completas más cuatro mitades de estaca a ambos extremos de la línea central). Las figuras 79a, b y c también muestran que las estacas de madera *representan* el ciclo periódico de manchas solares de 68 302 días de duración. 20 x 68 302 periodos de días da un total de 1 366 040 días, la duración de un periodo de reversión magnética solar. Por tanto, las 20 estacas de madera representadas aquí se refieren a los 20 ciclos de manchas solares.

FIGURA 76. LA ASOMBROSA LÁPIDA DE PALENQUE
Decodificando los patrones en el borde

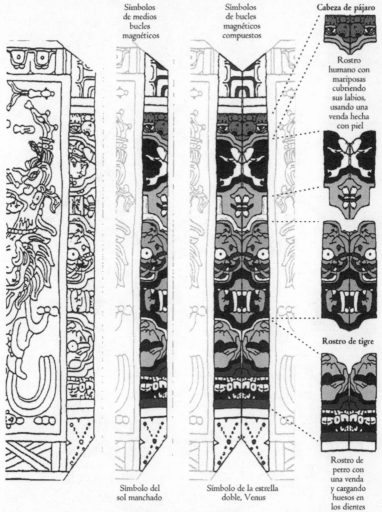

Símbolos de medios bucles magnéticos

Símbolos de bucles magnéticos compuestos

Cabeza de pájaro

Rostro humano con mariposas cubriendo sus labios, usando una venda hecha con piel

Rostro de tigre

Símbolo del sol manchado

Símbolo de la estrella doble, Venus

Rostro de perro con una venda y cargando huesos en los dientes

Sección final de la asombrosa Lápida de Palenque (izquierda). La composición del patrón ensombrecido en el código de la cenefa o borde (extremo derecho) representa la cabeza de un pájaro, un rostro humano con una venda (mariposas cubren los labios), un rostro de tigre y uno de perro vendados y cargando huesos entre los dientes. Estos cuatro personajes simbolizan cuatro dioses de los mayas (véase el texto principal). La instrucción del código del borde se lee así: *encuentra estos cuatro personajes en la sección principal de la lápida y la historia del Sol y Venus será revelada.*

FIGURA 77. LA ASOMBROSA LÁPIDA DE PALENQUE
Historia: Xólotl, el dios del fuego y la víctima sacrificada

(a) Indicador del código de borde para la imagen compuesta (b) que muestra (de abajo hacia arriba) un perro (similar al de e), representando a Xólotl ("el perro ciego", Venus en la noche) y a Xiuhtecuhtli, dios del fuego (d), cargando una víctima sacrificada en el brasero en su espalda. El perro ciego, Xólotl, lleva huesos entre los dientes. Xiuhtecuhtli se para sobre él, las plantas de sus pies cubren los ojos de Xólotl debajo (cegándolo). La víctima sacrificada ofrece su corazón entre las manos que se elevan en plegaria mientras su espíritu, en forma de fuente, deja su cuerpo como el sacerdote en meditación (c).

los patrones a lo largo de la orilla revela imágenes compuestas del código del borde de cuatro rostros pequeños: en la parte superior, una cabeza de pájaro, y bajo ésta un rostro humano con una venda, y una cara de tigre y otra de perro vendadas también. Estas imágenes no son persuasivas por sí mismas, pero esto no debería preocuparnos mucho: sabemos que sólo representan el índice, una lista de contenido, de las imágenes compuestas que podrían hallarse dentro de la asombrosa Lápida de Palenque.

El rostro de ave

La mitología habla de una garza verde llamada Quilaztli. Era una hechicera capaz de transformarse en diferentes seres vivos, por lo que tenía muchos nombres: "mujer serpiente", "mujer águila" y "mujer guerrera", entre otros. Se decía que acompañó a los mexicas (los primeros aztecas) mientras migraban al valle de México. La leyenda establece que estaba posada en un cactus, disfrazada de águila, cuando dos guerreros se acercaron con la intención de matarla. Para escapar, se transformó en algo parecido a su hermana. Al ver esto, los guerreros decidieron no matarla. El conocimiento de esta historia popular ayuda a encontrar la imagen compuesta de Quilaztli posada en un cactus colocado en la parte interior de la asombrosa Lápida de Palenque. La historia se cuenta en dos episodios separados (no ilustrados aquí) que presentan a Quilaztli como una niña pequeña (su hermana) emergiendo del pecho de un águila. El rostro de ave en el código del borde señala por tanto la presencia de la historia codificada en la lápida interior. ¿Qué tiene esto que ver con Venus? No mucho. Pero volteando este arreglo de composición hacia abajo (rotando los dos acetatos juntos 180^0), otra imagen compuesta aparece, mostrando un perro. La escena de Quilaztli, en la lápida interna, ayuda así a ubicar la escena más difícil de reconocer que contiene al perro.

El rostro de perro

Cuando Quilaztli (escena 1) es volteada boca abajo y la imagen compuesta se sombrea, tres imágenes aparecen (figura 77). Un perro con huesos en el hocico se sienta, encarando al espectador en el fondo del arreglo. Sus ojos están cubiertos por las suaves plantas de Xiuhtecuhtli (véase la figura 77d), el dios maya del fuego que era una emanación similar al Xipe Totec mencionado antes. En su espalda cargaba un brasero dentro del que eran cremadas las víctimas sacrificadas. Sus pies por tanto oscurecen la vista del perro debajo de él, cegándolo. Por eso en el código del borde correspondiente (figura 76) se ve el rostro de un perro con una venda. La mitología mexicana nos cuenta la historia de Xólotol, un perro que lloraba tanto que sus ojos se salieron de sus cuencas. Porque era ciego pudo encontrar su camino en la oscuridad y por ello fue elegido para asistir a Quetzalcóatl en el robo de los huesos del inframundo para crear a la humanidad de esta quinta era del sol. Por eso el perro en esta composición, y el correspondiente rostro de perro en el código del borde, se muestran cargando huesos entre los dientes.

Xólotol, como fiel sirviente de su amo Quetzalcóatl, lo siguió a dondequiera que éste fue. Xólotol por tanto viajó a Venus para convertirse en una de las estrellas gemelas, Venus en la noche (la oscuridad).

La leyenda también cuenta que el inframundo tenía nueve niveles a través de los cuales el alma del fallecido tenía que viajar en la muerte. El primer nivel consistía en un río de fluir veloz. La única manera de que el alma cruzara el río era sujetándose a un perro que pudiera ver en la oscuridad y chapoteara a través del río hacia el siguiente nivel del inframundo, lo que explica por qué los perros se enterraban junto a sus dueños en América del Sur y en Centroamérica. Los códigos del borde en la composición (figura 77b), bajo las patas del perro, representan un símbolo solar con una sola estrella entre estas dos; dos estrellas más (la estrella doble Venus) se encuentran a cada lado (esto no es claro en blanco y negro, pero es convincente en color).

Xiuhtecuhtli, consumido en llamas en esta composición, usa un yelmo para protegerse del fuego en el bracero a sus espaldas, donde se crema a la víctima sacrificada. Se puede ver a la víctima moribunda sobre las llamas, las manos unidas en una plegaria, con el espíritu —su alma que parte— irradiando de su cabeza. Esta escena por tanto presenta a Xólotol, el perro, Venus en la noche (la estrella vespertina), así como a Xiuhtecuhtli, el dios del fuego y el sacrificio.

Ahora deslizamos los acetatos juntos a una nueva posición. La imagen compuesta es más compleja.

El dios del hielo

Tlahuizcalpantecuhtli era el dios del hielo, ciego por un dardo que llegó desde el sol. Era en consecuencia, como Xólotol, escogido para ayudar a Quetzalcóatl en el inframundo. Tlahuizcalpantecuhtli también viajó a Venus con Quetzalcóatl y fue conocido como la otra estrella de Venus, el lucero de la mañana, porque como dios del hielo estaba asociado a la helada matutina en las montañas y a los cristales de hielo, o granizos. Su apodo era "cuchillo torcido". Los cuchillos se relacionan con los sacrificios humanos. Comúnmente es representado con una venda hecha de piel humana, y un capote de plumas que cargaba dos escudos. La composición (figura 78) muestra el gran rostro del dios del hielo usando una venda y un sombrero cónico envuelto con dos escudos. Sus codos están formados de lo que a primera vista parece el perfil de dos cabezas complementarias de caballo enfrentadas entre sí. Al parecer, los "caballos" están agarrando una figura humana en una jaula, entre los dientes. La figura y la jaula forman la nariz y la boca del dios del hielo. La figura en la jaula asume la postura del hombre con el sombrero de Sipán. Debajo de esto, dos juegos de cuchillos torcidos, como las puntas de una corbata de moño, confirman la identidad del personaje.

Quienes están familiarizados con la mitología mexicana habrán escuchado la historia de los dos dioses mariposa.

FIGURA 78. LA ASOMBROSA LÁPIDA DE PALENQUE
Historia: El dios del hielo

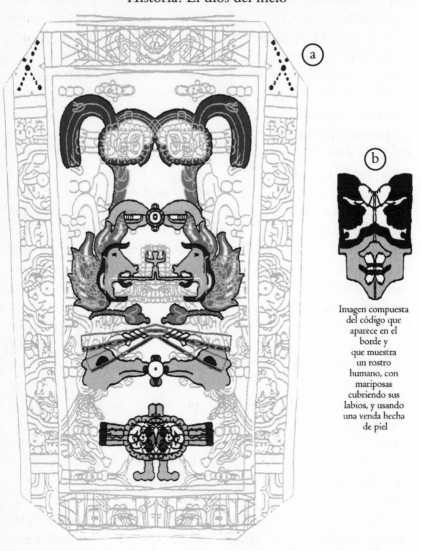

Imagen compuesta del código que aparece en el borde y que muestra un rostro humano, con mariposas cubriendo sus labios, y usando una venda hecha de piel

(a) Escena compuesta mostrando el rostro del dios del hielo, Tlahuiz-calpantecuhtli, Venus en la mañana. Fue herido por un dardo del sol y por tanto, como Xólotol, era ciego. Aquí lo vemos usando una venda hecha con piel humana, lo que explica el significado de la imagen del código del borde (b). Era el dios del hielo, apodado "cuchillo torcido" por las dagas de hielo, o cristales congelados, que traía cada mañana. Aquí usa dos juegos de cuchillos torcidos como una corbata de

Iztpapalotltotec, el señor mariposa de obsidiana, y su esposa Iztpapalotlcíhuatl, la señora mariposa de obsidiana, eran dos dioses (estrellas) que brillaban en el cielo. Un día, después de visitar la tierra para colectar flores silvestres, sin querer rompieron la rama de un árbol que sangró mucho. Los dos dioses se volvieron sinónimos de mariposas, porque el accidente ocurrió cuando estaban colectando flores; sacrificio, porque el árbol sangró, y con obsidiana (filosa roca volcánica) otros dioses los apedreaban en castigo por su equivocación. A ambos les fue prohibido el cielo, que sufrió la pérdida de dos estrellas. Fueron por tanto relacionados como un dúo de estrellas, más que como dos astros individuales, y por ello fueron asociados con la estrella doble Venus. Fueron también vinculados con el "cuchillo torcido" porque se pensaba que sus alas estaban hechas de filosos cuchillos de obsidiana. Como mariposas se les relacionó con el acto de sorber el néctar de las flores, como los colibríes. Los colibríes representaban la purificación, a través del sacrificio y, como ya vimos con las líneas de Nazca, la reencarnación. Esta historia ilumina la identificación de los "caballos", mencionados arriba, que ahora pueden ser vistos como las cabezas detalladas de dos mariposas que sostienen una víctima de sacrificio entre los dientes. Los labios forman la boca del dios del hielo. En consecuencia, los brazos levantados de la víctima sostenida entre los dientes deben representar el sacrificio, como los brazos levantados del hombre con el sombrero de Sipán. Lo que aprendimos de esto es que el pequeño hombre con el sombrero, con los brazos levantados, encontrado en las tumbas de Sipán, significa que los Señores de Sipán, los reyes solares, murieron sacrificados.

Debajo de los dos cuchillos torcidos (la "corbata de moño"), las cabezas de perfil de dos colibríes sorben el néctar de la purificación de una flor. Debajo de la flor, la piel de una víctima desollada está postrada con los brazos extendidos y los órganos internos expuestos.

---

moño. Sus codos están formados por las cabezas complementarias de dos mariposas que sostienen una víctima sacrificial entre los dientes. Dos colibríes, debajo de la "corbata de moño", sorben néctar de una flor. Debajo de la flor, la piel desollada de una víctima permanece postrada.

Las mariposas también cargan una "estafeta de mensajero" enganchada, indicando que la víctima sacrificada debería llevar un mensaje para Venus, que a su vez lo llevaría al sol. Tal regalo de mejoría sería graciosamente aceptado por Tonatiuh, que a cambio podría asegurar que el clima de bienestar prevalecería.

Todas estas imágenes explican que el dios del hielo era Venus en la mañana y que la purificación llega a través del sacrificio y la reencarnación. Ahora podemos entender por qué el rostro humano en el código del borde usa una venda hecha con piel humana y lleva mariposas sobre los labios.

El rostro del tigre

El rostro del tigre, mostrado en el código del borde, se refiere a la historia del tigre en la mitología mexicana. El dios Yáotl era el gran oso que vivía en el cielo del norte. Privado de luz, le era difícil realizar sus actividades; estaba por tanto asociado con la oscuridad y el engaño, y así fue conocido con el nombre de "dos caras". La leyenda dice que Quetzalcóatl, el buen dios del oeste, luchó con Yáotl, quien cayó del cielo al océano oscuro. Todo lo que se podía ver eran sus ojos brillando en la oscuridad como dos estrellas. Así que por un lado era conocido como el tigre (ojos de gato) y por el otro como gran oso (estrellas de la constelación Osa Mayor en el cielo).

La presencia del tigre entre los códigos del borde de la Lápida de Palenque es reveladora en su novedad; es el único personaje del código del borde que no —y de todos modos sí— aparece como una historia en la Lápida de Palenque principal —el tigre figura en su *otra forma,* su *otra cara,* la del Gran Oso que se para sobre la cabeza del Señor Pakal (lámina 28)—. Este astuto matiz sugiere que la Lápida de Palenque estaba para ser decodificada solamente por alguien que entendiera las sutilezas de la mitología mexicana.

FIGURA 79. VIRACOCHA Y EL CICLO DE LAS MANCHAS SOLARES

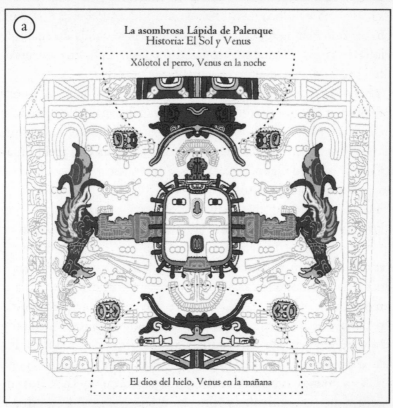

(a)

La asombrosa Lápida de Palenque
Historia: El Sol y Venus

Xólotl el perro, Venus en la noche

El dios del hielo, Venus en la mañana

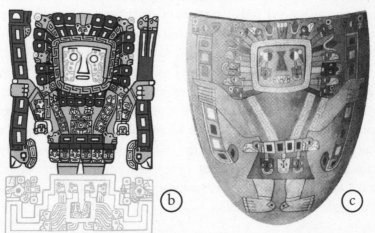

(b)

(c)

(Prueba III): la asombrosa Lápida de Palenque (a), el bajorrelieve de Viracocha (b), sombreado, y el vaso de Tiahuanaco (c), todos retratan el ciclo de las manchas solares. (Véase el texto principal para el comentario.)

El Sol, Venus y las 20 estacas de madera

La Lápida de Palenque Subtransformadora presenta la escena final de la serie que confirma que el círculo cuadrado de hecho representa el ciclo de las manchas solares.

En la parte superior del Subtransformador (figura 79a) puede verse el rostro de un perro con huesos en el hocico. Sus ojos están llenos de lágrimas. Éste debe ser Xólotol, que lloraba tanto que sus ojos se salieron de sus cuencas. Dos rostros en miniatura (gemelos), uno a cada lado de los huesos, identifican al perro como uno de los gemelos, Venus en la noche.

Hasta abajo del Subtransformador, una cabeza con puñales en las mejillas sugiere que es la cabeza del dios del hielo, Venus en la mañana. Dos rostros en miniatura (gemelos), cada uno al lado de cada oreja, confirman su identidad como uno de los gemelos.

El círculo cuadrado está ahora posicionado entre Xólotol en la parte superior y el dios del hielo en la parte inferior, *entre* la estrella vespertina y el lucero de la mañana. El círculo cuadrado debe por tanto representar al sol, tal como el sol aparece, en momentos distintos, *entre* las estrellas de la mañana y de la noche (figuras 31b y c).

Un examen más profundo del círculo cuadrado y las estacas de madera radiadas confirma la asociación con Viracocha: el círculo cuadrado muestra el rostro de Viracocha mirando hacia arriba y con los brazos extendidos sosteniendo pájaros de cuerpo alargado en cada mano, exactamente como el bajorrelieve de Viracocha.

Todo esto confirma que quien haya diseñado la Lápida de Palenque también diseñó el bajorrelieve y el vaso de Viracocha, y que el círculo cuadrado con las estacas de madera radiadas, mostradas en cada representación de Viracocha, de hecho simboliza el sol.

¿Y qué hay de los otros contenidos de la recientemente descubierta Lápida de Palenque Subtransformadora?

Eso es otra historia.

Capítulo siete

Reencarnación

El secreto de la purificación

En una entrevista de radio reciente con la BBC, el presentador hizo dos preguntas al Dalái Lama, el líder budista tibetano: ¿Adónde iría el Dalái Lama cuando muriera su cuerpo? ¿Y por qué el Dalái Lama y algunas órdenes religiosas creen que el sexo físico es pecaminoso, a menos que se realice con el propósito específico de tener hijos? A ambas declinó responder. La razón para evadir la primera respuesta es clara: de acuerdo con la filosofía budista, solamente los purificados libres de deseo irán al cielo. Esto significa que los que *quieran* ir al cielo están por definición impedidos de entrar en él. El Dalái Lama no pudo por tanto decir que *quería* ir al cielo, a salvo en el conocimiento de que iría, conforme a la parábola budista de la gallina, la que, para los que no están familiarizados con *Los superdioses,* se reproduce aquí:

> Justo cuando la gallina tenía ocho, diez o doce huevos, y la gallina había anidado propiamente sobre ellos, se posó propiamente sobre ellos, se posó propiamente a su alrededor, tanto más un deseo se elevaba de su corazón de la siguiente manera: "Oh, que mis pollitos puedan romper el cascarón con las puntas de sus patas, o sus picos, y que salgan a la luz de la seguridad". De hecho, de todos modos esos pollitos están seguros de romper el cascarón con sus picos y salir a la luz de la seguridad. Justo así, un Hermano así dotado con quince veces la determinación está seguro de salir a la luz,

seguro de alcanzar la más alta sabiduría, seguro de alcanzar la seguridad suprema. La lección es que el resultado es bastante cierto, sin importar cuántas dudas tenga la gallina o el creyente sobre él [Oldenburg, vol. x, verso xi].

La respuesta a la segunda pregunta es mucho menos clara y, en el caso de lectores no familiarizados con *Los superdioses* y *Las profecías de Tutankamon,* no puede entenderse sin una introducción para explicar cómo trabaja el proceso de purificación.

En *Las profecías de Tutankamon* expliqué cómo el investigador neozelandés Bruce Cathie, insatisfecho con la inadecuada cifra de 300 millones de metros por segundo para la velocidad de la luz, recalculó el valor tomando en cuenta las anomalías gravitacionales recientemente descubiertas. Su cifra, calculada en grados angulares (reconociendo que la luz viaja sobre la superficie del globo terráqueo más que en metros por segundo en línea recta), sumaba 144 000 minutos de arco por segundo. Como sabemos, este número, reverenciado por los superdioses, representa a los pocos elegidos que entrarán en el reino de los cielos.

El descubrimiento de Bruce Cathie permite una nueva interpretación del verdadero significado de las enseñanzas del superdiós: aquellos que irradian luz (144 000) de la frente representan a los pocos elegidos que entrarán en el reino de los cielos.

Esto no es nuevo. A través de la historia, la aureola, o halo, ha identificado a los puros de espíritu. Según las enseñanzas hindúes o tibetanas, el verdadero místico irradia luz desde la cabeza. Esto se logra mediante la práctica sostenida de meditación, lo que permite a los centros endocrinos dentro del cuerpo, los centros de chacra, alcanzar el equilibrio.

Cada chacra ("rueda", en sánscrito) se parece a una flor con un número específico de pétalos correspondientes a una vibración particular (figura 88b). El chacra base está centrado en la glándula suprarrenal, ubicada en la base de la columna vertebral; controla el sistema nervioso simpático (estimulante) y está representado por una flor de cuatro pétalos. El chacra sacral corresponde a los ovarios (testículos en el macho), que liberan hormonas fértiles, seis pétalos. El chacra del plexo solar es el páncreas, que produce insulina y jugos digestivos, 10 pétalos. El chacra del corazón corresponde al timo, ubicado en el pecho; éste produce tejido linfático, 12 pétalos. El chacra de la garganta se refiere a la tiroides (y paratiroides), en la región baja de la garganta que produce iodina y regula el metabolismo del calcio y el fósforo, 16 pétalos. El chacra de la frente, centrado en la glándula pineal sensible a la luz, produce la hormona temporal melatonina, que regula los biorritmos y la actividad sexual, 96 pétalos. Y el chacra de la coronilla, ubicado bien adentro de la región de la pituitaria (y el hipotálamo) del cerebro, controla todo el sistema endocrino, 1 000 pétalos. Cuando los centros de los chacras están balanceados, se dice que las ruedas giran según su vibración diseñada. La energía surge entonces del chacra base hacia la columna, activando la pituitaria, que irradia luz (figura 88c). La esoterista Alice Bailey (1880-1949) señaló *(Un tratado de magia blanca)* que el número de pétalos, de los seis centros de chacra más bajos, suma 144. Cuando estos seis centros más bajos resuenan, actúan en el chacra de la coronilla (1 000 pétalos), produciendo, como resultado, una resonancia vibratoria de 144 000, que corresponde con la resonancia vibratoria de la luz, un halo.

La mayoría sabemos cuándo se activan y operan los chacras: los sentimientos de *deseo* estimulan el plexo solar (páncreas), produciendo una sensación de "mariposas" en el estómago; la *pena* hace arrancar el chacra del corazón (el timo), produciendo dolor del corazón; la *inquietud* causa que el chacra de la garganta (la tiroides) cosquillee y que la boca se seque; el *miedo* toca a la puerta del chacra base (la glándula suprarrenal), enviando una descarga de adrenalina por el cuerpo para luchar o escapar. ¿Sorprende que, dada la cacofonía de estímulo físico que bombardea los sentidos, los chacras apenas armonicen? Pero ¿son muchos o pocos los que han conocido la paz que fluye, según dicen los místicos, cuando una corriente delgada de miel como luz corre por el cerebro, desde la pituitaria hasta el hipotálamo? ¿Cuántos han sentido la ola dorada que vigoriza el cuerpo, empapando el cerebro, antes de irradiar, en un pesado y silencioso pulso, a través del espacio?

Cuerpo y alma

Hay dos escuelas de pensamiento distintas respecto a la verdadera naturaleza del hombre. La primera sugiere que el *ser* es simplemente el cuerpo físico. Este tipo de persona percibe el mundo físico como *realidad* y el ser como un organismo meramente biológico, como un ave, un pez o una vaca, que vive y muere. En este esquema, cada día se pasa en la búsqueda de placer. Los sentidos y las emociones simplemente proveen un mecanismo de retorno para maximizar el objetivo. La posición de retroceso de los que suscriben esta perspectiva es vivir sin dolor tanto como sea posible. Este tipo de personas creen que la muerte es el fin del ser y que entonces dejan de existir.

El segundo tipo cree que debe haber *más* para el ser que el cuerpo. Después de todo, si un hombre fuera a perder el brazo, aún sería él mismo aunque su brazo ya no lo fuera. Si pierde el otro brazo y ambas piernas, aún será él mismo, pero sus extremidades arrancadas no. Si tuviera un trasplante de corazón, un trasplante de hígado y uno de pulmones, sería todavía él, pero los órganos ya no. Si guardara su memoria en un disco de computadora (gracias a la tecnología), podría tener un trasplante de cerebro y luego recuperar (descargar) su memoria en un cerebro nuevo y sería, presumiblemente, todavía él, pero su cerebro viejo no. Todo esto permite apreciar que no puede ser la misma cosa que su cuerpo, lo que significa, por tanto, que "él" debe ser algo más. Este hombre suscribe la noción del *alma*, creyendo que su verdadero *ser* es el alma, algún tipo de *energía* dentro de su cuerpo. El cuerpo es visto como el hogar de la *personalidad* temporal, ya que el alma es vista como el hogar de la *individualidad* en su conjunto, la cual continúa existiendo luego de la muerte física del cuerpo; por tanto, debió existir antes del nacimiento, lo que trae la noción de reencarnación, la transmigración del alma de un cuerpo a otro durante las diferentes vidas físicas en la tierra.

La memoria, o su carencia, ha complicado siempre el debate de la reencarnación. No tenemos memoria de ninguna vida física previa; en consecuencia, sigue el argumento, no hubo vida física previa. Pero no tenemos memoria de la existencia en el vientre ni de los primeros años de vida. ¿Significa esto que no existimos en ese tiempo? Hay otros días en nuestra vida adulta que no podemos recordar para nada, de ninguna manera: ¿significa eso que no existimos? Los egipcios nos advirtieron sobre esto al preservar cuidadosamente los órganos de los muertos —el hígado, los pulmones, el estómago y los intestinos— dentro de frascos cubiertos luego del proceso de momificación. Como ya señalamos, no hubo necesidad de guardar los órganos más preciosos, el cerebro y el corazón; quienes sí fueran a reencarnar recibirían un corazón nuevo (con nuevas emociones) y un cerebro nuevo (con una memoria en blanco).

Pero esto trae otra pregunta: si hemos vivido tantas vidas antes, ¿por qué no estamos, como individuos, más despiertos, con más desarrollo, más avanzados de lo que estamos? ¿Por qué la humanidad no progresó en modo alguno (aparte de tecnológicamente, y además de que este progreso es discutible) desde que comenzó la historia? El hecho es que el hombre sufre de los mismos viejos vicios —ira, avaricia, envidia, gula, lujuria, soberbia y pereza— de siempre. Si siguiéramos la huella de cualquiera que veamos hoy, reaccionaría tan furiosamente como lo hubiera hecho un centurión romano, un carpintero medieval o un barquero de Babilonia. Si la esposa del vecino fuera más hermosa que la de ellos, casi con certeza que envidiarían su buena fortuna. Si ellos o su descendencia tuvieran éxito en alguna empresa, sin duda imaginarían que merecen algo del crédito, que de alguna manera deberían estar orgullosos de lo que han logrado. Pero los antiguos nos dicen que esto es una estupidez. Es el modo del cuerpo físico. Nuestros sentidos —vista, oído, tacto, gusto y olfato— nos aseguran que hoy recibiremos los mismos mensajes que hemos recibido a lo largo de la historia. Después de todo, si no puedes *ver* a la esposa de tu amigo, difícilmente sentirás envidia.

Así que nuestros sentidos nos traicionan, pero igual los apreciamos. ¿Dónde estaríamos, de hecho, sin ellos: sin ira, avaricia, envidia, gula, lujuria, soberbia y pereza? No aquí en el mundo físico, seguramente.

Como señalamos antes, cuando estudiamos el vaso de Viracocha de Tiahuanaco, la asombrosa Lápida de Palenque decodificada revela más sobre esta vida, la vida después de la muerte, que ningún otro artefacto arqueológico descubierto (y decodificado). Nos enseña que las cosas más importantes en la vida no pueden verse. La decodificación de la lápida no podía comenzar hasta que fueran encontradas las esquinas faltantes y la lápida se "restableciera". Las piezas faltantes son mucho más importantes que la gran pieza que sí existe. Las cosas importantes en la vida están más allá de nuestros sentidos y solamente pueden alcanzarse luego de una larga búsqueda y mucho pensamiento (si recordamos, el *Popol Vuh*, el por mucho tiempo perdido libro sagrado de los mayas, estuvo oculto del investigador y del pensador).

La evidencia arqueológica

La lámina 25b resalta áreas de la asombrosa Lápida de Palenque que juntas cuentan la historia de la "Destrucción Cosmogónica", cómo fue destruido el mundo a partir de una catástrofe de inspiración solar. La cruz central de la imagen representa el esquema en cruz de la estructura magnética del Sol (figura A1, iii) cubierto por los bucles de las manchas solares. La cruz central está flanqueada por cabezas de dragón. Los dragones aparecen por doquier en el mundo en varios mitos. No parece haber consenso sobre lo que representan esas criaturas con sus lenguas bífidas y cola emplumada, ojos deslumbrantes, narices humeantes, aliento quemante, dientes afilados, garras de águila y cuerpo con forma de serpiente. La palabra *dragón* deriva del griego antiguo y significa "ver", sugiriendo que los resplandecientes ojos pueden "ver más allá de lo obvio". En el Antiguo Testamento, el dragón es mencionado en la misma parte que el búho, otra criatura que, conocida por su sabiduría, puede "ver más allá de lo que es obvio". Muchas culturas asocian el dragón, pese a su formidable apariencia, con la buena suerte y la prosperidad, particularmente en el Lejano Oriente.

Alrededor de 350 a. C., los primeros astrónomos chinos Kan Te, Shih Shen y Wu Hsien compilaron los primeros grandes almanaques astronómicos, que contenían los primeros conteos de las manchas solares. En China se cree que el dragón tenía la cabeza de un venado, las garras de un águila y el cuerpo de una serpiente, una *serpiente emplumada,* que es en parte un venado (esta notable coincidencia será tratada en mi próximo libro). Por ahora aceptemos que, para los mayas, la serpiente emplumada, como Quetzalcóatl, representa la sabiduría, y que el venado, Camaxtle, significa renacimiento y fertilidad. La presencia de las cabezas de dragón, en ambos lados de la cruz central (lámina 25) del sol (que sabemos controla la fertilidad humana en la tierra), puede así razonablemente ser identificada y asociada con la fertilidad y el renacimiento.

Bajo la cruz (lámina 25b), una mujer, reclinada con las piernas abiertas, es lamida por el dios sol Tonatiuh (voltee la imagen boca abajo para ver al dios sol con la lengua extendida). El dios sol está guardado a cada lado por un "bebé" solar que lleva al sol en su estómago y un "bucle magnético" triste por boca. Los bebés de apariencia triste señalan al sur, hacia el inframundo. La historia completa se lee: *la radiación del sol malogró las necesidades reproductivas de la(s) mujer(es). La mujer abrió sus piernas para recibir más radiación del sol. Pese a ello, los bebés murieron.*

La lámina 27 cuenta la historia de los Cinco Paraísos, los varios destinos para la muerte. La cruz central representa aquí un árbol, enraizado en la parte más baja de la imagen. La cruz está adornada con pezones, por lo cual representa al árbol que amamanta; en vez de frutas se dice que tenía 400 000 pezones.

Una mujer se reclina en el centro de la imagen. Representa una mitad de la pareja divina original conocida como Ometéotl, el equivalente de Adán y Eva en Occidente. La otra mitad (Adán) falta y puede verse solamente cuando se recurre al proceso de decodificación mediante transparencias. Ometéotl vivía en el paraíso conocido como Omeyocan.

Unas cuantas semillas de maíz pueden verse justo detrás del talón izquierdo de la figura reclinada. El maíz representaba el paraíso conocido como Cincalco; las mujeres que morían al dar a luz iban ahí.

Tláloc vivía en su propio paraíso, Tlalocan, que quedaba al sur. Era el consorte de Chalchiuhtlicue, la diosa del agua. El lugar era hogar de las flores y los pájaros, que cantarían fuertemente para que Tláloc despertara, asegurando así su envío de lluvias para fertilizar la tierra.

Los bebés que morían al nacer iban al paraíso de Tomoanchán, nuestro hogar ancestral. Cultivaban las raíces del árbol que amamanta, que mamarían hasta tener la fuerza suficiente para reencarnar.

Había solamente otro paraíso más, según los mayas, que era el conocido como Tonatiuhchán, hogar del dios sol Tonatiuh. Era el destino de los que morían en la batalla y el sacrificio.

La lámina 28 constituye la escena que sigue de la lámina 9 (la muerte y el renacimiento del Señor Pakal), y por supuesto, puede solamente verse una vez que se usa el proceso de decodificación mediante transparencias. Esta escena es bastante compleja; la cara del Señor Pakal aparece ahora con los ojos cerrados, exhalando su aliento final. El Gran Oso, Yáotl, dios del norte (una de las cuatro esquinas del cielo), la muerte y la oscuridad, se para sobre la cabeza de Pakal, con el símbolo de las cuatro esquinas (mostrado como rojo, negro, amarillo y azul) colgando de su cuello. En cada mano carga, de perfil, la cabeza de un esqueleto con la lengua extendida. La boca de Pakal está cubierta por un esqueleto (negro) que, como dios de la muerte, usa una capa y un sombrero (esta escena, incidentalmente, fue decodificada la primera vez antes de que ningún conocimiento emergiera de los tesoros de Sipán o del hombre con el sombrero de Sipán). El dios de la muerte (la calavera con el sombrero) es cargado por el dios murciélago (de la muerte) con las huesudas alas desplegadas en la parte inferior de la imagen (verde). El significado del mensaje contenido en la lámina 28, por tanto, se lee: *la muerte se lleva al Señor Pakal.*

La lámina 29 presenta la siguiente escena de la serie. El Señor Pakal ha degenerado ahora en una simple calavera (delineada en negro). En la parte superior de la imagen, un pollo de quetzal con las alas extendidas carga la máscara de mosaico en su pico, lejos del rostro de Pakal, y al hacerlo remueve la pesada carga de la vida física (su identidad física, su personalidad) del rostro del hombre muerto. Las plumas de la cola del quetzal se unen para formar el alma del Señor Pakal mientras parte a través de una abertura en la parte superior de la calavera. Al mismo tiempo, una joven doncella emerge de la calavera de Pakal, abre sus piernas y da a luz a un bebé con alas, que se arrastra hacia el espectador. Una perla emerge de la boca del bebé para convertirse en dos bebés solares (rosa en la imagen más abajo) que portan el símbolo de la unión solar en sus estómagos. El símbolo de la unión solar se asemeja a una estrella de ocho puntas. La doncella que dio a luz sonríe gozosa y apunta, usando dos líneas convergentes (una en cada mano), a un punto en su frente, la glándula pineal.

FIGURA 80. COATLICUE, LA DIOSA DE LA TIERRA

Coatlicue, la diosa de la tierra, usando una falda de serpientes y un collar con manos, corazones y una calavera.

Si recordamos, el mensaje en la lámina 9, dado en el capítulo uno, se lee: *El Señor Pakal murió y renació como Quetzalcóatl.* El mensaje en esta escena se lee: *Cuando el Señor Pakal murió, su alma fue llevada por el quetzal.* Y más aún: *Renació como la estrella doble Venus, la fuente más pura y brillante de luz en los cielos.* Y finalmente: *El renacimiento es una función de la glándula pineal.*

Quetzalcóatl, como lucero de la mañana y estrella vespertina, segeun hemos visto, estaba asociado con Tlahuizcalpantecuhtli, dios del hielo, Venus en la mañana, y con la estrella vespertina Xólotol. Acompañaba a Quetzalcóatl cuando éste viajó al inframundo al fin de recoger los huesos para hacer a la humanidad en la quinta y final era del sol. La lámina 30 muestra a los gemelos (Quetzalcóatl) en una canasta sostenida por el Señor de la Muerte, y con el signo del murciélago a través de su boca). La Señora de la Muerte, con los senos descubiertos y con la marca del murciélago atravesando su pecho, se arrodilla delante, conduciendo al murciélago en forma de V hacia el hogar en la oscuridad del inframundo. Los gemelos maman de la estrella doble Venus, confirmando su identidad.

La mitología maya cuenta la historia de la diosa de corazones (lámina 31), que originalmente fue la diosa de la inmundicia que vivía en el inframundo, donde reunía a los pecadores y los llevaba ante los sacerdotes para que confesaran sus pecados. La confesión purgaba la culpa del corazón, por lo que el sitio se conocía como purgatorio. La diosa de la inmundicia se volvió conocida con el más afectuoso nombre de "diosa de corazones" (porque ayudaba a purgar los corazones de los pecadores). Esta escena nos cuenta que en la vida después de la vida los pecadores debían viajar a través del purgatorio antes de poder progresar espiritualmente.

La figura 80 presenta una estatua de piedra de la diosa de la tierra, Coatlicue. Su rostro está hecho con las cabezas de perfil de dos serpientes, representando el nacimiento y el renacimiento. Usa una falda de serpientes, que simboliza la fertilidad. Alrededor de su cuello cuelga un collar con manos y cabezas, como muestra de que, siendo madre de vida, daba la vida. Pero también sacudía la tierra con sus pesados pies garrudos, causando terremotos y muerte, por lo que además se le identificaba con la muerte. El sacudimiento de la tierra la asociaba con los bebés mecidos en la cuna. La lámina 32 permite apreciar a los gemelos (Quetzalcóatl) mamando y apretando con cada mano los muchos pezones de Coatlicue. Ella porta un collar con manos y cabezas, y con una calavera que cubre el área genital, indicando que la procreación trae la muerte. Esta historia nos cuenta que los gemelos (Quetzalcóatl) regresaron a la tierra (reencarnaron) en los brazos de la diosa de la tierra.

Éstas son sólo algunas de las imágenes compuestas ocultas en la asombrosa Lápida de Palenque; cuentan la historia de la vida después de la vida, de los varios destinos de la muerte, del renacimiento en las estrellas para los puros de corazón y de la reencarnación en la tierra de los demás. Y nos cuentan que el Señor Pakal era al mismo tiempo más astuto y sabio de lo que somos hoy, que era el hombre blanco barbado, la serpiente emplumada que, al morir, fue a las estrellas.

La leyenda de la serpiente emplumada y el hombre blanco barbado

Los antiguos chinos fueron los primeros en notar que las manchas solares aparecían y desaparecían en intervalos regulares, aproximadamente cada once y medio años. La causa del ciclo de la actividad magnética está hoy sujeta a la rotación diferencial de los campos magnéticos del Sol (figura A3). El ciclo de once años y medio es la parte superior de un ciclo magnético más grande de 187 años, asociado con la región ecuatorial comba e inclinada del Sol (figura A4). La interacción entre los dos ciclos hace que ocurran reversiones magnéticas en el Sol cada 3 740 años (1 366 040 días), lo que, como sabemos, estaba muy cerca del número forjado por los mayas (que usaban las revoluciones completas del planeta Venus para medir su ciclo; 2 340 revoluciones de Venus = 1 366 560 días). La radiación solar de origen magnético regula así la producción de hormonas de la fertilidad en las hembras y, por tanto, la fertilidad humana en la tierra.

215

Los mayas, como los egipcios y los peruanos, adoraron al sol como el dios de la fertilidad; lo llamaban la "serpiente emplumada". En *Las profecías de Tutankamon* expliqué la derivación del nombre; cuando el ciclo de las manchas solares de once y medio años se superpone con el ciclo solar de 187 años, la forma combinada adopta la figura de una "serpiente emplumada" (véanse las figuras A4-A7). Por eso los egipcios adoraban el símbolo del disco solar, alado y con serpientes (figura A8), y por ello Tutankamon, el hijo de Dios (la luz), portaba el buitre y la serpiente (plumas y serpiente) en la frente (figura A9). También señalamos que la barba de Tutankamon tiene el patrón de la piel de serpiente a lo largo y las plumas de la cola de un pájaro en su extremo.

La estatua de Viracocha del Templo de las Cabezas de Piedra (lámina 24a y detalle 24d) presenta a Viracocha como el hombre blanco barbado, y sabemos ahora que el Transformador Viracocha deja ver a Viracocha como la serpiente emplumada (figura 81). Una de las escenas de la Máscara de Mosaico de Palenque ya decodificada (véase *Las profecías de Tutankamon,* lámina 7) caracteriza al Señor Pakal como un hombre con alas. Otra escena (figura 82 y lámina 18f, en este texto) muestra una imagen clara de la cabeza de una serpiente descansando sobre plumas. La serpiente también lleva alas en la frente. El mensaje aquí se lee: *El Señor Pakal era la serpiente emplumada (la luz).* Las figuras 58b y 59b confirman que era también el hombre blanco barbado.

Los tesoros de las tumbas de Sipán nos informan que el Antiguo Señor de Sipán era también la serpiente emplumada (figura 83).

La sorprendente Lápida de Palenque (lámina 23) nos dice que Viracocha era una reencarnación de uno de los Señores de Sipán (asociado con el hombre del sombrero) y que el Señor Pakal y los Señores de Sipán vinieron todos del sol (representados por el felino sol dorado de las cámaras, lámina 24b) de la tumba del Antiguo Señor de Sipán.

El enigma de las fechas confundidas nos dice que el Antiguo Señor de Sipán era físicamente el mismo hombre que el Viracocha de Tiahuanaco.

Otras historias decodificadas de la sorprendente Lápida de Palenque (láminas 29 y 30) dicen que a su muerte el Señor Pakal se convirtió en la estrella doble Venus, la más brillante de los cuerpos celestes nocturnos. La postura de brazos levantados del hombre cangrejo Viracocha (figura 29), de la tumba del Antiguo Señor de Sipán, asocia al Antiguo Señor con el Señor Pakal (la postura de brazos levantados del hombre con el sombrero corresponde a la postura de brazos levantados del hombrecito con el sombrero que cubre la boca del Señor Pakal en la lámina 9), y por tanto el renacimiento del Antiguo Señor con Venus.

FIGURA 81. LA SERPIENTE EMPLUMADA DE TIAHUANACO

El Transformador Viracocha de la Puerta del Sol, Tiahuanaco, mostrando a Viracocha como la serpiente emplumada.

FIGURA 82. LA SERPIENTE EMPLUMADA DE MÉXICO

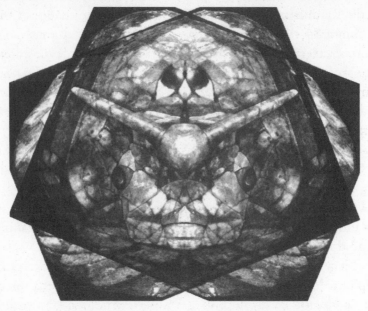

El Señor Pakal como la serpiente emplumada, de la Máscara de Mosaico de Palenque decodificada.

FIGURA 83. LA SERPIENTE EMPLUMADA DE PERÚ

El Antiguo Señor de Sipán, como la serpiente emplumada, presentado en las cámaras de la araña dorada de su tumba en Sipán.

Como se mencionó en el capítulo uno, los tesoros de la tumba de Tutankamon lo asocian con Osiris, quien vivió en Orión. La figura 84 muestra a Tutankamon con su Ka (su alma), o gemelo, abrazando a Osiris, dios de la resurrección y la vida eterna. Esto significa que a su muerte Tutankamon se convirtió en los gemelos y se unió a Osiris en los cielos, como la estrella doble Venus. Las estatuas de Viracocha y los hijos de Viracocha (en el Templo de las Cabezas de Piedra de Tiahuanaco, lámina 22b) están colocados de la misma manera que las estrellas en el Cinturón de Orión (figura 85), lo que por tanto asocia a Viracocha con las estrellas. Las estatuas de Viracocha en el Templo de las Cabezas de Piedra en Tiahuanaco nos dicen por tanto que cuando Viracocha murió, también él renació como estrella, como Tutankamon, como dos niños, los gemelos, Venus en los cielos.

¿Necesitamos más evidencia? Las leyendas de las serpientes emplumadas (reyes solares de México) de Egipto y Perú son claras; de cuando en cuando, un ser poseedor de conocimiento superior visita la tierra para enseñar a la humanidad las ordenanzas más altas de la ciencia y la espiritualidad. Ha caminado entre los antiguos muchas veces. Lo llaman Viracocha, la serpiente emplumada, el hombre blanco barbado. Cuando y donde apareciera, su presencia estuvo marcada por la adoración al sol, un culto a la fertilidad, la conciencia de un propósito espiritual y de un destino, y por una explosión de logros científicos, ejemplificados por el trabajo en piedra y los tesoros arqueológicos, lo que permanece más allá del entendimiento del hombre moderno. Nos han dicho que estas serpientes emplumadas fueron todas uno y el mismo hombre, que reencarnó en la tierra muchas veces, cada vez trayendo el mismo conocimiento y cada vez dejando el mismo conocimiento tras de sí.

Mecanismos de reencarnación, la evidencia arqueológica

La Máscara de Mosaico de Palenque (figura 58b) deja ver una cabeza olmeca mirando hacia abajo a un murciélago. El murciélago lleva el rostro de un hombre blanco barbado en la frente, similar al de la figurilla de jade del hombre blanco barbado encontrada en la tumba del Señor Pakal (figura 59b). La máscara que cubre la cara del Señor Pakal era también de jade, sugiriendo que el Señor Pakal era blanco y tenía barba.

El Señor Pakal también aparece en la sorprendente Lápida de Palenque (figura 57). Esa escena representa al Señor Pakal supervisando su propio nacimiento, el de la serpiente emplumada. En la misma imagen hay una cabeza olmeca (que porta una concha, identificándolo como Quetzalcóatl, el hombre blanco barbado). Pero claramente la cabeza olmeca era un hombre negro sin barba. ¿Cómo deberíamos interpretar el mensaje aquí? La cabeza olmeca (figura 57) es presentada con un murciélago cubriendo su boca, indicando que la cabeza olmeca está muerta. La cabeza olmeca debe en consecuencia haber llegado primero, antes que el Señor Pakal. Lo que significa que el hombre negro (Quetzalcóatl) debió preceder al hombre blanco (Quetzalcóatl) con barba. Esto quiere decir, si ambos eran Quetzalcóatl, que el hombre negro sin barba reencarnó como el hombre blanco barbado.

Esta interpretación se confirma con información de la tumba de Tutankamon. La puerta sellada de la entrada a su cámara mortuoria era "vigilada" por dos figuras de ébano de Tutankamon (una de las cuales se puede apreciar en la figura 86a) que sin duda retrataban al rey niño como un hombre negro, sugiriendo que la próxima vez que Tutankamon caminara en la tierra lo haría como un hombre negro sin barba. Otras dos pistas sugieren que esto puede ser una valoración racional de la evidencia: un taburete encontrado en la tumba muestra una procesión de nueve hombres que alternan entre blancos y negros (figura 86c). El taburete pertenece al trono eclesiástico de patas cruzadas (figura 86b), también hallado en la tumba. La característica de las patas cruzadas permite utilizar el taburete y luego plegarlo en un armario, luego usarlo de nuevo, y otra vez plegarlo en el armario, emulando las características de nacimiento-renacimiento de la reencarnación. El respaldo del trono lleva dos nombres diferentes de Tutankamon, sugiriendo que los personajes en el taburete compartían

FIGURA 84. VIAJE DE TUTANKAMON A LAS ESTRELLAS

Tutankamon (derecha) encontrando a su compañera Nut, diosa del cielo nocturno y de las estrellas. Tutankamon, luego de morir (centro), y su Ka (alma/gemelo) encontrando a Osiris, dios de la resurrección.

FIGURA 85. VIAJE DE VIRACOCHA A LAS ESTRELLAS

Cinturón de Orión

Las estatuas de Viracocha y los hijos de Viracocha en el Templo de las Cabezas de Piedra, Tiahuanaco, colocadas para reflejar el Cinturón de Orión.

el mismo nombre. Juntas, estas pistas sugieren que Tutankamon reencarnó del hombre negro a hombre blanco alternadamente.

La Biblia también comenta que "muchos primeros serán postreros, y los postreros, primeros" (Mateo xix, versículo 30). Esto implica que los principios de la reencarnación incorporan una inversión del mecanismo: la gente negra reencarna en blanca y la gente blanca reencarna en negra. Llevando este paso más lejos, resulta claro que tal noción se acomoda al principio del karma (la ley universal de la acción y la reacción); porque si la gente gorda reencarna como delgada, la gente delgada en gorda, hombres en mujeres, y así por el estilo, entonces todos nuestros pecados y prejuicios de una vida nos serán re-presentados en la siguiente.

El argumento científico

El argumento científico para la reencarnación fue establecido en el libro *Las profecías de Tutankamon* (una explicación abreviada se presenta en el apéndice 4 de este libro); dicho argumento es mucho más evidente de lo que los científicos ortodoxos y los ateos quisieran considerar. La evidencia arqueológica que nos dejaron los superdioses (que eran mucho más inteligentes que nosotros) sugiere que existen tres mundos (figura A10) que contienen los estados físico y espiritual del ser. Éstos son el Mundo de Dios, donde reside el creador del universo; el Mundo Físico, que incluye estrellas, planetas, árboles, pájaros y todo lo tangible que vive o no, y el Mundo de las Almas, el lugar donde los espíritus impuros subsisten entre la existencia en el Mundo Físico y el Mundo de Dios.

Antes de que podamos progresar a un verdadero entendimiento del significado de la vida y de nuestro propio lugar en el universo, debemos primero considerar el argumento religioso de la reencarnación, establecido en *Los superdioses*. Éste reconoció que todas las religiones del mundo concuerdan en ciertas proposiciones: en el principio, Dios el creador existió; Dios el creador era la *luz* (energía electromagnética); Dios fue *bueno*, y Dios era

FIGURA 86. REENCARNACIONES DEL HOMBRE BLANCO CON BARBA

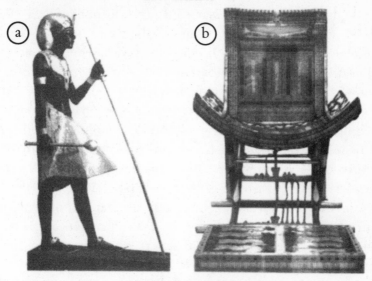

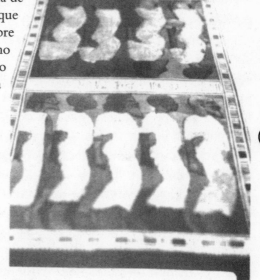

(a) Estatua de ébano dorada de la tumba de Tutankamon que lo muestra como un hombre negro sin barba. (b) Trono eclesiástico plegable junto con el taburete que llevaba dos nombres distintos de Tutankamon. (c) Acercamiento del taburete que muestra una procesión de hombres blancos barbados alternando con cabezas nubias (norafricanas) estilo olmeca. El patrón alrededor de la orilla del taburete se asemeja al de la sorprendente Lápida de Palenque (sin los códigos del borde). La silla plegable simboliza el principio de la reencarnación (puede plegarse y reutilizarse, renacer, muchas veces). La procesión nos informa que el hombre blanco con barba reencarnó como hombre negro, que a su vez reencarnó como un hombre blanco barbado.

amor. La cristiandad añade que *Dios hizo al hombre a su imagen y semejanza*.

Podemos ahora examinar el argumento religioso. Si Dios es bueno y es amor, entonces la única cosa mejor que Dios debe ser más Dios. El objetivo de Dios debe por tanto ser el de crecer, más Dios (figura A11). Pero Dios se rehízo en la imagen del hombre, y como sabemos, el hombre no puede crecer a menos que sacrifique parte de su ser físico, un esperma con cromosomas, para producir más descendencia. En el mismo sentido, la mujer no puede crecer a menos que sacrifique un huevo con cromosomas. Esto debe significar que Dios no puede crecer a menos que también sacrifique parte de sí, suelte parte de sí, como ocurrió. Así que en el principio Dios, energía electromagnética, debió separar una parte de sí (figura A12), una porción de energía electromagnética (la luz). Esa energía (E) fue convertida en masa (m), el universo físico. El físico Albert Einstein nos dice que la energía no puede ser destruida, solamente transformada de un estado a otro; la energía puede convertirse en masa (cosas físicas), al menos en un sentido metafísico, y la masa puede convertirse en energía.

La energía contenida en una masa particular es proporcional al peso atómico de la masa (la suma de las partes constitutivas del átomo) y al cuadrado de la velocidad de la luz ($E = mC^2$). Cuando un elemento (radiactivo) pesado se parte en pedazos, la energía liberada es proporcional a su peso atómico y a la velocidad de la luz (300 millones de metros por segundo). El resultado es un *bang* enorme; una explosión nuclear. Debemos asumir que algún tipo de *bang inverso* tuvo lugar cuando Dios se convirtió a sí mismo en el universo físico y que este evento es lo que los científicos ortodoxos de hoy conocen como el *big bang* por el que fue creado nuestro universo.

En el principio, el mundo espiritual, donde no había cosa tal como el tiempo, la única cosa existente era la luz. Nada había pasado. Nada pasaba antes que nada y nada pasaba luego de nada más, lo que significa que el tiempo no existía. El tiempo inició con la creación del universo físico. Las cosas comenzaron a pasar luego del *big bang*. Pasaron cosas, entonces, antes de que pasaran otras, y pasaron cosas luego de que pasaran otras cosas. El tiempo abrazó la evolución, y la humanidad avanzó biológicamente. Con el tiempo, el hombre se tornó más complejo y avanzó intelectualmente. El cerebro desarrolló voltajes de operación, la carga opuesta a la que los creó; cuando E + (E positiva) se mueve a través de la ecuación, debe convertirse en - m (menos m), una simple regla de álgebra que explica por qué el hombre biológico es propenso a la atracción de Dios.

Estos voltajes comenzaron entonces a atraer más paquetes de energía, energía del alma, de la energía del creador. Esto marca el momento evolutivo en el que la humanidad adquirió un alma y se convirtió en un ser completo.

El mundo físico difiere del mundo espiritual lo mismo que del mundo intelectual: si tengo una moneda de una libra esterlina en el mundo físico y tú tienes una moneda de una libra en el mundo físico y las intercambiamos, cada uno tendrá una moneda de una libra esterlina. Sin embargo, si tengo una idea y tú también tienes una idea y las intercambiamos, ambos terminaremos con dos ideas, sin costo alguno. Llevando este paso más lejos, de acuerdo con las escrituras, parece que (al menos en el mundo espiritual) si te amo mi voltaje del alma se incrementa, crece, sin costo, y si te odio mi voltaje del alma disminuye. Si mi voltaje del alma ha crecido, es atraído con gran fuerza de regreso a la energía del creador (Dios), a la muerte física del cuerpo. Inversamente, si mi voltaje ha caído, durante su vida regresará a la tierra, la próxima vez como un ser más bajo, atraído por un cuerpo de menor voltaje, para hacer otro intento de purificación. De este modo Dios crece, el universo crece y los que no han amado a su vecino sufren una vez más durante otra encarnación en la tierra.

El secreto sagrado de los reyes del sol

La velocidad de la luz de Bruce Cathie (144 000 minutos de arco por segundo) significa que la luz viaja alrededor de la *tierra física* (un círculo) 6.66 veces cada segundo. En el Apocalipsis de la Biblia, el número 666 representa lo opuesto de Dios, el diablo. El descubrimiento de Cathie, por tanto, sugiere que el número 666 en el Apocalipsis puede en efecto referirse a la tierra, significando que la tierra física es el diablo.

El hecho de que todo en el universo físico tenga una carga de polaridad opuesta a la de la energía del creador (cielo) también significa que todo en el universo físico debe igualmente ser el infierno, incluyendo los cuerpos físicos biológicos. Dios, la energía creadora, está electromagnéticamente ligado a todos y cada uno de los cuerpos biológicos. Cuando miramos la vida de esta manera, todo comienza a tener sentido. Por cada felicidad hay infelicidad, por cada ganancia hay pérdida, por cada vida hay muerte y por cada día hay noche. Las sociedades esotéricas, y la Iglesia, ya sabían esto. Saben que este lugar es el infierno. Ellos, como tú, conocen el secreto sagrado de los reyes solares. Por un lado, desean escapar de este infierno sin fin, y también saben que no pueden hacerlo a menos que amen a Dios y a su vecino. Y ahí yace la dificultad: amar a Dios implica amar el objetivo de Dios, que es crecer. Dios hizo al sexo placentero para asegurarse una provisión constante de bebés que atrajeran más y más almas del Mundo de Dios (figura A12), permitiendo así el crecimiento perpetuo de Dios por toda la eternidad. Mirado de esta forma, la humanidad es un conducto que facilita el objetivo de la divina reconciliación, permitiendo a Dios crecer. Por eso la Iglesia se opone al aborto y al control de la natalidad. El objetivo de los individuos en la Iglesia y el de las sociedades esotéricas es por tanto permitir que Dios crezca y así escapar del infierno. Ésta es la razón de la secrecía; al mantener este conocimiento en secreto, y amando a Dios y al prójimo, las órdenes esotéricas pueden purificar el alma y escapar, dejando atrás a los otros para que tengan más bebés, muchos de los cuales reencarnarán repetidamente en la tierra. Por eso los prisioneros aparecen con los penes erectos en los muros de Huaca Cao Viejo, y por ello los prisioneros aparecen en los sellos de la tumba de Tutankamon atados con cuerdas que terminan con el lotus divino. La vida en la tierra cuenta para el apresamiento divino.

El mecanismo del karma (la ley universal de la causa y el efecto, la acción y la reacción) provee el eslabón final en la cadena de comprensión; las almas malas (de bajo voltaje) reencarnan en cuerpos de bajo voltaje y sufren durante la siguiente encarnación en la tierra. El sufrimiento en la siguiente vida aumenta el voltaje del alma durante esa vida, llevando de nuevo a la reencarnación, la próxima vez con un cuerpo de voltaje mayor. De esta manera, cada vida en la tierra alterna entre mayor o menor sufrimiento. Por eso los antiguos dejaron el mensaje de la *transmigración inversa:* lo negro reencarna como blanco, lo blanco como negro, hombres como mujeres, mujeres como hombres, sanos como enfermos, etcétera. Con el tiempo, cada alma experimenta cada condición hasta que alcanza la purificación. Esto era el "secreto sagrado" revelado en *Las profecías de Tutankamon.*

FIGURA 87. LA BALLENA ASESINA DE NAZCA

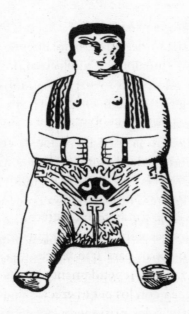

Efigie de una mujer de cerámica, de Nazca, con el símbolo de la ballena asesina cubriéndole la vagina, lo que transmite el mensaje de que "la procreación trae la muerte" en el mundo físico.

Pero los prisioneros atados de Huaca Cao Viejo, desfilando con sus erecciones, un símbolo de ballena asesina presentado en la vagina de una figura femenina de cerámica de Nazca y la presencia del dios murciélago cubriendo los genitales del hombre con el sombrero en el rostro decodificado del Señor Pakal sugieren un paso adicional, desconocido hasta ahora, en este proceso: el hombre del sombrero nos dice que la purificación llega solamente para los que no procrean. Los prisioneros de Huaca Cao Viejo indican que los que tienen erecciones están prisioneros para siempre, y la cerámica de Nazca, junto con el dios murciélago, afirman que quienes dan a luz solamente traen muerte. Necesitamos preguntar por qué sucede esto y qué mecanismo físico puede emplearse para asegurar la propagación de dicho esquema.

El secreto primordial del universo

Un reconocimiento de los centros chacra (figura 88) permite ver que la purificación del espíritu solamente es posible cuando los cuerpos físicos, emocional e intelectual, logran un equilibrio coordinado. Esto sólo puede ocurrir cuando los cuerpos físicos, emocional e intelectual, están en perfecta paz con el universo, Dios y nuestro prójimo. Cuando amamos a nuestro prójimo más que a nosotros mismos, la energía, conocida como *sushumma* por los místicos, asciende por la columna y la luz irradia de la cabeza, y así nos convertimos en uno de los 144 000. Al parecer cualquier desbalance entre los tres cuerpos resulta en desequilibrio.

Para los machos, la reproducción física por esperma demanda mucho al ser físico. El esperma es rico en proteínas y minerales esenciales. La eyaculación de esperma implica flujos de energía inversos hacia abajo en el cuerpo (figura 89a), y la sushumma fluye en la dirección equivocada. Al mismo tiempo, la enorme pérdida de proteínas significa que el cuerpo debe ahora producir más, usando todas sus reservas de energía y dejando menos energía para la producción de sushumma. Por tanto, la eyaculación de esperma impide la purificación y el equilibrio coordinados del espíritu.

Por eso los monjes, los clérigos y los que pertenecen a las órdenes esotéricas superiores hacen votos de celibato y la masturbación es mal vista por la Iglesia; por la misma razón algunas religiones han adoptado la circuncisión como un impedimento para la masturbación masculina.

Por lo que hace a las mujeres, la maternidad, junto con el sistema endocrino, trae consigo lazos afectivos maternos con la descendencia que son más intensos que los otros. La madre ama a su propio hijo más que a sí misma. En consecuencia (figura 89b), los centros chacra dirigen la energía hacia los hijos, previniendo el aumento de sushumma y la irradiación de luz en la madre.

El dilema del Dalái Lama

Ahora entendemos por qué el Dalái Lama rehusó responder la segunda pregunta. No se atrevió a revelar el secreto de los reyes solares. Si la gente se diera cuenta de la realidad de la existencia, del verdadero propósito de su presencia en la tierra, podría dejar de tener bebés, y Dios dejaría de crecer. Al mismo tiempo (figura 89), los que procrean bebés están excluidos por consideración del proceso de purificación y por tanto imposibilitados de entrar al cielo.

Aquí yace el dilema del Dalái Lama, y la gran paradoja de la existencia: los que se reproducen crean las condiciones para la expansión del cielo y, al mismo tiempo, se excluyen a sí mismos de entrar al cielo.

¿Cómo podría el Dalái Lama explicar en una entrevista de radio lo que aprendimos de los antiguos? No podría. Así que se apegó a la línea, la ley tradicional, diciendo que el sexo está permitido solamente con fines reproductivos.

Y ésta no es la única razón para la secrecía. Tanto en *Los superdioses* como en *Las profecías de Tutankamon* introduje al lector a la visión taoísta de la necesidad de mantener la reserva:

> Escuchando sobre el Camino, el mejor de los hombres explorará seriamente su longitud. La persona mediocre aprende

FIGURA 88. CHACRAS: LAS NUEVE PUERTAS DEL CIELO

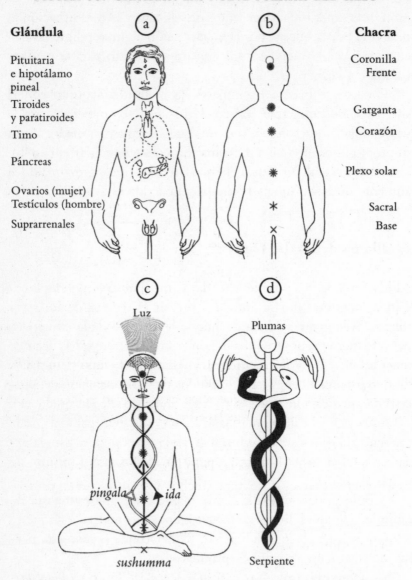

Glándula

Pituitaria
e hipotálamo
pineal

Tiroides
y paratiroides

Timo

Páncreas

Ovarios (mujer)
Testículos (hombre)

Suprarrenales

Chacra

Coronilla
Frente

Garganta

Corazón

Plexo solar

Sacral

Base

Luz

pingala · ida

sushumma

Plumas

Serpiente

(a) Las glándulas principales del sistema endocrino; (b) centros chacra (energía); (c) patrones de energía positiva (*ida*), negativa (*pingala*) y luminosa (*sushumma*) fluyen alrededor de los centros chacra cuando los cuerpos físico, emocional e intelectual alcanzan el equilibrio coordinado; (d) el báculo representa la cancelación de las energías positiva y negativa, lo que aumenta la generación de luz, la serpiente emplumada.

FIGURA 89. CERRANDO LAS PUERTAS DEL CIELO

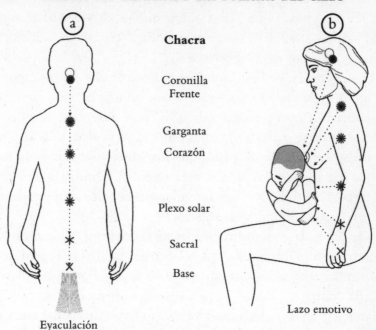

Chacra

Coronilla
Frente

Garganta
Corazón

Plexo solar

Sacral

Base

Eyaculación

Lazo emotivo

En el macho, la eyaculación dirige la energía lejos de los centros chacra, impidiendo el equilibrio coordinado de los flujos energéticos a través del cuerpo y, por tanto, la generación de luz. En la hembra, el lazo emocional con el infante dirige las energías lejos de los centros chacra de la misma manera.

---

de él, lo toma y lo deja. Pero la gente común, cuando escuche las nuevas, se reirá mucho. Y si no se rieran, no sería el camino.

Y la visión cristiana:

No deis lo santo a los perros, ni echéis vuestras perlas delante de los cerdos, no sea que las pisoteen, y se vuelvan y os despedacen [Mateo VII, versículo 6].

La revelación invita al ridículo. Esto no es paranoia. La turba manda hoy como lo hizo en los embriagadores días en Jerusalén,

231

cuando los gritos de "Barrabás, Barrabás" llenaban el aire, negando a Jesús la justicia que merecía. Los que se adscriben al *ethos* de "ama a tu prójimo" han sido perseguidos, a lo largo de la historia y crucificados por sus convicciones.

En Inglaterra, en enero de 1999, el entrenador de un equipo de futbol inglés se atrevió a revelar sus puntos de vista sobre la reencarnación a un periodista de *The Times.* El entrenador había deslizado sus creencias personales sobre la reencarnación, diciendo, en una entrevista de radio, que los "discapacitados están sufriendo por sus pecados en una vida anterior". Omitió mencionar que él, tú, yo y todos los demás también estábamos aquí sufriendo por los pecados de una vida anterior.

The Times, la gran institución literaria británica, ignorando los muchos eventos caritativos que el entrenador había organizado para los discapacitados durante su carrera, decidió públicamente tomarla contra él por sus comentarios que, insistió el diario, no tenían lugar en la sociedad moderna. No hubo tiro penal entre el editor y el futbolista para decidir sobre el asunto, no. En cambio, el editor de *The Times* emprendió una guerra de palabras contre él; lo que es como decir que un campeón mundial de boxeo de peso completo se enfrentara con un niño de ocho años, excepto que, entre gritos de "bandidaje", el evento nunca hubiera tenido oportunidad de ocurrir.

La turba tuvo un día de campo. "Renuncia", gritó el ministro de deportes; "Si dijo esas palabras, debería irse", dijo el primer ministro; "Mucho bla, bla", despreció la prensa; era nomás una carga de *basura,* estuvieron todos de acuerdo.

Parecía que la prensa, y la turba que incitaron, deseaba, de alguna manera, discriminar entre los discapacitados y el resto de la población, para excluirlos del modelo de reencarnación, aunque por qué querían hacer esto no está claro.

El ministro de deportes, quien proclamó eso como "locura medieval", denunció la reencarnación en las noticias de la televisión, en boletines cada hora, "porque no tiene lugar en la sociedad moderna", como si las leyes universales, que abrazan la electricidad, el magnetismo, la gravedad y la reencarnación, de alguna manera disminuyeran con el paso del tiempo; pero si eso fuera verdad, entonces seguramente flotaríamos lejos del planeta.

Si esta gente pudiera explicar cómo construir pirámides como hicieron los egipcios, o cómo codificar un grabado como hicieron los mayas, o cómo derretir piedra como hicieron los peruanos, entonces yo sería el primero en felicitarlos. Si pudieran explicar cómo nacemos, por qué morimos y por qué esto tiene que ser así, entonces los admiraría. Si se amaran unos a otros o hubieran ayudado a los discapacitados, como hizo el entrenador que crucificaron tan diligentemente, entonces los reverenciaría. En cambio, simplemente gritan "Barrabás", sin saber que el mundo físico existe para enseñarnos acerca del mundo espiritual.

La transmigración de las almas

Dos tercios de la población mundial creen en la reencarnación, aunque no todos de la misma manera. Algunos piensan que las almas de bajo voltaje (impuras) regresan a la tierra a cuerpos *humanos* (enfermos) de bajo voltaje, y que la transmigración a través de las especies no es posible. Si esto fuera cierto, explicaría el instinto. Un pájaro, por ejemplo, sabría cómo construir un nido porque habría sido un pájaro en su vida anterior (lámina 32b). Otros creen que las almas de bajo voltaje pueden retornar a la tierra como formas de vida más bajas, de animales a insectos, presumiblemente a un nivel de conciencia intelectual que permita la variación del voltaje proporcional con el *intento*. Esta perspectiva se acomodaría a la noción de "alma en pedazos", que explicaría por qué los cardúmenes nadan y giran al unísono, por qué los insectos, como los mosquitos, vuelan en "paquetes" o "esferas", y por qué las aves se juntan en parvadas. El alma en pedazos, como su nombre lo indica, podría resultar en una ruptura del alma análoga a la "crisis nerviosa" del mundo físico, o al parabrisas de un auto roto en muchos fragmentos. El alma alguna vez unificada de, digamos, cinco voltios, se rompe en muchas partes, quizá mil piezas, cada una llevando una carga de apenas la quinta milésima parte de un voltio. Estas minialmas son atraídas por individuos de una quinta milésima de un voltio que reencarnan en criaturas menores, como los peces, los insectos o las aves. Pero todas esas minialmas deberían ser parte de la misma alma individual, lo que significa que todo el grupo debería *moverse unido* durante la encarnación. Con el tiempo, las minialmas se combinarían de nuevo, al ganar cada una de ellas incrementos de voltaje luego del sufrimiento y la purificación en la tierra.

La verdad, respecto a las posibilidades de la reencarnación, no queda duda entre estas dos perspectivas, o acepta las dos.

El mensaje es simple para los que no desean regresar y vivir de nuevo en la tierra: escuchen los secretos de los antiguos. Alguna vez fueron uno de ellos. Volverán a ser uno con ellos. Escuchen a su *ser* y sálvense del sufrimiento.

La naturaleza, la gran redentora

"¿Puedo ir al cielo —pregunta el ansioso padre— esta vez, o las puertas estarán firmemente cerradas cuando termine esta vida?" En un sentido puramente pragmático, parece improbable que quienes procrean enfrenten la exclusión automática de su entrada al cielo. Si fuera ése el caso, consciente de la teoría de la reconciliación divina, Dios no crecería muy rápido ni mucho. Pero entonces de nuevo, porque el tiempo no existe en el mundo espiritual, el tiempo no puede, por sí mismo, ser esencial respecto al crecimiento de Dios. Las respuestas que buscamos a este respecto, por tanto, no se encontrarán en esta línea de razonamiento.

Los místicos dicen que los primeros 20 años de vida son para aprender, los segundos 20 años para la procreación y los últimos 20 para la redención espiritual.

Las profecías de Tutankamon (apéndice 1, xiv) explica cómo la interacción magnética entre el Sol y la Tierra cambia unos 30 grados cada año, resultando en un ciclo magnético de 12 años entre los dos. Ese ciclo afecta la glándula pineal y el desempeño biorrítmico del cuerpo, causando que la menstruación comience en las hembras unos 12 años después de la concepción, alrededor de la edad de 11 años y tres meses en promedio. El ciclo se modifica naturalmente por factores medioambientales que afectan la armonía biorrítmica del cuerpo. Luego de cuatro de estos ciclos, después de la concepción, 47 años y tres meses en promedio, el cuerpo y el sol conspiran para asegurar niveles decrecientes de hormonas fértiles femeninas; la glándula pineal madura produce menos melatonina; la pituitaria, menos hormonas que estimulan los folículos y luteinizantes, y los ovarios, menos estrógeno y progesterona. La perfectamente natural menopausia no es sólo la manera como la naturaleza se asegura de que las hembras más jóvenes y aptas carguen la descendencia más sana; también es su manera de cerrar las puertas de la sexualidad y abrir las de la iluminación y la conciencia espiritual, aunque muchas fallan en seguir la trama o ven la perfección en juego. La testosterona masculina declina al mismo tiempo, concentrando la mente en los temas más importantes de la purificación del alma.

Parecería, entonces, que aun los que procrean *pueden* ser admitidos en el cielo, aunque unos 20 años de distracción, criando descendientes, naturalmente deja 20 años menos de tiempo disponible para perseguir la purificación espiritual. El tiempo *es* la esencia del mundo físico.

Los místicos también reconocen que vivimos en un mundo perfecto donde nada se ha dejado al azar. Pero si Dios creó un mundo perfecto, podríamos preguntar: ¿cómo entender los desastres naturales y los accidentes, que conllevan grandes pérdidas de vida?

Dios de hecho creó un universo físico perfecto. El Sol irradia luz y energía que alimenta el sistema solar. La fuerza gravitacional del Sol captura y recluye a los planetas.

Hace millones de años, la superficie alguna vez líquida de nuestro planeta se enfrió lo suficiente para sostener la vida sobre su dura corteza, que se flexiona con el empuje gravitacional del Sol y los planetas. Las secciones de la corteza, las grandes placas continentales, deambulan por la superficie, chocando y causando terremotos que dislocan las estructuras superficiales.

Mientras la Tierra gira sobre su eje, separa la noche del día, acomodando el resto y la regeneración de todas las cosas vivientes.

La inclinación axial de la Tierra, junto con su movimiento orbital alrededor del Sol, trae las estaciones y con ellas los ciclos de crecimiento. Mientras gira, genera corrientes de vientos y oceánicas que juntas, con la energía solar, regulan la evaporación, la precipitación y la glaciación. Estos fenómenos geológicos pueden no ajustarse siempre a la vida humana, pero acomodando los ciclos de catástrofe que ocasionan la destrucción periódica y la muerte, se ajustan al objetivo divino del perpetuo crecimiento de Dios. Si las placas continentales no se movieran gradual y repetidamente, el planeta se desmoronaría por las torsiones tensas causadas por el Sol y los otros planetas, y de alguna manera, si los vientos no soplaran, o las lluvias no cayeran, entonces la vida en la Tierra cesaría y la totalidad de los casi 7 000 millones de habitantes perecería.

¿Qué preferirías si fueras un gran creador? ¿La pérdida de casi 7 000 millones de personas, y con ello el final de un mundo perfecto y del crecimiento ilimitado de Dios, o el sacrificio de 50 000 personas por desastres *naturales* cada año? Si realmente entendiste la perfección que enfrentas, que el alma es imperecedera, indestructible, inmortal y eterna, entonces entenderías que 50 000 almas renacerían en la tierra o se elevarían al cielo para vivir con su creador. También te sentirías aliviado de tus ansiedades emocionales e intelectuales.

Quizá la conciencia de la reencarnación no es tan mala después de todo. ¿Matarían los hombres a sus semejantes sin sentido, sabiendo que matar *libera* a la víctima del infierno, asegurando su renacimiento en la tierra o el escape al cielo? Y si matar no es la solución final para la inhumanidad del hombre con el hombre, ¿dónde buscaría refugio la enemistad?

¿Serían los ricos descorteses con los pobres, los hombres con las mujeres, las mujeres con los hombres, los negros con los blancos o los blancos con los negros si verdaderamente entendieran que, la próxima vez, sus papeles podrían invertirse, el primero convertido en último y el último en primero?

Y aun así, la mayoría ríe, buscando la luz entre la oscuridad, sin saber que la luz viene de la luz. Ahora tú sabes por qué, *si no rieran, no sería el camino.*

De cómo el sol determina la personalidad

En 1957 James van Allen, un ingeniero que trabajaba para la NASA, descubrió cinturones de radiación alrededor de la Tierra (figura A1, iv). Estudios posteriores mostraron que los cinturones capturaban partículas espaciales cargadas que de otra manera podrían dañar la vida en nuestro planeta.

En 1962 la nave *Mariner II* proporcionó información a la Tierra, mostrando que el Sol entregaba considerables cantidades de partículas cargadas, descritas colectivamente como "viento solar" (figura A1, i).

En 1969 Jeff Mayo, un astrólogo británico que trabajaba con el profesor Hans Eysenck en el Instituto de Psiquiatría de Londres, recopiló un perfil psicológico a partir de respuestas a un cuestionario que apoyaba las afirmaciones de la personalidad de la astrología solar (figura A1, v).

En 1979, un físico británico, el profesor Iain Nicholson, descubrió que el campo magnético de la Tierra variaba cada vez que los cinturones de Van Allen eran bombardeados por partículas solares. Pronto, nuevas palabras y expresiones se forjaron para describir estos descubrimientos. Los científicos comenzaron a hablar sobre cómo las partículas de "viento solar" colisionan con la "magnetosfera", la burbuja magnética que rodea la Tierra; cómo se comprime en la parte que mira al sol (el choque de proa) y alarga las líneas del campo magnético, por sotavento; cómo entraban a los cinturones de Van Allen, cómo se espiralaban del Polo Nor-te al Polo Sur cada segundo y cómo el "campo geomagné-

FIGURA A1. LA FORMA EN QUE EL SOL DETERMINA LA PERSONALIDAD

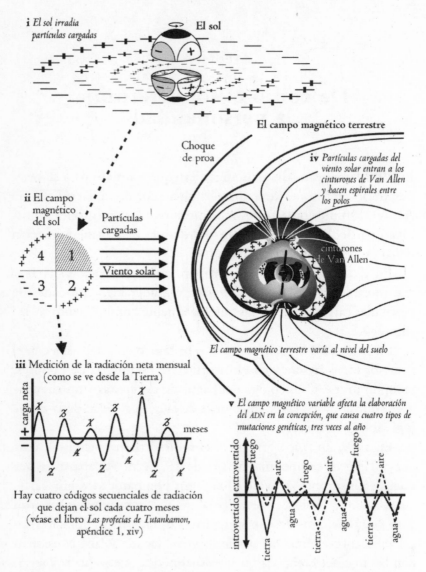

i *El sol irradia partículas cargadas*

El sol

El campo magnético terrestre

Choque de proa

iv *Partículas cargadas del viento solar entran a los cinturones de Van Allen y hacen espirales entre los polos*

ii El campo magnético del sol

Partículas cargadas

Viento solar

cinturones de Van Allen

El campo magnético terrestre varía al nivel del suelo

iii Medición de la radiación neta mensual (como se ve desde la Tierra)

carga neta

meses

Hay cuatro códigos secuenciales de radiación que dejan el sol cada cuatro meses (véase el libro *Las profecías de Tutankamon*, apéndice 1, xiv)

v *El campo magnético variable afecta la elaboración del ADN en la concepción, que causa cuatro tipos de mutaciones genéticas, tres veces al año*

introvertido extrovertido

fuego aire fuego aire fuego aire

tierra agua tierra agua tierra agua

vi *Las 12 mutaciones genéticas se correlacionan cada año con los 12 signos del zodiaco (arriba, gráficas de dos estudios de Jeff Mayo y el profesor Hans Eysenck, Instituto de Psiquiatría de Londres). Los "signos" positivos están invertidos. Esto sugiere que el sol es responsable de la determinación de la personalidad (signo del sol astrológicamente) a través de mutaciones genéticas comenzadas al momento de la concepción.*

240

tico" de la Tierra, el campo magnético al nivel del suelo, variaba su simpatía con el bombardeo de partículas al cinturón de Van Allen.

La figura A1, i permite apreciar una vista seccionada de los campos magnéticos del Sol idealizados; las áreas negras ilustran los campos magnéticos que existen entre los polos (el campo polar vertical). Hay cuatro "burbujas" más de magnetismo alrededor del ecuador (el campo ecuatorial).

El Sol gira sobre su eje, causando que el ecuador tenga una rotación cada 26 días (28 días cuando se le observa desde la Tierra en movimiento), mientras que las regiones polares, que se mueven más lento, toman 37 días para completar la rotación (40.5 días cuando se las mira desde la Tierra en movimiento). La turbulencia resultante baña a la Tierra con partículas cargadas (el área sombreada del campo magnético del Sol indica un sector del campo sin carga que se desliza, en el sentido contrario a las manecillas del reloj, a través de los sectores de los campos 1, 2, 3 y 4, provocando que la radiación total se polarice mensualmente de positiva a negativa, como se muestra en la figura A1, iii).

La polaridad de las partículas solares (i) coincide con los sectores del campo magnético ecuatorial en rotación del Sol. Esta faja (figura A1, ii) muestra por tanto *la estructura sectorial del viento solar.*

En 1984 un equipo de genetistas en el Instituto Naval de Investigación Médica de Bethesda, Maryland, Estados Unidos, dirigido por el doctor A. R. Lieboff, descubrió que los campos magnéticos cambiantes causan mutaciones genéticas en los bebés de probeta al momento de la concepción. Se calculó que la fortaleza del campo necesaria para causar tales cambios es menor que la que causa la actividad magnética del viento solar en los cinturones de Van Allen.

En 1986 descubrí que el Sol libera una secuencia de 12 tipos de radiación cada año, una secuencia diferente cada mes. Juntando las piezas del rompecabezas, fue claro que estos 12 tipos de radiación bombardean los cinturones de Van Allen, causando 12 tipos de modulación magnética en el campo magnético de la Tierra. Estos cambios magnéticos producen mutaciones genéticas en el desarrollo de cromosomas de óvulos impregnados de manera temprana en el tiempo de la concepción.

Desde la década de 1920 se sabe que la personalidad está genéticamente determinada. Las modulaciones magnéticas de origen solar, por tanto, resultan en una dispersión de 12 tipos de personalidad entre los nacidos cada año. Aquí está la base científica de la astrología (figura A1, v) como la determinaron empíricamente los astrólogos Jeff Mayo y el profesor Hans Eysenck.

No fue una noción popular, no fue lo que los astrólogos querían escuchar. Después de todo, creían que el momento del nacimiento, no el de la concepción, era crucial para el entendimiento astrológico, así que lo ignoraron, como hicieron los biólogos, los físicos, los astrónomos y los psicólogos.

En 1987 el doctor Ross Aidey, jefe de servicios médicos de la Casa Blanca durante el gobierno de Ronald Reagan, descubrió que la producción biológica de la hormona temporal melatonina estaba fuertemente afectada por los campos magnéticos. El ciclo biorrítmico ya había sido determinado por otros con una duración de 28 días, que se corresponden exactamente con el periodo de rotación del Sol (como se ve desde la Tierra). Era un paso simple para hacer la conexión entre el periodo biorrítmico de 28 días y la periodicidad de la rotación solar.

La investigación ha planteado la pregunta de si las variaciones magnéticas de origen solar podrían afectar la producción de una hormona (la melatonina), pero medir el efecto que las variaciones magnéticas de origen solar puedan tener en la fabricación de melatonina, y por tanto en los biorritmos, es más complicado porque la conducta es difícil de cuantificar.

Otro modo de evaluar el impacto de las modulaciones magnéticas de origen solar en el sistema endocrino es examinando el efecto de las modulaciones magnéticas en el ciclo menstrual, que también está regulado por hormonas y es mejor comprendido. En 1989, comparando el ciclo productivo de 28 días de la hormona luteinizante y las que estimulan los folículos, se tornó claro que estaban regulados por el ciclo magnético de 28 días del Sol (figura 32). La investigación confirmó que las modulaciones magnéticas de origen solar se convirtieron dentro del cerebro en químicos, hormonas.

Esto quiere decir que los niveles hormonales dependen de la influencia combinada del campo magnético terrestre y del solar. Cuando un organismo es removido del campo magnético que prevalece en el momento de la concepción, los niveles hormonales magnéticamente inducidos cambian, causando variaciones en la hormona temporal melatonina. Esto explica por qué el movimiento geográfico del cuerpo humano a través del campo magnético terrestre crea una inercia conductual, la resistencia del cuerpo a adoptar ritmos biológicos inducidos magnéticamente modificados, lo que resulta en síntomas como desfases horarios y añoranza. Es así que el pichón encuentra la ruta a casa, simplemente circulando, hasta que establece la dirección más favorable del campo magnético. La dirección que causa la menor ansiedad es la que corresponde con el lugar donde fue concebido. Simplemente vuela en dirección a su casa.

Lo que no explica es por qué todas las mujeres menstrúan en tiempos diferentes durante el ciclo de 28 días (véase el apéndice 2).

Las razones de la menstruación asíncrona

El ensayo científico del doctor Ross Aidey, "Membranas celulares, campos electromagnéticos y comunicación intercelular", publicado en 1987, anunciaba que:

> Alrededor de 20 por ciento de las glándulas pineales en los pichones, cerdos de Guinea y ratas responde a cambios tanto en la dirección como en la intensidad del campo magnético terrestre [P. Semm, 1983], lo cual causa variación en la hormona melatonina peptídica, que influye poderosamente en los ritmos circadianos [H. A. Welker *et al.*, 1983].

Esto explicó por qué el ciclo del ritmo biológico corresponde exactamente con la rotación solar de 28 días. No cabe duda de que el reloj biológico de un individuo está sujeto al patrón de radiación solar de 28 días desde el momento de la concepción, lo que significa que cada reloj individual está sincronizado con el ciclo solar en un diferente momento del tiempo. Solamente los que fueron concebidos en momentos idénticos podrían compartir la sincronización de los relojes biológicos y por tanto los biorritmos.

La menstruación se ve afectada por el reloj biológico de cada persona, lo que comienza en el momento de la concepción (al igual que la determinación de la personalidad astrológica comentada antes). Por esta razón las mujeres no menstrúan todas al mismo tiempo. Esto puede ilustrarse usando la analogía del "carrusel" (figura A2).

Imaginen que para cada revolución del carrusel los caballos y los jinetes se elevan hasta la parte superior de sus polos respectivos y luego descienden al suelo una vez. Cada pasajero monta el carrusel y cae en el punto "A". Un pasajero monta el primer caballo, y el carrusel se mueve hacia delante ligeramente. El primer pasajero se eleva del suelo del carrusel mientras lo hace el caballo. El carrusel se detiene ahora, permitiendo al segundo pasajero montar el segundo caballo, que ha descendido al suelo. Una vez que ha montado el segundo pasajero, el carrusel se mueve hacia delante de nuevo. Los primeros dos jinetes se elevan juntos hacia sus polos respectivos. El tercer caballo desciende al piso, permitiendo al tercer jinete montarlo, y así hasta que todos los caballos tienen jinete. Entonces comienza el paseo.

Todos los jinetes suben y bajan una vez en cada revolución del carrusel (en el caso de la analogía con el Sol, cada 28 días). Cada uno está sincronizado con la radiación solar de 28 días. Pero cada uno sube y baja en un momento diferente del tiempo. Esto es así porque cada uno tomó su asiento respectivo en momentos distintos. El ascenso y la bajada de cada jinete en relación con el siguiente son por tanto "asíncronos". Las mujeres no menstrúan todas al mismo tiempo porque cada una fue concebida (posada en la Tierra) en un momento diferente. Por tanto, los biorritmos (y la actividad endocrina) comienzan en tiempos diferentes para cada mujer. Pero cada sistema endocrino está sujeto al reloj solar biorrítmico de 28 días.

Hay excepciones a esta regla general de los 28 días:

I) La duración del ciclo variará cuando el campo magnético polar del Sol interfiera con el campo magnético ecuatorial del Sol. Esto quiere decir que el ciclo variará (en forma muy natural) de unos 24 a 32 días (28 días + /- 4 días, con el promedio de duración en 28 días).

II) Nada que afecte al biorritmo o al metabolismo causará variación en la duración del ciclo. Algunos agentes pueden ser estimulantes, como el café o el tabaco, o las hormonas artificiales, o algo que interfiera con la señal biorrítmica del Sol, como cables de poder sobrecargados o interferencia electromagnética.

III) Las mujeres irradian hormonas como una emisión corporal natural. Estas emisiones hormonales, si son más fuertes que las inducidas por las emisiones electromagnéticas del Sol, causarán que las mujeres cercanas sincronicen su menstruación tanto como la interferencia persista.

IV) La evidencia científica demuestra que las mujeres ubicadas bajo tierra, protegidas de la radiación solar, dejarán de menstruar y sus relojes biológicos funcionarán mal (véase la revista *New Scientist,* junio de 1989; experimento de la NASA con Stefania Follini, bajo tierra, en las cuevas de Nuevo México).

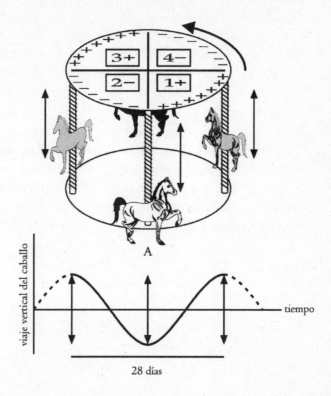

A

viaje vertical del caballo

tiempo

28 días

Figura A2. Aquí la analogía del carrusel explica por qué las mujeres menstrúan cada 28 días en promedio y no lo hacen simultáneamente; los cuatro cuadrantes del campo magnético del Sol (figura A1, ii) se muestran como el techo del carrusel (el sector sombreado fue omitido para simplificar la ilustración). Imaginen que el carrusel revoluciona una vez cada 28 días, correspondiendo con el periodo revolucionario del campo ecuatorial solar. Antes de que comience el paseo del carrusel, los pasajeros montan los caballos en el punto "A", en momentos distintos, cuando cada caballo alcanza el extremo más bajo del movimiento vertical. El paseo comienza una vez que todos los pasajeros tomaron sus asientos. Cada caballo se mueve hacia arriba y hacia abajo cada 28 días, como indica la curva debajo del carrusel, pero cada caballo se mueve verticalmente en momentos distintos. Todos los caballos están sincronizados al periodo de 28 días. Las mujeres menstrúan todas en momentos distintos porque se posaron sobre la Tierra en momentos distintos y sus biorritmos, como la monta de los caballos, comenzaron en diferentes momentos.

Apéndice 3

El sol

FIGURA A3. RADIACIÓN SOLAR Y ACTIVIDAD
DE LAS MANCHAS SOLARES

El campo magnético polar del Sol, mostrado como + y - en los diagramas de abajo, revoluciona alrededor del eje solar una vez cada 37 días (cada 40.5 días cuando se mide desde la Tierra). La región ecuatorial, que tiene su propio campo magnético, revoluciona más rápido: cada 26 días medida en la superficie del Sol, 28 días cuando se ve desde la Tierra. Las diferentes velocidades rotacionales de estos dos campos magnéticos son conocidas por los científicos como "la rotación diferencial de los campos magnéticos del Sol". Es esta interacción magnética la que provoca que las partículas cargadas dejen la superficie solar y bombardeen la Tierra.

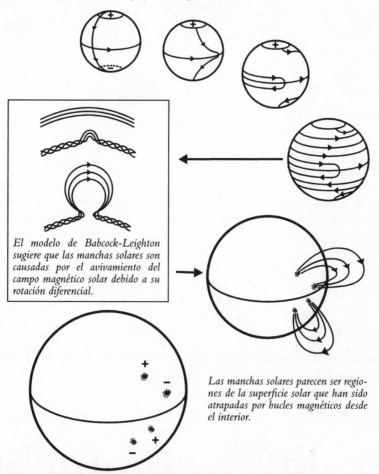

El modelo de Babcock-Leighton sugiere que las manchas solares son causadas por el avivamiento del campo magnético solar debido a su rotación diferencial.

Las manchas solares parecen ser regiones de la superficie solar que han sido atrapadas por bucles magnéticos desde el interior.

Se conoce que la radiación del Sol varía con los cambios en la actividad de las manchas solares. En 1961, los ingenieros Babcock y Leighton propusieron que las manchas solares eran provocadas por el avivamiento de los dos campos magnéticos separados del Sol. Así, se puede esperar que la radiación del Sol y la fertilidad en la Tierra se correlacionen con la actividad de las manchas solares.

FIGURA A4. RESOLUCIÓN DEL MISTERIO
DE LA SERPIENTE EMPLUMADA

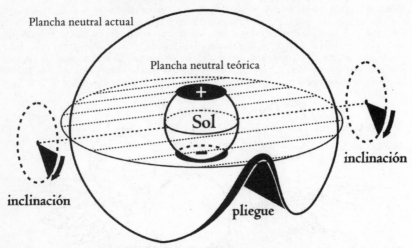

Este diagrama muestra la distorsión del campo magnético del Sol alrededor del ecuador (donde no hay polaridad del norte o del sur). Esta área de actividad magnética nula también está inclinada, y por tanto es conocida comúnmente por los científicos como la plancha neutral inclinada y plegada del Sol.

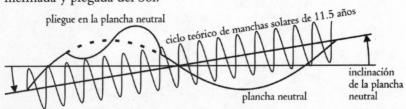

FIGURA A5. Los ciclos menores representan un ciclo teórico de manchas solares de 11.5 años. Es esto lo que distorsiona la plancha neutral en la forma plegada que se observa.

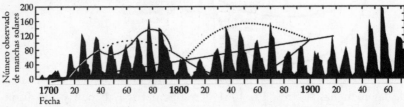

FIGURA A6. La plancha neutral distorsionada amplifica y suprime la actividad de las manchas solares, lo que lleva a una variación en el número de manchas observadas en el tiempo. La variación en el número sigue la forma de la plancha neutral.

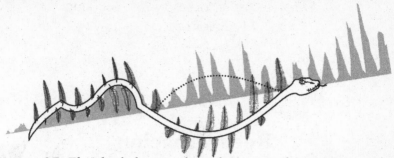

FIGURA A7. El ciclo de las manchas solares como la serpiente emplumada.

FIGURA A8. El sol, como serpiente emplumada, era adorado y representado en tallas y pinturas en todo Egipto.

FIGURA A9.
LA SERPIENTE
EMPLUMADA
DE EGIPTO

Tutankamon llevaba plumas y una serpiente en la frente. Su barba era el cuerpo de una serpiente que terminaba en las plumas de la cola de un pájaro. Como el Señor Pakal, era la combinación perfecta de carne y espíritu.

APÉNDICE 4

Reencarnación

FIGURA A10.
LOS TRES MUNDOS

La Lápida de Palenque (lámina 27) explica que las almas de las personas que mueren al nacer, durante la batalla o en sacrificio emigran a los paraísos, varios destinos de los muertos, para disfrutar la dicha celestial, supuestamente antes de pasar al Mundo de Dios. Las láminas 28n y 29 explican cómo las almas dejan el cuerpo ya sea para renacer en las estrellas (los cielos y

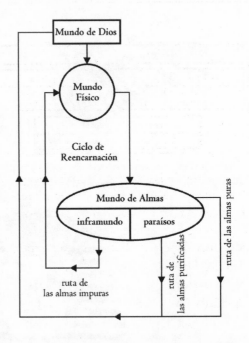

el Mundo de Dios) o (lámina 32a) en la tierra (reencarnación). La lámina 30 describe el viaje del alma hacia el inframundo y la lámina 31 el viaje del alma a través del purgatorio. Los mayas también creían que había nueve niveles hacia el inframundo por los cuales el alma del difunto tenía que viajar antes de seguir adelante, ya fuera al Mundo de Dios o a la reencarnación en la tierra. (Parece que las almas perfectamente purificadas pasaban del Mundo de Almas al Mundo de Dios por la vía rápida, y que las almas impuras sufrían en el inframundo —el purgatorio— por sus pecados en la tierra antes de adquirir la energía para reencarnar en la tierra en otra oportunidad de purificación del alma.)

Figura A11. La teoría general de la existencia

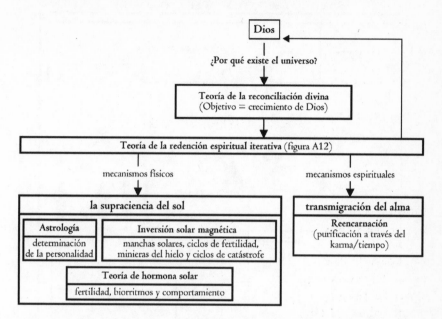

Los tesoros de las tumbas de los reyes solares sugieren que el propósito del universo es dar cabida al crecimiento de Dios (de acuerdo con la teoría de la reconciliación divina, como se detalla en el texto principal). La figura A12 resuelve la teoría de la reconciliación divina y la hipótesis de los tres mundos en un modelo de trabajo.

FIGURA A12. LA TEORÍA DE LA REDENCIÓN
ESPIRITUAL ITERATIVA

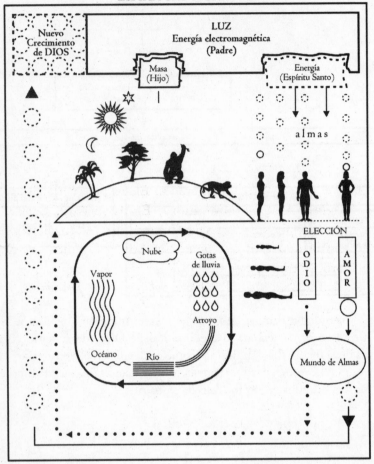

Las escrituras afirman que Dios es luz. La luz es energía electromagnética. Einstein nos dice que $E = mC^2$, lo que significa que la energía (E) se puede convertir en masa física (m) y la masa, a su vez, se puede convertir en energía. La ecuación indica que la liberación de energía, cuando la masa se convierte, es proporcional a la velocidad de la luz al cuadrado (C^2). Esto sugiere que en el principio Dios sacrificó una parte de él para crear el universo físico (el Hijo). Los cuerpos físicos, entonces, evolucionaron para atraer puntos diferenciados de energía electromagnética (almas) lejos de la fuente de energía (Dios). El viaje del alma es análogo al de las gotas de lluvia, que renacen muchas veces. La purificación viene del amor y el sacrificio. Las almas purificadas regresan al creador. Como resultado, el creador crece. Las almas malvadas regresan a la tierra, intentando la purificación una vez más.

BIBLIOGRAFÍA

Acosta, José de, *Historia natural y moral de las Indias,* Sevilla, 1590.

Aidey, W. Ross, "Cell Membranes, Electromagnetic Fields and Intercellular Communication", E. Basar (ed.), de un documento presentado en la Conferencia Internacional sobre Dinámicas de Procesamiento Sensorial y Cognitivo en el Cerebro, Berlín, agosto de 1987.

Allen, J. M., *Atlantis, The Andes Solution,* The Windrush Press, 1998.

Alva, Walter, *Sipán,* Backus y Johnston, 1994.

Arellano, Alexander, *Todo Cuzco, Perú,* Universidad de San Martín de Porres, 1998.

Bailey, Alice, *A Treatise on White Magic,* Lucis Publishing, Nueva York, 1892.

Bawden, G., *The Moche,* Blackwell, 1996.

Burger, Richard L., *Chavín and the Origins of Andean Civilization,* Thames and Hudson, 1995.

Burland, C. A., *Peoples of the Sun,* Weinfeld & Nicolson, 1976.

Cáceres Macedo, Justo, *La antigua sociedad moche de Perú,* Nueva Arqueología-Asociación Peruana de Arqueología, 1996.

_____, *Las culturas prehispánicas de Perú,* Nueva Arqueología-Asociación Peruana de Arqueología, 1996.

Cathie, Bruce L., *The Harmonic Conquest of Space,* Nexus, 1995.

Cavendish, R., *An Illustrated Guide to Mythology,* W. H. Smith, 1984.

Cieza de León, Pedro, *Crónica del Perú,* Sevilla, 1553.

Cobo, Bernabé, *Historia del Nuevo Mundo,* Cuzco, 1653.

Collier, John, *Indians of the Americas,* Mentor, Nueva York, 1947.

Cotterell, M. M., *Astrogenetics,* Brooks Hill Robinson & Co., 1988.

_____, *The Amazing Lid of Palenque,* vols. 1 y 2, Brooks Hill Robinson & Co., 1994.

_____, *The Mosaic Mask of Palenque,* Brooks Hill Robinson & Co., 1995.

_____, *The Mural of Bonampak,* Brooks Hill Robinson & Co., 1995.

_____, *The Supergods,* Thorsons, 1997.

_____, *The Tutankhamun Prophecies,* Headline, 1999.

Däniken, Erich von, *Chariots of the Gods,* Corgi, 1969.

_____, y Adrian G. Gilbert, *The Mayan Prophecies,* Element, 1995. [Hay traducción al español: *Las profecías mayas,* Debolsillo, 2009.

Dixon-Kennedy, Mike, *Native American Myth and Legend,* Blanford, 1996.

Egerton Sykes, *Dictionary of Non-Classical Mythology,* J. M. Dent and Sons, 1952.

Elorrieta Salazar, Fernando E., y Edgar Elorrieta, *El Valle Sagrado de los incas,* Sociedad Paraitanpu Hatha, 1996.

Eysenck, H. J., y D. K. B. Nias, *Astrology: Science of Superstition?,* Maurice Temple Smith, 1982.

Fernández, Adela, *Dioses prehispánicos de México,* Panorama, 1987.

Fleming, John, *The Conquest of the Incas,* Macmillan, 1970.

Frost, Peter, *Exploring Cuzco,* Nuevas Imágenes, 1989.

Goetz, D., y S. G. Morley (después Recinos), *Popol Vuh,* University of Oklahoma Press, 1947.

Hadingham, E., *Early Man and the Cosmos,* Wm. Heinemman, 1983.

_____, *Lines to the Mountain Gods,* Wm. Heinemman, 1987.

Hagen, Wolfgang von, *The Ancient Sun Kingdoms of the Americas,* Thames and Hudson, 1962.

Haining, P., *Ancient Mysteries,* Sidgwick & Jackson, 1977.

Hapgood, C., *Earth's Shifting Crust,* Chilton, Filadelfia, 1958.

Hemming, John, *The Conquest of the Incas,* Macmillan, 1970.

His Majesty's Special Command (trad.), *Holy Bible,* Eyre & Spottiswoode, 1899; Reina-Valera (trad.), *Santa Biblia,* 1960.

Hitching, F., *The World Atlas of Mysteries,* Wm. Collins & Son, 1978.

Hoogendoorn, Nancy Abanto de, y Willem Hoogendoorn, *Chavín de Huantar,* E. Oswaldo Paucar Cabrera, Lima, 1995.

Jordan, M., *Encyclopedia of Gods,* Kyle Cathie, 1992.

Kolata, Alan L., *The Tiwanaku,* Blackwell, 1993.

Lafferty, P., y Julian Rowe (eds.), *The Hutchinson Dictionary of Science,* Helicon, 1996.

Leonard, Jonathan Norton, *Ancient America,* Time-Life, 1967.

Le Plongeon, Augustus, *Sacred Mysteries among the Mayas and the Quiches 11 500 Years Ago,* Macoy, 1909.

Mackenzie, Donald A., *Myths of Pre-Columbian America,* Gresham, 1921.

Molina (de Cuzco), Cristóbal de, *Relación de las fábulas y ritos de los incas,* Lima, 1916.

Moore, Hunt, Nicolson y Cattermole, *The Atlas of the Solar System,* Mitchell Beazley, 1995.

Murúa Martín de, *Historia general del Perú. Origen y descendencia de los incas (1590-1611),* Madrid, 1962.

Oldenburg, *Sacred Books of the East,* vol. x, traducido por Max Müller, Clarendon Press, Oxford, 1881.

Osborne, Harold, *South American Mythology,* Chancellor Press, 1997.

Pearson, R., *Climate and Evolution,* Academic Press, 1978.

Pierpaoli, Walter, William Regelson y Carol Colman, *The Melatonin Miracle,* Simon & Schuster, 1995.

Pinillo, R., *Chan-Chan,* Colección Oro Chimu, 1989.

Posnansky, Arthur, *Tihuanacu, the Cradle of American Man,* J. J. Augustin, Nueva York, 1945.

Prescott, William H., *History of the Conquest of Peru,* G. Routledge and Sons, 1893.

Price, Glickstein, Horton y Bailey, *Principles of Psychology,* Holt Rinehart and Winston, 1982.

Reader's Digest, *The World's Last Mysteries*, 1977.

Reiche, Maria, *Nazca, Peru, Mystery of the Desert*, Hans Shultz-Severin, 1968.

Reinhard, Johan, *The Nazca Lines: A New Perspective of their Origin and Meaning*, Los Pinos, 1985.

Santa Cruz Pachacuti-Yamqui Salcamayhua, Juan de, *Relación de antigüedades deste reyno del Pirú*, hacia 1615, en *Tres relaciones de antigüedades peruanas*, M. Jiménez de la Espada (ed.), Madrid, 1879.

Shaw, I., y P. Nicholson, *British Museum Dictionary of Ancient Egypt*, British Museum Press, 1995.

Shri Purohit Swami, *The Geeta*, Faber & Faber, 1935.

Thomson, W. A. R., *Black's Medical Dictionary*, A & C Black, 1984.

Vega, *el Inca* Garcilaso de la, *Primera parte de los comentarios reales de los incas*, Lisboa, 1609.

—————, *Segunda parte de los comentarios reales de los incas: Historia general del Perú*, Córdoba, 1617.

Velikovsky, I., *Ages in Chaos*, Sidgwick & Jackson, 1953.

—————, *Worlds in Collision*, Book Club Associates, 1973.

—————, *Earth in Upheaval*, Doubleday & Co., 1995.

Warner, R. (ed.), *Encyclopedia of World Mythology*, BPC, 1970.

Welker, H. A., *et al.*, "Effects of an Artificial Magnetic Field on Serotinin-N-Acetyltransferase Activity and Melatonin Content of the Rat Pineal Gland", *Exptl. Brain Res* 50, 1983, pp. 426-531.

White, J., *Pole Shift*, ARE Press, 1993.

Willis, Roy (asesor), *Dictionary of World Myth*, Duncan Baird, 1995.

Índice analítico

aborto, 120, 226
Acosta, José de 105, 107
adobe, construcción de, 18, 20, 25, 29, 31, 114, 124
aguja e hilo, diseño, 163, 165, 170
Ai Apaec, 43, 46, 66, 74
Aidey, Ross, 242, 244, 255
Allen J. M., 121
alma, el 15, 40, 43-45, 51, 56, 68, 76, 198, 199, 208, 213, 214, 219, 222, 225-227, 233-236, 254
transmigración de, 233-236
véase también purificación del espíritu, 228
alma en pedazos, 233
Alva, Walter, 13, 20, 29, 30
Álvarez Aguilar, Juan, 17
Andes, cordillera de los; ríos y elevaciones, 19, 22, 24, 75, 84, 113, 121, 123, 157, 159
Ankhesenamun, 47, 49
Antiguo Señor de Sipán, 46, 64, 68, 70, 111, 150, 189, 190, 216, 218
tumba de, 30, 64, 150, 189, 216, 217
Apocalipsis, el, 74, 225, 226, 60, 61, 172
araña, compartimentos de, 66-68, 71, 218

araña, dibujos de (en Nazca), 158, 159, 166
Ariadna, 175
Áspero, 26
astrología 15, 30, 120, 239, 242
astronómicos, almanaques, 117, 119, 124, 125, 176, 211
astronómicos, dibujos y alineaciones (en Nazca), 117, 177
astronómicos, significado de números, 34
Atahualpa, 79, 81
Atlántida, ciudad perdida de la ave, dibujos de, 122, 123
Ayacucho, batalla de, 113
azteca, calendario, 133, 183, 187
azteca, civilización, 55, 56, 85, 129, 181, 183, 185, 197

Babcock-Leighton, modelo de, 248
Bailey, Alice, 207
ballena, dibujos de, 155, 158, 160, 169-171, 227, 228
Bandurria, 26
Bernal, Ignacio, 132
Biblia, la, 59, 74, 129, 223, 227, 257, 259
big bang, 224
Bingham, Hiram, 97, 102

borde o cenefa, códigos de, 55, 192, 195-198, 200, 202, 203, 223
Breunig, Georg A. von, 158
bucle, pensamiento de, 98, 100, 101, 180, 192, 193, 210, 249
Buda, 72, 150, 151

cacahuate, conchas con forma de, 42
Cajamarca, 107
calentamiento global, 25
Camaxtle, 129, 131, 132, 134-136, 146, 211
campos magnéticos del Sol y de la Tierra, 60, 68, 96, 97, 102, 120, 131, 214, 241, 242, 249
Case, J. D., 95
Cathie, Bruce, 206, 225
celibato, 61, 229
Chac Mool, cabezas de, 141
chacra, centros, 44, 206, 207, 228-231
Chalchiuhtlicue, 181, 212
Chartres, catedral de, 175
chavín, cultura, 20, 27, 29, 255, 257
Chavín de Huantar, 26
Chimalma, 129, 132, 133
China, 211
Cieza de León, Pedro, 104, 110, 164, 255
Cincalco, 212
Cinco Paraísos, 211
circadiano, ritmo, 244
circulares, diseños (en Nazca)
circuncisión, 229
Coatlicue, 170, 213-215
Cobo, Bernabé, 205, 255
cobre, tirantes de, 86, 93-95

Cochabamba, 113
Códice Vaticano, 181, 187
colibríes, 170, 172, 201
Collao, 108, 109
comercio, 26, 27
construcción de tumbas, 27, 31, 84, 99, 124
  véase también técnicas de trabajo en piedra, 99, 219
control natal, 226
Coricancha, 83, 84, 87
cosmológica, comprensión, 30
cristianismo, 132, 133, 224, 231
Cruz del Sur, 174, 176
cuatro esquinas o rincones, simbolismo, de 44, 46-50, 56, 62, 64, 212
Cuzco, 27, 78, 81-84, 87-92, 99, 103, 105-109, 181, 186, 255-257

Dalái Lama, 205, 229
Däniken, Erich von, 159, 256
"decapitador", 43
desastres naturales, 52, 235, 237
Dios, 17, 36, 40, 44, 68, 71, 76, 77, 106, 107, 10, 127, 216, 222, 24-226, 228, 229, 234-236, 254
dioses de Heliópolis, 41
dominio, noción de, 46, 104
dragones, 210

$E = mC^2$, 224, 254
Eaton, George F., 201
egipcia, civilización, 20, 30, 50, 75, 176, 209, 216, 233
Ehécatl, 182-184, 187
Einstein, Albert, 224, 254
El Niño, 25, 26, 29
El Paraíso, 26, 211, 213

esperma, producción de "espuma del mar", 69, 70, 71, 110, 11, 186, 190,
Eysenck, Hans, 238, 242, 256

fertilidad, culto a la, 21, 30, 66, 67, 75, 76, 97, 102, 103, 166, 169, 176, 178, 211, 214, 216, 219
figuras de piedra, 62, 107, 126,-128, 155, 220
  véase también Tiahuanaco, Templo de las Cabezas de Piedra, 71, 125, 141, 149, 150, 165, 170, 176, 186, 217, 219, 221
Fleming, John, 256
Frey, Carlos, 129, 130

gallina, la parábola de, 205, 206
glifos, 34, 35
guano, 27
Guerrero, la tumba del, 75

Hagen, Wolfgang von, 105, 255
hierro, uso del, 84, 85
"hombre cangrejo", 69, 111, 190, 217
hombre de un ojo de Sipán, 69
Huaca Cao Viejo, 78, 226, 228
Huaca de los Ídolos, 26
Huaca Rajada, 20, 29, 189
Huayna Cápac, 81, 82, 103
Humboldt, Alexander von, 22
Humboldt, corriente de, 25
Hunt Williamson, George, 159

imágenes, información codificada en, 52, 58, 67, 126, 127, 140, 148-150, 197, 215
inclinación de la Tierra, 114, 116, 138, 139

inframundo, nueve niveles del, 40, 51, 198, 252
inhibidor de decodificación, 127
inca, imperio, 28, 70, 71, 76, 78, 80-82, 84, 85, 99, 103-105, 113, 152
inca, religión, 82, 84, 164, 176
inmaculada concepción, 110, 132, 150
Intihuana, el, 176
Irrigación, 19, 28
iterativa, teoría de la redención espiritual, 234, 254

jaguar, dibujos de, 43, 68, 150, 151, 179, 183-187
Jaquijahuana, 82
Jauja, 107
Jesús, 25, 72-74, 133, 151, 232

Kalasasaya, el
  véase también Viracocha, estatua de, 115, 116, 125, 136-140, 150, 190, 191, 216
Kan Te, 210
karma, 222, 227
Kosok, Paul, 155-159
Krishna, 72, 150, 151

La Paz, 113
laberinto, diseños del, 175, 176, 185
laberintos, 155, 173, 175, 176, 186
Lerner, A. B., 95
leyendas, 15, 71, 103, 105, 219
Lieboff, A. R., 241
Lima, 13, 22, 26, 71, 86, 155, 157, 158, 257
llama, dibujos de, 177
Lockyer, sir Norman, 116-119

Machu Picchu, 92, 97, 99, 102, 103, 176, 174
Mackenzie, Donald, A. 40, 256
Mahabarata, el, 72
Maíz, 19, 179, 184, 211
mancha solar, actividad de relacionada con el ascenso y la caída de las civilizaciones, 20, 32-34, 37, 42, 55, 66, 96, 98, 128, 181, 185, 188
Manco Cápac, 79, 81
masturbación, 229
maya, calendario, 37, 43, 121
mayas, los
   Libro Sagrado de, 210
   comprensión de la supraciencia del sol, 30, 34, 99, 118
Mayo, Jeff, 239, 242
melatonina, 95, 96, 103, 207, 235, 242-244
memoria, 108, 208, 209
menopausia, 235, 77
menstruación, 77, 234, 244, 246
minotauro, 175
Mixcóatl, 132
mochica, cultura, 17, 18, 20, 22, 25, 27, 29-31, 40, 43, 63, 71, 78, 79, 150
Molina, Cristóbal de, 104, 109, 256
momificación, 66, 82, 209
mono, dibujos de, 155, 158, 163-166, 187,
Montfort, Créqui de, 114
Murúa, fray Martín de, 257
Muerte, Señor y Señora de la, 149, 214
Mundo de Dios, 222, 252
Mundo de las Almas, 222

Nahui Atl, Nahui Ehécatl, Nahui Océlotl y Nahui Quiháhuitl, 185
Nazca, líneas de, 153, 154, 156, 157, 159, 161, 164-167, 171-174, 178, 186, 201,
Nicholson, Iain, 239, 258
números, simbolismo de
   véase también astronómico, significado de números, 31, 36, 53, 61, 66, 111

Ollantaytambo, 86, 88, 89, 94
Ollin-Tonatiuh, 182
olmecas, cabezas, 146, 148, 152
Ometéotl, 210
Orión, 72, 74, 141, 177, 178, 219, 221
oro, simbolismo de, 42, 44, 83, 150
Osiris, 72, 74, 178, 219, 221

Pakal, Señor *véase* Señor Pakal, 15, 34, 39, 42, 47, 53, 55-57, 61, 62, 67, 71, 74, 76, 85, 107, 127, 132, 133, 142, 143, 147-150, 170, 192, 202, 212-218, 220
Pachacámac, 71, 86, 107, 110, 111, 152
Pachakuti Inca Yupanqui, 81, 99, 151, 258
Palenque
   Lápida de, 34, 48, 51, 56, 57, 62, 101, 106, 133, 143, 149, 160, 170, 181-183, 187, 191, 192, 197, 202, 204, 210, 215-217, 220
   Máscara de Mosaico de, 67, 126, 143, 148, 217-219
   Palacio de, 53, 55, 57, 129

Templo de las Inscripciones, 34, 67

Pampa Grande, 22, 29

paracas, cultura, 153

paralaje, medición por error de, 137, 138

Paso y Troncoso, Francisco del, 184

pelícano, dibujos de, 177, 178

personalidad
determinación de, 120, 239, 240, 242, 244
tipos de, 208, 213

Piedra Parada, 26

Pierpaoli, Walter, 96, 257

pineal, glándula, 75, 95, 96, 207, 213, 215, 230, 234, 235, 244, 258

Pizarro, Francisco, 78, 81, 150

Pizarro, Gonzalo, 82

plata, simbolismo de, 42

Platón, 122

Polo de Ondegardo, Juan, 82

Popol Vuh, el
véase también mayas, los, Libro Sagrado de, 57, 210, 256

Posnansky, Arturo, 11, 114-119, 121, 122, 124, 125, 139, 257

precipitación pluvial o de lluvias, lluvia, 22, 25, 26, 29, 55, 157, 177, 181-184, 212, 236, 254

Prescott, William H., 80, 84-86, 105, 111, 257

"prisioneros", 38, 41, 78, 226, 228

procreación relacionada con el cautiverio humano, 76, 78, 170, 214, 227

Pucara, 107, 108

Puerta del Sol, 115, 125, 133, 137-140, 149, 164, 179, 184, 217

purgatorio, 51, 214, 252

purificación del espíritu, 228

Qenko, 91

Quetzalcóatl, 55, 56, 67, 85, 133, 143, 144, 146-149, 152, 198, 199, 202, 211, 214, 215, 220,

Quetzalcóatl, Ce Ácatl Topiltzin, 133

radiocarbono, datación por, 26, 30, 124, 187, 188

reencarnación, 51, 67, 72, 76, 78, 145, 152, 170, 172, 175, 186, 191, 200, 202, 205, 208, 215, 216, 219, 220, 222, 223, 226, 232-234, 236, 252

Regelson, William, 96, 257

Reiche, Maria, 157, 158, 160, 161, 258

Reinhard, Johan, 159, 258

reloj biológico, 96, 244

reyes solares o del sol
cronología e identificación de, 16, 37, 38, 46, 47, 72, 143, 150, 151, 152, 188, 189, 190, 201, 218, 225, 226, 229, 253

Ricinulei, 166

Río Seco, 27

Ruz, Alberto, 34-36

sacerdote, el
halo de, 45
tumba de, 62-64

Salinas de Chao, 26

Sanginés, Carlo Ponce, 124

Santa Cruz, Juan de, 105, 110, 258

Santo Tomás Chichicastenango, 56

saqueo de tumbas, 18

Sarmiento, Juan de, 104

Señor Pakal, 15, 34, 39, 42, 47, 53,
55-57, 61, 62, 67, 71, 74, 76, 85,
107, 127, 132, 133, 142, 143,
147-150, 170, 192, 202,
212-218, 220
Señor de Sipán
tesoros de, 20, 30-32, 34, 36,
38, 39, 50, 57, 62, 64, 66, 69,
70, 74, 102, 187, 189, 190,
216-218
tumba de, 42, 44-49, 63, 66,
68, 69, 75, 111, 150, 185
Shih Shen, 210
Shu, 41, 70
Sinchi Roca, 81
Sipán
Señores de, *véase* Señor de
Sipán; Antiguo Señor de Sipán,
20, 30-32, 34, 36, 38, 39, 42,
44-49, 50, 57, 62-64, 66,
68-70, 74, 75, 102, 111, 150,
185, 187, 189, 190, 216-218
sol, el
como determinante de la
personalidad, 239
edades de ,121, 181, 184, 185, 198
supraciencia de, 30-32, 34, 35,
42, 63, 99, 118, 121, 122, 126,
149, 150, 151
véase también campos
magnéticos
Stübel, Alphons 114
"Subtransformador", 191, 192,
204
Sucre, general Antonio de, 113
Superdioses, 15, 37, 38, 46, 62,
72, 74, 132, 150-152, 176, 205,
206, 222, 229

Tambomachay, 90

taoísmo, 229
técnicas de trabajo en piedra,
99, 219
teoría general de la existencia, 253
Teseo, 175
Tezcatlipocas, 47, 50
The Times, 232
Thompson, Lonnie, 99
Tiahuanaco
alineaciones astronómicas en
data de, 176
decodificación de piedras en,
125
Templo de las Cabezas
de Piedra, 141, 150, 165, 186,
219
véase también Puerta del Sol,
149, 165
Viracocha, bajorrelieve de, 165,
170
Viracocha, estatua de, 116, 133,
137, 139, 149, 151, 191, 216
Viracocha, vasija de, 179, 193,
203, 211
tiempo, 224
tigre, cara de, 197
Tintagel, castillo de, 175
Titicaca, lago de, 20, 71, 76, 80, 83,
85, 86, 106, 107, 114, 122, 124
Tlahuizcalpantecuhtli, 199, 200,
214
Tláloc, 55, 182, 183, 212
Tomoanchán, 212
Tonatiuh, 56, 132, 133, 146, 183,
185, 202, 211, 212
Tonatiuhcan, 212
"Transformadores", 126-128, 160,
161, 191,

transmigración, 51, 76, 208, 227, 233
transmisión de conocimiento en el tiempo, 52, 53, 219
tribus perdidas, 17, 19, 21
Tula, 133
Tumulsa, batalla de, 114
Tutankamon
tumba de, 31, 33, 36, 38, 47, 49, 62, 74, 78, 220, 223, 226

Uhle, Max, 114, 153
Universidad de San Marcos, Lima, 158

Van Allen, cinturones de, 75, 96, 239, 241
Vega, *el Inca* Garcilaso de la, 103, 258
Velikovsky, Immanuel, 118, 119, 258
velocidad de la luz, 206, 224, 225, 254
Venus, 71, 73, 74, 121, 133, 140, 149, 191, 192, 195-202, 204, 214, 215, 217-219
Vía Láctea, 174, 176
viento solar, 67, 239, 241
Villiers-Stuart, Patricia, 11, 175
Viracocha
niños de
Viracocha, bajorrelieve de, 165, 170
Viracocha, estatua de, 116, 133, 137, 139, 149, 151, 191, 216
Viracocha Inca, 71, 81, 82, 151
Viracocha Pachacámac, 70, 71, 110, 111, 152
Viracocha, vaso de, 179, 193, 203, 211

vírgenes del sol, 82, 99, 102, 103
Vishnú, 150
Wilkins, Harold T., 159
Wu Hsien, 211

Xesspe Mejía, Toribio, 155
Ximenex, Francisco, 56
Xipe Totec, 26, 126, 127, 129, 131-136, 150, 198,
Xiuhtecuhtli, 150, 196, 198, 199
Xólotol, 196, 198-200, 204, 214

Yáotl, 202, 212

Zelco, Zoltan, 158
zodiaco, 176
zorro, dibujos de, 155, 158, 174, 177